DIE HARZFRAU

AF215179

Buch

Eine junge Frau begibt sich während des Siebenjährigen Krieges in große Gefahr, als sie ohne männlichen Schutz durch den Harz reist, um ein dunkles Geheimnis aus der Vergangenheit ihres Vaters zu lösen. Auch der Dichter Goethe durchstreift in diesem Buch das Mittelgebirge auf der Suche nach mineralogischen Funden und kleinen Liebesabenteuern, um der sittenstrengen Enge des Weimarer Fürstenhofes zu entfliehen. Goethes Auseinandersetzung mit dem Thema der Kindstötung und seine Begegnungen mit einfachen Harzer Frauen könnten ihn durchaus inspiriert haben, die *Gretchentragödie* FAUST zu verfassen.

Autorin

Barbara Ehrt studierte Erziehungswissenschaften und Kunst in Berlin, Kassel und Marburg, arbeitete als Pädagogin in Amsterdam und Goslar, schrieb für Zeitungen, malte, betrieb für kurze Zeit eine Kunstgalerie und schlug sich in Notzeiten mit allerlei Gelegenheitsjobs durch. Schauplatz ihrer Bücher, die sie gern selbst herausgibt, ist der Harz. Sie ist Mitglied im Freien Deutschen Autorenverband (FDA) und im Verband deutscher Schriftsteller(VS).

Weitere Veröffentlichungen:
Der Venediger
Die Tote im alten Schacht
Skurriles zwischen Himmel und Harz
Das Herz des Kaisers - Die Magd vom Bodfeld
Eine kleine Geschichte des Harzes
Ein zwölfter Kaiser im Huldigungssaal? (in: *Unser Harz, 2014*)
Die Kapelle St. Ulrich in der Goslar Pfalz (in: *Unser Harz, 2019*)

BARBARA EHRT

DIE HARZFRAU

ROMAN

Mein schönes Fräulein, darf ich wagen,
Meinen Arm und Geleit Ihr anzutragen?

Johann Wolfgang von Goethe, **Faust**

© Barbara Ehrt

Überarbeitete Neuauflage, 2020

Herstellung und Verlag:

BoD – Books on Demand, Norderstedt

https://www.bod.de

Satz: ehrt art&design, Goslar
Umschlagfoto: H. Houillon

2012 erschienen bei Papierflieger-Verlag GmbH,
Clausthal-Zellerfeld

Urheberrechtlich geschützt. Alle Rechte vorbehalten. Ohne ausdrückliche Genehmigung ist es nicht gestattet, das Buch zu übersetzen, Teile daraus auf fotomechanischem Wege (Fotokopie, Mikrokopie) zu vervielfältigen, auf Tonträgern zu verarbeiten oder zu digitalisieren.

Bibliografische Information der Deutschen Nationalbibliothek Die Deutsche Natinalbibliothek verzeichnet diese Publikation in der Deutschen Nationalbibliografie; detaillierte bibliografische Daten sind im Internet über http://dnb.ddb.de abrufbar

ISBN: 9783750411616

MIX
Papier aus verantwortungsvollen Quellen
Paper from responsible sources
FSC® C105338

Vorwort

Im 18. Jahrhundert blieb auch das Harzgebirge von den sinnlosen Schlachten des siebenjährigen Krieges nicht verschont. Während die Habsburger Kaiserin Maria Theresia noch darum kämpfte, ihre österreichischen und böhmischen Erblande gegen die ungerechtfertigten Ansprüche anderer deutscher Fürsten zu verteidigen, marschierte der junge Preußenkönig Friedrich II., den man später Friedrich den Großen nennen würde, in das zur böhmischen Krone gehörende Schlesien ein und bescherte Europa die beiden „Schlesischen Kriege" (1740/42, 1744/45), aus denen Jahre danach der Siebenjährige Krieg erwuchs.

Für die damalige Zeit ganz selbstverständlich, bediente sich Friedrich II. seiner Leibeigenen und Hörigen, um sein Territorium kämpfend zu erweitern und Preußen in eine Großmacht zu verwandeln. Auf dem Rücken der Zivilbevölkerung wurden grausame Schlachten ausgetragen. Unzählige farbenprächtig uniformierte Regimenter aus verschiedenen Fürstentümern und Königreichen wälzten sich von 1756 bis 1763 kämpfend, brandschatzend und plündernd durch Europa. Die Heere besetzten strategisch wichtige Städte des jeweiligen Feindes und quälten die Zivilbevölkerung bis aufs Blut, indem sie die Ernten beschlagnahmten oder verbrannten und erbarmungslos überhöhte Geldforderungen für die Versorgung des Militärs stellten.

Das Königreich Preußen, dessen Machthunger Millionen von Menschen zum Opfer fielen, konnte zwar am Ende des Siebenjährigen Krieges die widerrechtlich eingenommene Provinz Schlesien zu seinem Herrschaftsgebiet zählen, die Regionen jedoch, in denen die verfeindeten Mächte aufeinander geprallt waren, lagen verwüstet, verarmt und ausgeraubt am Boden. Für die abertausende von Kriegswitwen sanken die Überlebenschancen so tief, dass selbst die Bettelei sie und ihre Kinder nicht mehr ernähren konnte und Prostitution war dann ein selten freiwillig gewählter Ausweg.

Inhalt

*Die kursiv gedruckten Zitate unter den Überschriften
sind von Johann Wolfgang von Goethe*

MAGDALENE

Trage die Hoffnung stets im Gepäck...

Kapitel 1
GEHEIMNISSE

Magdalene Koch saß in der Wohnstube ihres Hauses und blickte versonnen in die Glut des Ofens. Sie machte sich Sorgen um die Zukunft, denn auf dem ausgezehrten Gesicht ihres kranken Vaters hatten sich schon die Schatten des Todes niedergelassen. Die Lebenszeit des ehemaligen Bergdirektors von Straßberg, Zacharias Koch, würde wohl bald ein Ende nehmen, hinfällig lag der alte Mann auf dem Bett und das Geräusch seines trockenen Hustens vermischte sich mit dem Knistern und Prasseln verbrennender Holzscheite. Der Winter hatte den Harz unter einer hohen Schneedecke begraben und mehrmals täglich musste die junge Frau einen schmalen Gang freischaufeln, um die Haustür öffnen zu können.

Durch die zugeschneiten Fenster drang milchiges Licht, das abends in völlige Dunkelheit überging. Der eiskalte Winter des Jahres 1761 schloss die Menschen in ihren Häusern ein und zwang sie zur Untätigkeit. Magdalene verkürzte sich die endlosen Stunden des Wartens auf den Frühling mit kleinen Ausflügen in die Welt der Erinnerung. Sie war einsam. Ihr Vater hüllte sich in das übliche verbitterte Schweigen, das sie bereits als kleines Mädchen kennengelernt hatte. Schon damals wurden ihre kindlich neugierigen Fragen nur mit verärgerten Blicken beantwortet. Seitdem vermied sie es, den Vater mit persönlichen Dingen zu belästigen.

Sie lauschte. Draußen war es totenstill. Der jetzt so

verlassen wirkende Ort im Selketal, in dem sie geboren und aufgewachsen war, beherbergte einst zahllose Bergleute mitsamt ihren großen lärmenden Familien. Voller Stolz hatte ihr die Mutter erzählt, dass die gerade erbaute Steinkirche hoffnungslos überfüllt war, weil so viele dankbare Menschen miterleben wollten, wie man die einzige Tochter ihres Bergdirektors zur Taufe trug. Das Gotteshaus war erst zwei Monate vor ihrer Geburt eingeweiht worden und zu diesem feierlichen Anlass hatte sich sogar Graf Christoph Friedrich von Stolberg die Ehre gegeben.

Damals befand sich der Bergbau dank Zacharias Koch in seiner Hochblüte und als Dank für seine Verdienste überreichte ihm der Graf einen Prunkbecher aus heimischem Silber, verziert mit einer Widmung, dem gräflichen Wappen und kostbaren Edelsteinen. Magdalene durfte die ausgesprochen kunstvolle Arbeit eines Stolberger Silberschmiedes nur ein einziges Mal betrachten, dann war sie für immer in der großen Holztruhe verschwunden.

Eine so ehrenvolle Auszeichnung wurde natürlich nicht ohne Grund verliehen. Wie besessen hatte Zacharias Koch seine gesamte Kraft dem Straßberger Bergbau gewidmet. Silber, Kupfer, Blei und Flussspat wurden unter seiner Anleitung zu Tage gefördert, Wohlstand breitete sich aus und Reichtümer füllten die gräfliche Kasse. Daraufhin ernannte das Stolberger Grafenhaus den vielversprechenden jungen Mann trotz seines niederen Standes zum gräflichen Bergdirektor und unterstellte ihm damit das gesamte Bergbaurevier. Ein unerhörter Akt der Anerkennung! Der neue Bergdirektor tat viel Gutes für die notleidende Bevölkerung. Er setzte durch, dass die Frauen verunglückter Bergleute einen Zehrpfennig erhielten und für Kinder, die ihre Eltern verloren hatten, ließ er ein Waisenhaus errichten. Obendrein entlohnte er die Bergleute besser und wie ein Lauffeuer verbreitete sich die Kunde, dass man im Straßberger Revier für denselben Lohn nur eine Schicht von acht Stunden ableisten musste, während anderswo zwölf Stunden oder mehr unter Tage geschuftet wurde.

Viele neugierige Adlige aus benachbarten Fürstentümern stellten sich ein, um das vortreffliche Verschmelzen des Silbers, die riesigen Hochöfen, die kunstvoll angelegten Teichdämme, die rumpelnden Kunsträder und die endlos langen Wassergräben aus der Nähe zu bestaunen. Für all das hatte Magdalenes Vater, ein unbedeutender Markscheider, gesorgt. Oft hatte sie sich gefragt, woher er wohl seine überragenden Kenntnisse genommen hatte. Der verschlossene Mann sprach nämlich nie über seine Herkunft.

Traurig erinnerte sie sich an ihre unbeschwerten Kindheitsjahre, die mit dem Tod der Mutter und dem Bankrott des Vaters geendet hatten. Nicht nur seine Kunstfertigkeiten, auch seine Einkünfte hatte Koch in die Finanzierung des Bergbaus gesteckt und nachdem der Silbersegen eines Tages ausgeblieben war, musste man feststellen, dass die vergebliche Suche nach immer neuen Erzgängen sein gesamtes Vermögen aufgebraucht hatte. Der Reichtum des Bergdirektors war in ganz aussichtslose Projekte hineingeflossen und einen letzten Rest seiner Ersparnisse hatte der Neubau einer Lehranstalt für das Bergwesen verschlungen. Wider alle Vernunft hoffte Zacharias Koch darauf, ein paar Zuschüsse aus der gräflichen Kasse zu erhalten, doch der ebenfalls hochverschuldete Landesherr dachte nicht daran, seinem Bergdirektor zu Hilfe zu eilen, um wenigstens das kostbare Wissen um die Silbermetallurgie vor dem Untergang zu bewahren! Enttäuschung machte sich breit und eine Familie nach der anderen kehrte Straßberg den Rücken.

Zacharias Koch zog sich verbittert und beschämt von all seinen Ämtern zurück und bald vermied er sogar, das Haus zu verlassen. Die Neider und Feinde des Bergdirektors, die bisher wegen seiner Erfolge ängstlich den Mund gehalten hatten, zeigten nun unverhüllt ihren Hass auf den zugereisten Emporkömmling und der einst so fröhliche Ort glich mehr und mehr einer beklemmenden Totenstadt. Von den fünfhundert Bergleuten war kaum ein Dutzend geblieben und Magdalene ahnte, dass auch sie keine Heimat mehr besaß. Ihr stattliches Haus war mit einer Hypothek belastet und nach dem Tod des Vaters würde der Familienbesitz einem Kaufmann aus Stiege gehören, der nur darauf wartete, das ansehnliche Gebäude endlich beziehen zu können.

Wehmütig dachte sie an ihre Mutter, Margarethe Bindseil, von der sie viel über das Leben im Wald gelernt hatte. Sie war die jüngste Tochter eines Köhlers gewesen und hatte mehr im Wald als im Haus gelebt. Schon früh am Morgen machte sie sich auf und wanderte umher, um nach süßen Beeren oder seltenen Kräutern zu suchen, die sie in einem geflochtenen Korb auf dem Rükken verstaute. Gern nahm sie die Tochter mit auf ihre ausgedehnten Streifzüge und brachte ihr bei, wie man mit Schlagstein und Zunder ein Feuer entfachte, essbare Pilze erkannte und aus Holunderbeeren süßen Saft herstellte. Magdalene konnte sich noch gut daran erinnern, wie sie auf dem Waldboden gehockt und Fische gebraten hatten oder hungrig in den verbeulten Topf mit Suppe starrten, der über den Flammen appetitliche Düfte verbreitete. Margarete Bindseil unterhielt die kleine Tochter auch gern mit schauerlich schönen Sagen von venezianischen Goldsuchern, listigen Zwergen und verschlagenen Bergmönchen. Wenn sie dann in der Dämmerung singend den Heimweg antraten, erkannte das Kind in jedem Baumstumpf verzauberte Frauen oder sah den gefährlichen Schlangenkönig aus einer Wurzel kriechen. Ängstlich hielt sie die Hand der Mutter umklammert.

Am liebsten besuchten sie den Großvater Matthias Bindseil, der mit anderen Köhlern am Waldrand bei den Sargwiesen hauste und Holzkohle für die Schmelzhütten brannte. Über den nur noch spärlich vorhandenen Bäumen stiegen riesige weiße Qualmwolken auf und schon von weitem wurden sie von den rußverschmierten schwarzen Gesellen lärmend begrüßt. Die dunkel verfärbten Gesichter waren Magdalene zuerst unheimlich gewesen, aber bald liebte sie die gutmütigen Männer und ließ sich stundenlang zwischen den brennenden Kohlenmeilern umhertragen.

Mit langen Stangen stocherten die hageren Kerle geschickt in den kunstvoll aufgeschichteten Holzhaufen und eilten von einem Meiler zum anderen, damit am Ende eine gute Kohle entstand. Während sie ihre Runden drehten, stießen sie fröhliche Jodler aus und nur wenn die aufgeschichteten Stapel gleichmäßig schwelten, versammelten sie sich an der Feuerstelle, um ihre geliebte Köhlersuppe zuzubereiten. Der mit Wasser gefüllte Topf kam an den Haken, hungrig warf Matthias Bindseil den mitgebrachten Rindertalg hinein, Schwarzbrot, Salz und Zwiebeln folgten und fertig war die Köhlersuppe. Nach dem Essen saßen die Männer dicht gedrängt auf wackligen Holzbänken, sangen wehmütige Lieder und tranken bis spät in die Nacht hinein aus großen Krügen Branntwein und Bier. Wenn der Himmel mit funkelnden Sternen übersät war, kehrte Magdalene mit der Mutter zurück in die Siedlung und die Männer legten sich zum Schlafen nieder. Am anderen Morgen versäumte der Großvater nie, ihnen einen Gruß zu senden. Mit dem Holzhammer schlug er gegen ein schweres Holzbrett, das an einer Schnur baumelte und die wunderbar melodischen Klänge der Hillebille ertönten bis weit in den Ort hinein.

Eines Tages hatte sich die Mutter verirrt und am Rand eines staubigen Fahrweges waren sie ratlos stehen geblieben. Lautes Gebrüll, quietschende Räder und der scharfe Ton von knallenden Peitschen geboten ihnen, im Schutz der Bäume zu verharren. Sie hatten die „Kohlenstraße" erreicht, einen der großen Handelswege, auf dem Holzkohle ins Mansfelder Land transportiert wurde. Endlose Kolonnen schwer beladener Fuhrwerke quälten sich auf steinigen, tief eingegrabenen Wagenspuren entlang und immer wieder geschah es, dass ein Pferdegespann stecken blieb.

Sie hörten wütendes Gebrüll, sahen wiehernde Hengste mit schäumenden Nüstern und schreiende Fuhrknechte, die mit knallenden Peitschen und Schlägen die mageren Tiere so lange antrieben, bis es gelang, die eingesunkenen Räder wieder frei zu bekommen. Magdalene hatte sich ängstlich an ihre Mutter geklammert und den Kopf in ihre Rockfalten gedrückt. Bestürzt ließen sie den trostlosen Anblick hinter sich, liefen in den Wald zurück und überquerten eine sonnenbeschienene Lichtung.

Als Margarethe Bindseil, der Weisung ihres Vaters gehorchend, mit Zacharias Koch den Bund der Ehe einging, ahnte sie nicht, dass sie eines Tages die Ehefrau eines hohen Bergbediensteten sein würde. Wer weiß, ob sie ihn sonst geheiratet hätte, denn sie verabscheute die gesitteten Tischmanieren, das höfliche Plaudern mit Gästen und das lange Sitzen im Haus. Im Gegensatz zu ihrem beständigen Vater hatte Magdalenes Mutter ein unruhiges Gemüt und mehrmals im Jahr zog sie aus, um auf den Märkten in Nordhausen oder Wernigerode einzukaufen. Zacharias Koch sah das nicht gern, er fand, dass es für eine Frau ihres Standes unpassend sei, solche Arbeiten zu tun und es gab oft Streit deswegen. Auch verlangte er, dass seine Tochter zur Schule gehen sollte und schäumte vor Wut, wenn Magdalene wieder einmal den Unterricht versäumt hatte, weil sie mit der Mutter im Wald verschwunden war. Forderte er eine Erklärung, dann behauptete Margarete starrsinnig, sie sei eben die Tochter eines Köhlers und ihre Beine müssten laufen. Wie sollte sie da zu Hause sitzen und vornehm tun?

In dieser Zeit erwartete die Mutter ein weiteres Kind. Während der gesamten Schwangerschaft ließ sie sich nicht davon abhalten, ihre ausgedehnten Streifzüge zu unternehmen und in Magdalenes Erinnerung waren dies die schönsten Erlebnisse, die sie mit der Mutter geteilt hatte.

Vollkommen unerwartet trafen sie die mitleidigen Blicke des Arztes und der Hauslehrerin, die mit ernsten Mienen umhergingen und ihr mitteilten, dass die Mutter nun im Himmel sei. Fassungslos starrte das Kind durch den Türspalt auf die im Bett liegende bleiche Frau. Nur dieses eine Mal nahm der Vater sie für einen kurzen Augenblick in seine Arme, hielt sie fest und flüsterte ihr zu, dass nicht nur die Mutter, sondern auch das Neugeborene verstorben waren.

Nun wirkte das Haus dunkel, kalt und leer. Magdalene war, als sei ein heller Schein, der warm und schützend auf ihrem Leben geruht hatte, erloschen. Schon nach wenigen Monaten gelang es ihr kaum noch, sich an die Mutter zu erinnern. Sie hatte aber nicht nur die Mutter, sondern auch den Vater verloren, denn dessen Lebenswille erlosch nach dem Tod seiner Frau wie ein verglimmender Docht. Wortkarg verschlang er seine Mahlzeiten und versuchte mit Branntwein, dem Seelenräuber, das tiefe Schwarz abzuwehren, welches seine Seele zu verschlingen drohte. Magdalene begann sich vor ihm zu fürchten.

Schon zu Lebzeiten der Mutter hatte Zacharias Koch eine Hauslehrerin angestellt, um dem Mädchen zusätzlich zum einfachen Lehrprogramm der Dorfschule etwas Bildung angedeihen zu lassen und Friederike Seidensticker, eine ältere, kinderlose Pfarrwitwe, bewohnte die kleine Stube im Obergeschoss. Margarethe hatte sich gegen diese Entscheidung gesträubt und war der gebildeten Frau verlegen lächelnd aus dem Weg gegangen.

Sie schämte sich, weil sie weder schreiben noch lesen konnte und ihre Kenntnisse von Pflanzen und Natur so wenig geschätzt wurden. Magdalene wäre auch viel lieber durch den Wald gelaufen, anstatt mit der Lehrerin in der Stube zu sitzen und Mathematik, Französisch und Latein zu lernen. Doch nach dem plötzlichen Tod der Mutter erwies sich Friederike als eine nachsichtige und kluge Erzieherin und umgab die Halbwaise mit liebevoller Fürsorge. Sie erlaubte Magdalene sogar, ganz allein die nähere Umgebung zu durchstreifen und tief in ihrem Herzen bewahrte das Kind die Erinnerung an alles, was die verstorbene Mutter sie gelehrt hatte.

Magdalene zuckte zusammen. Das erstickte Husten des Vaters holte sie unsanft in die Gegenwart zurück und sie beschloss, ihm etwas Tee zu bereiten. Sie füllte draußen vor der Tür Schnee in einen Topf, stellte ihn auf den Herd, übergoss eine Mischung aus heilkräftigen Kräutern mit kochendem Wasser und verstärkte die Wirkung der Kräuter mit einem gehörigen Schuss Branntwein. Der alte Mann war in den letzten Wintermonaten ganz klein zusammengeschrumpft, die Haut schimmerte durchsichtig, und kraftlos lagen die dünnen Finger auf der groben Wolldecke.

Behutsam hob sie seinen Kopf ein wenig an und schlürfend trank er die heiße Flüssigkeit, deren Wirkung ihn zu ermuntern schien. Mit zittrigen Fingern deutete er auf eine alte Holztruhe und wisperte kaum hörbar. „Ich fühle, dass mein Ende bald kommt und es wird mir schwer, dich ganz allein zu wissen. Mein gesamtes Geld hat das Bergwerk verschlungen, aber ich will dir doch etwas mit auf den Weg geben. Öffne die Truhe, Magdalene, und suche den Silberkelch heraus. Der Schlüssel liegt unter dem Dielenbrett neben der Wand."

Den Deckel der riesigen dunklen Truhe mit den eisernen Beschlägen durfte nur Zacharias Koch anheben, nicht einmal die Mutter hatte es gewagt, das Geheimnis ihres Inhaltes zu lüften. Wie begraben lag der kostbare Becher schon seit vielen Jahren in dem aus schweren Eichenbrettern gezimmerten Kasten, der so unnahbar und abweisend wirkte wie ein Sarg. Magdalene folgte den Anweisungen des Alten und fand unter einer losen Bretterbohle den Schlüssel. Sie nahm die Lampe, stellte sie auf einen dreibeinigen Schemel, kniete nieder und öffnete mit Mühe den schweren Deckel.

Die sorgfältig übereinander geschichteten Lagen schneeweißer Wäsche verströmten einen aromatischen Duft nach Fichtenöl und ihre Finger glitten zärtlich über den feinen Stoff. Tiefer und tiefer tastete sie sich nach unten und auf einmal hielt sie das vertrocknete Kränzchen aus geflochtenen Myrtenzweigen in der Hand, welches Margarete Bindseil als junge Braut getragen hatte. Wehmütige Bilder aus früheren Tagen flogen ihr zu. Wie schön und prachtvoll musste die Hochzeit der Eltern gewesen sein! Mehrere Tage lang wurde gefeiert und die Bewohner des ganzen Ortes waren eingeladen, sich satt zu essen und das frisch gebraute Bier zu genießen.

Glücklich und stolz war die junge Braut in das neu erbaute Haus auf dem Pfaffenberg eingezogen und hatte sich in die Rolle einer gehorsamen Ehefrau gefügt. Der Vater drängte sie ungeduldig, mit der Suche fortzufahren und Magdalene riss sich von den Erinnerungen los und kramte weiter zwischen Hemden, Laken, Tüchern und Taufkleidchen, bis sie endlich ganz tief unten in der Truhe einen festen Gegenstand fühlte. Schnell zog sie ihn hervor und betrachtete bewundernd den kunstvoll gearbeiteten silbernen Prunkbecher, dessen Besatz aus Edelsteinen im Licht des Feuers geheimnisvoll funkelte. Der Vater hatte sie die ganze Zeit aufmerksam beobachtet und rief nun freudig aus:

„Geschwind, geschwind, ja, bring ihn her!"

Sie übergab ihm das wertvolle Stück, das reich mit Granaten, Rubinen und Amethysten besetzt war und seine Finger strichen liebevoll über das blinkende Metall. Stolz flüsterte er: „Dieses Gefäß ist ein Geschenk des Herrn Grafen und ist das Wertvollste, was ich noch besitze und wird dir gehören, wenn ich nicht mehr bin."

Eindringlich blickte er sie an, jedes seiner Worte sollte bedeutungsschwer zu ihr dringen, aber seine Stimme war schon so schwach, dass sie ihren Kopf ganz nah an den seinen halten musste, um ihn zu verstehen.

„Mein Kind, die Zeit ist gekommen, um dir die Wahrheit zu sagen, die Wahrheit, die in meinem Herzen verborgen lag wie in einer Totengruft. Hör mir zu, Magdalene, hör mir zu! Ich will dir meine Geschichte erzählen! Setz dich, mein Kind, setzt dich zu mir!"

Magdalene zog einen Stuhl heran, ließ sich darauf nieder und nahm seine Hand in die ihre.

„Schwer lastet die Vergangenheit auf meiner Seele und bevor meine Tage zu Ende gehen, muss ich dir ein Geheimnis anvertrauen, das niemand kennt, nicht einmal deine Mutter hat es je erfahren."

Angstvoll blickten seine Augen in eine ferne Vergangenheit zurück und die Aufregung ließ seine Stimme erzittern.

„Ich bin einen dunklen Weg gegangen, niemand hier weiß das und es soll nun auch niemand mehr erfahren. Ja, ich hüte ein böses Geheimnis! Bevor ich in Straßberg eine neue Heimat gefunden habe, war ich ein rastlos umher wandernder Mann und trug nur meine kräftigen Hände, meinen Verstand und das kostbare Wissen vom Bergbau im Gepäck. Mein Vater war ein Bergmann aus dem sächsischen Marienberg. Er war ein seltsamer Kerl, der immer wieder mit zweifelhaften Rutengängen versuchte, bedeutende Erzvorkommen zu entdecken, aber nie wirklich fündig wurde. Sein Streben nach Anerkennung war groß und die ständigen Misserfolge zermürbten ihn so sehr, dass er schließlich der Trunksucht verfiel, die allmählich sein Gemüt zerfraß. Er war ein widerwärtiger Kerl, der seinen Lohn vertrank, sobald er ihn in die Finger bekam und sich nicht darum scherte, dass Frau und Kinder seinetwegen hungern mussten.

Der Bergbau im Marienberger Revier brachte zu jener Zeit kaum Erträge und nur Wenige gelangten zu Wohlstand. Uns traf das Elend jedoch noch schlimmer als andere Familien, denn wir litten unter unserem nichtsnutzigen Vater, der uns wie ein wildes Tier umlauerte, wenn er zuviel getrunken hatte. Wäre nicht wenigstens ein einziger guter Mensch in meiner Nähe gewesen, auch ich wäre zugrunde gegangen.

Ein alter Berggeschworener, der es sich zur Aufgabe gemacht hatte, gestrauchelten Bergleuten beizustehen, nahm sich meiner an und von ihm lernte ich nicht nur lesen und schreiben, sondern er unterrichtete mich auch in den Künsten des Markscheidens, was mir später von großem Nutzen war. Wann immer ich die Zeit finden konnte, lief ich in seine Behausung und studierte mit ihm die alten Bücher über Bergwerkskunde.

So verging meine Jugend. Daheim drangsalierte uns der Vater und scheute sich nicht, der Mutter ohne Grund Schläge und Tritte zu verpassen und mich dabei hämisch anzugrinsen, als würde er sich an meiner hilflosen Ohnmacht weiden. Seine strenge Erziehung hatte bewirkt, dass ich selbst als erwachsener Mann nicht wagte, mich ihm zu widersetzen, doch eines Tages packte mich plötzlich eine nie gekannte Wut und zum ersten Mal erhob ich meine Faust gegen ihn und schlug ihm ins Gesicht.

Er fiel zu Boden und brüllte mich mit einem solch wilden Hass an, dass ich fürchtete, er würde nun versuchen, mich zu töten. Aber plötzlich verstummte er, bemühte sich, auf die Beine zu kommen, taumelte mit hängenden Schultern nach draußen und verschwand in der Nacht.

Seither ist er nicht mehr lebend gesehen worden, einige Tage später fand man ihn zerschmettert in einem Schacht und trug seinen verwesenden Leichnam in unsere Hütte. Anstatt der Vorsehung zu danken, von ihrem Peiniger erlöst zu sein, brach die Mutter in entsetzliches Wehgeschrei aus. Sie verfluchte mich, gab mir die Schuld an seinem Tod und schrie und schimpfte, wenn ich nur in ihre Nähe kam.

Sie musste dem Vater wohl ähnlicher gewesen sein, als ich mir vorstellen konnte, denn nun war sein böses und ruheloses Wesen auch in sie gefahren und immer häufiger griff sie zur Branntweinflasche. Wenn ich nicht mein Brot mit ihr geteilt hätte, wäre sie verhungert.

Mein Leben glich dem eines Aussätzigen, denn nach dem seltsamen Tod des Vaters verbreiteten sich allerlei unheimliche Geschichten und man behauptete, sein Geist würde in den Gruben umgehen und den Bergleuten Unglück bringen. Von allen Seiten schlug mir Feindseligkeit und Kälte entgegen und eines Tages erwartete mich die letzte Heimsuchung. Die Mutter lag leblos auf ihrem Lager und ihre weit aufgerissenen Augen starrten mich noch im Tod so böse an, dass ich keine Ruhe mehr finden konnte. Damals hörte man viel von reichen Erzfunden im fernen Harzgebirge und so schnürte ich mein Bündel und kehrte der Heimat den Rücken."

Der Alte hielt die Augen geschlossen und rang nach Luft. Ein vollkommen hoffnungsloser Ausdruck lag auf seinem Gesicht und Magdalene schüttelte sanft seine Schulter und bot ihm etwas Tee an. Verwirrt blinzelnd richtete er sich auf, nahm einige Schlucke und fuhr gestärkt mit seiner Erzählung fort.

„Ich kam durch viele Gegenden und Dinge, von denen ich noch nie gehört hatte, versetzten mich in Erstaunen, doch nur die Worte der Bibel gaben mir Halt, denn es ist immer die Weisheit des Allmächtigen, die uns beschützt. Kein Mensch vermag Deinen Fuß vor dem Stolpern zu bewahren!" Suchend tasteten seine Finger nach ihrer Hand und umschlossen sie fest wie eine Baumwurzel, an die sich ein Ertrinkender klammert. Er tat ihr weh, doch sie wagte nicht, sich zu rühren.

„Nach einer weiten und mühseligen Wanderung kam ich schließlich in den Oberharz, wo man mich als einen des Bergbaus kundigen Sachsen freudig aufnahm. Ich war jung und stark, hatte bereits Erfahrungen im Markscheidewesen erworben und war kein Taugenichts. Bald bekam ich verantwortungsvolle Aufgaben zugewiesen und wurde in Clausthal zum Markscheider bestellt. Nichts erinnerte mehr an das elende Leben, das ich in Marienberg geführt hatte und die schönsten Mädchen der Stadt sahen mich an wie einen, den sie gern zum Manne hätten.

Doch ich ließ mir Zeit mit der Wahl meiner Braut, denn ich wollte nicht mit Frau und Kindern in einer kümmerlichen Mietkammer hausen. Woche für Woche legte ich ein wenig Geld für den Bau eines Hauses beiseite, denn schon bald musste ich feststellen, dass die Löhne der Bergleute wegen der Teuerung von Monat zu Monat weniger wert waren. Hunger und Verdruss schürten den Unmut der Leute und das Bergvolk litt hier wie dort unter der Habgier der Landesherrschaft. Weder Treue noch Fleiß wurden anständig belohnt und immer wieder kam es damals zu Aufständen."

Magdalene fragte sich, warum er das alles bisher verheimlicht hatte. Sie fühlte sich unwohl und wollte ihre Hand aus der seinen lösen, da packte der Alte mit erstaunlich schnellem Griff zu und hielt sie fest umklammert.

„Eine schreckliche Hungersnot breitete sich aus und die Bergleute begehrten dagegen auf, dass man ihre kargen Löhne nicht erhöhte. Überall brodelte und kochte es und im Oberharz rückten sogar Musketiere an, um die aufgebrachte Menge zu zerschlagen."

Magdalene wünschte, er würde sich darauf beschränken, ihr die Gründe für seine Heimlichtuerei zu offenbaren und Bitterkeit stieg in ihr auf, als sie feststellte, wie viel er von der Welt gesehen hatte, während er ihr nicht einmal erlaubt hatte, bis nach Stolberg zu reisen.

„Für mich hätte damals alles gut sein können, meine Ersparnisse vermehrten sich und mein Lebensmut war zurückgekehrt. Doch das Verderben war mir gefolgt und etwas von dem bösen Geist des Vaters war auch in mich hineingefahren. Anstatt mir ein Weib zu suchen, das brav und fromm einem Manne ergeben ist, entbrannte mein Herz für Susanna, deren Vater im düsteren Tal der Grane bei den Hahnenkleer Gruben eine Mahlmühle betrieb.

Die einsam gelegene Glockenmühle hatte dem Ehepaar Voigtländer einen ansehnlichen Wohlstand eingebracht und zum Stolz der Eltern war die einzige Tochter zu einer wahren Schönheit herangewachsen. Gutmütig und nachgiebig ließen sie dem Kind alles durchgehen und ihr übertriebenes Wohlwollen machte das Mädchen zu einem unberechenbaren, herausfordernden Geschöpf. Davon ahnte ich damals noch nichts, denn als ich sie zum ersten Mal erblickte, fuhr das Verlangen nach ihrem Körper in mich hinein wie ein Blitzschlag.

Susanna hatte auf dem Markt von Zellerfeld einen Stand und verkaufte dort geräuchertes Fleisch, Branntwein und Würste. Um sie herum lungerten etliche Burschen, starrten sie begehrlich an, flüsterten und lachten, riefen ihr etwas zu und schäkerten mit ihr, als sei sie die Königin von Saba. Susanna schien es zu gefallen, denn sie brachte überdeutlich zum Ausdruck, wie sehr sie die Verehrung der Burschen entzückte. Kichernd und gurrend ließ sie ihre Blicke umherschweifen und liebäugelte mit jedem Mann, ob er nun jung war oder alt.

Obwohl sie sich in einer Weise benahm, die keinem anständigen Mann gefallen konnte, raubte mir ihr Anblick den Verstand. Sie war das schönste Geschöpf, das ich bis dahin gesehen hatte! Ihr beinahe schwarzes Haar, die rehbraunen Augen und die roten Lippen gaukelten mir vor, dieses Mädchen sei von Gott einzig für mich geschaffen worden.

Immer wieder besuchte ich ihre Eltern, warb um sie und hätte ohne zu zögern um ihre Hand angehalten, aber meine Ersparnisse erlaubten mir nicht, eine Familie zu gründen. Ich war unerfahren mit den Weibern und bald war ich besessen von Susanna, von morgens bis abends rief ich mir ihre Anmut und ihren Liebreiz ins Gedächtnis und fieberte der nächsten Begegnung entgegen.

Doch nicht nur ich, sondern auch viele andere Männer verzehrten sich nach ihr und ihr ungebührliches Verhalten entfachte den Neid der unbescholtenen Bürgertöchter in den umliegenden Bergstädten. Man munkelte viel Schlechtes über sie, aber ich war ihr so ergeben, dass ich es als dummes Geschwätz abtat. Zu meiner großen Verwunderung schien Susanna mir sogar zugetan zu sein, denn als ich sie bat, mir ihre Gunst zu schenken, willigte sie ein und seitdem trafen wir uns heimlich an entlegenen Orten im Wald.

Wie ich bald feststellte, kannte das Mädchen keine Scham, unbekümmert bot sie ihren Körper an und gab mir dabei zu verstehen, dass ihre Liebe einen Preis habe. Niemals durfte ich ohne ein kostbares Geschenk auf sie warten und so verlor ich allmählich wieder mein sauer erspartes Geld."

Das Gesicht des Alten war fiebrig gerötet und auf seiner Stirn glänzten kleine Schweißperlen. Auch Magdalenes Wangen glühten vor Verlegenheit. Noch nie hatte ein Mensch so offenherzig zu ihr gesprochen und ganz fremdartige Empfindungen flogen durch sie hindurch und ließen sie erschauern. Wie wenig wusste sie von der Welt außerhalb ihrer Familie!

Nach ihrer Firmung hatte sie beschlossen, ein Gott gefälliges, einsames Dasein zu führen und seither lebte sie wie hinter Klostermauern und verließ nur selten das Haus. Die kindlichen Streifzüge in die Natur musste sie nach dem Tod von Friederike Seidensticker aufgeben und seitdem verlief ihr Leben ganz abgeschieden.

Der Vater hatte sie einige Male ermuntert, ihm mit einer Handarbeit Gesellschaft zu leisten, wenn er sich in seine Bücher vertiefte, doch die Anwesenheit seiner Tochter machte ihn verlegen und bald nahmen sie nur noch die Mahlzeiten gemeinsam ein.

Nach all den Jahren des Schweigens überfiel er seine

Tochter nun mit Bekenntnissen, die einer Beichte glichen und gewiss nicht für die Ohren eines unerfahrenen Mädchens bestimmt waren. Und doch wartete sie begierig auf die Fortsetzung seiner Rede, denn ihr schien, als würde eine Tür aufgetan, durch die sie der Ausweglosigkeit ihrer jetzigen Lage entrinnen könnte.

Der Alte leckte mit der Zunge über die trockenen Lippen und stöhnte gequält auf.

„Unbezähmbar war mein Verlangen nach ihrem Körper, denn die Susanna hatte mich in ihren Bann gezogen. Nur sie und keine andere wollte ich haben und ich redete mir ein, sie sei eine anständige, gute und brave Frau. Ich wohnte damals mit anderen Mietlingen im Haus einer Witwe und hatte jeden Groschen beiseite gelegt, um den Wünschen Susannas nach einer angemessenen Haushaltung so bald wie möglich entsprechen zu können.

Ihre Forderungen spornten mich an und lähmten mich zugleich, denn wie sollte ich so schnell reich werden, wie meine Begierde nach ihr wuchs? Liebe macht taub und blind und ich wusste nicht, dass sie nur ihre unersättliche Lust an mir stillte. Während sie sich mit Geschenken überhäufen ließ, dachte sie keine Sekunde daran, mir ihr Jawort zu geben. So nahm das Verhängnis seinen Lauf. Für unsere Zusammenkünfte gab es nur einen Ort, an dem wir ungestört sein konnten und das war die freie Natur. Wir trafen uns heimlich, wie es damals viele junge Leute taten, und ich verzehrte mich nach den Tagen, an denen ich mich an ihrem Körper erfreuen durfte. Meine Geschenke riss sie bei unseren Treffen begehrlich an sich und verstaute sie ohne Dank in ihren Taschen. Waren wir unbeobachtet, knotete sie ihr Mieder auf und wir legten uns auf den Boden."

Im Aussehen des Vaters hatte sich eine Wandlung vollzogen, er ähnelte wieder dem jungen Burschen, dessen erstes Liebeswerben einen so verhängnisvollen Lauf zu nehmen schien und die berauschenden Erinnerungen verwischten die Spuren des Alters. Ein seltsames Lächeln umspielte seine verhärmten Züge, als er mit geschlossenen Augen fortfuhr:

„Sie mochte es gern, sich rittlings auf mich zu setzen und dabei fiel ihr Haar wie ein schwarzer Seidenvorhang über ihre nackten, weißen Schultern. Bis dahin hatte ich nicht einmal geahnt, dass ein Weib soviel Verlangen empfinden konnte! Während ich mich daran gewöhnte, durch ihre Hände und ihren Körper Genüsse zu erfahren, die mein Blut zum Kochen brachten, schien sie sich mehr und mehr mit mir zu langweilen. Sie ließ mich fühlen, wie wenig ihr meine Zuneigung bedeutete und dass viele andere, wohlhabendere Männer um sie warben.

Spöttisch erinnerte sie mich daran, dass es mir noch immer nicht gelungen war, einen eigenen Hausstand zu gründen und drohte, sie wolle nicht länger meine Liebste sein, wenn ich ihr nicht bald ermöglichen würde, ihrem Dasein als Tochter eines gering geachteten Müllers zu entfliehen. Sie schürte meine Eifersucht und hielt unverblümt Ausschau nach anderen Männern. Es lag wohl in ihrer Natur, einen Mann zu quälen wie eine Katze die Maus.

Natürlich befürchtete ich schon lange, nicht der einzige zu sein, dem sie ihre Zuneigung schenkte, doch ich konnte meine trügerischen Hoffnungen nicht aufgeben. Eines Tages traf ein vornehmer Fremder in Zellerfeld ein, während Susanna auf dem Markt ihre Räucherwaren feilbot. Zufällig stand ich an jenem Tag wartend und hoffend neben ihr und konnte unschwer erkennen, dass er von ihrer Schönheit auf der Stelle vollkommen hingerissen war. Er stieg vom Pferd, schritt zielstrebig auf sie zu, zog seinen Hut und begrüßte sie ehrerbietig. Die elegante Kleidung wies ihn als einen reichen Herren aus und es schien, als habe sie immer nur auf diesen Tag gewartet.

Als ich bemerkte, mit welcher Hingabe sie sich dem Fremden zuwandte, sank mein Herz und ich hätte mich entfernen sollen, doch ich hatte meinen Stolz ganz und gar verloren. Flehend blickte ich sie an und bettelte, sie solle doch am Abend auf mich warten.

Ich muss einen wahrhaft kümmerlichen Anblick geboten haben, denn sie tat so, als sei ich nur eine lästige Fliege und gab mir mit einem letzten eiskalten Blick zu verstehen, dass ich nichts von ihr zu erwarten hätte. Dann kehrte sie mir den Rücken und wandte ihre ganze Aufmerksamkeit dem Fremden zu. Niedergeschmettert und beschämt entfernte ich mich. Seitdem war der Mann nicht mehr von ihrer Seite gewichen und hatte sich mit seinem Diener im Auerhahnkrug eingemietet. Die einsame Schankwirtschaft lag abseits von allen Siedlungen mitten im Wald und war nicht weit von der Glockenmühle entfernt.

Von nun an war Susanna vollkommen verändert. Ihre Augen glänzten wie im Fieber, ein abwesendes Lächeln umspielte ihre Lippen, wenn sie mich sah und im übrigen ging sie mir beharrlich aus dem Weg. Wenn ich ihr drängend nachstellte, brachte sie stets neue Ausflüchte vor, um nicht mit mir zusammentreffen zu müssen und vor Enttäuschung begann ich mich ganz krank und schwach zu fühlen.

Einmal verschwand sie sogar für längere Zeit und selbst ihre Eltern wussten nicht, wo man nach ihr suchen sollte. Nach ihrer Heimkehr tat sie geheimnisvoll und als ich wütend fragte, wo sie denn gewesen sei, lachte sie verächtlich und antwortete, ich müsse doch nicht alles von ihr wissen, nur weil sie mir einst ihre Gunst geschenkt habe. Ich solle sie gefälligst in Ruhe lassen, denn sie habe inzwischen einen Mann gefunden, der ihr mehr bieten könne als ein unbedeutender Bergbediener.

Mir stockte der Atem vor Wut und der Gedanke, sie nie mehr umarmen, ihren süßen Duft nicht mehr einatmen, ihre Küsse nicht mehr schmecken zu dürfen, machte mich wahnsinnig.

Durch Susanna und den Fremden war auch ich ins Gerede gekommen, denn in den Bergstädten blieb nichts vor den anderen verborgen. Man bemitleidete und verachtete mich wegen meiner Schwäche und ich spürte, wie mein Verstand sich langsam verdunkelte. So sehr ich mich auch bemühte, ich konnte an nichts anderes denken als an sie und meine Gedanken irrten umher wie aufgescheuchte Vögel.

Unter Tage fehlte es mir an der nötigen Vorsicht, mehrmals glitt ich aus und wäre beinahe in den Schacht hinabgestürzt. Schließlich mochte ich kaum noch essen und griff schon am Morgen zur Branntweinflasche. Ein zersetzender Hass nagte an mir und ich beschloss, die Geliebte zur Rede zu stellen und für ihre Untreue zu bestrafen.

Wie ein Geist irrte ich selbst bei Nacht umher, um nach ihr zu suchen, doch an den vertrauten Plätzen war Susanna nicht zu finden. Von absonderlichen Vorstellungen gequält trieb ich mich Abend für Abend in der

Nähe des Gasthofes herum, in dem der vornehme Herr Quartier genommen hatte und lag, am Waldrand versteckt, viele Stunden vergeblich auf der Lauer. Eines

Nachts war ich so vom Genuss des Branntweins benebelt, dass ich beschloss, den Gasthof zu betreten und den Wirt mit einer Drohung zu zwingen, mir den Aufenthaltsort der beiden zu verraten. Die Nacht war mondhell und die sommerlich warme Luft wie geschaffen, um mit einer Geliebten im weichem Gras zu liegen. Je näher ich dem Wirtshaus kam, umso heftiger klopfte mein Herz und ich fürchtete, bald völlig den Verstand zu verlieren. Tagelang war ich ungewaschen und betrunken durch die Wälder geirrt und noch bevor ich das Gebäude erreicht hatte, verließ mich der Mut und ich rannte schnell zurück in den Wald.

An die folgenden Stunden kann ich mich nur noch verschwommen erinnern. Meine Einbildungskraft gaukelte mir immer wieder vor, Susanna unter tief hängenden Fichtenzweigen in den Armen des Anderen liegen zu sehen und wütend stürzte ich zwischen den Bäumen hervor. Ich war schon ganz zerkratzt und blutig von den stachligen Ästen, die mir wie Peitschenhiebe ins Gesicht schlugen und als ich sie dann tatsächlich auf einer vom Mondlicht beschienenen Waldlichtung entdeckte, konnte ich nur entsetzt den Atem anhalten. Vollkommen nackt lag mein Mädchen in den Armen des Fremden und der Anblick seiner Hände auf ihrer blass schimmernden Haut steigerte meine ohnmächtige Wut zu Raserei. Noch hatten sie mich nicht entdeckt, denn ein kleiner Wildbach schäumte auf felsigem Gestein und das Rauschen des Wassers hatte meine Schritte übertönte.

Lüstern wie ein verdorbenes Höllenweib hielt sie ihn

mit ihren Schenkeln umschlungen und nur wer die töd-
liche Macht der Liebe kennt, wird verstehen, was sich
nun ereignete. Der Drang, mich zu rächen, sie zu töten
und auch den Mann zu vernichten, wurde übermächtig
und mein Zorn, verstärkt von der Wirkung des Branntweins, brach aus wie ein Vulkan. Ich stürzte mich auf das
Paar und hieb wild brüllend auf Susanna ein. Sie schrie
auf, als sie mich sah und während der vornehme Herr
erschrocken in die Höhe fuhr, kam etwas über mich, das
ich wohl als das Erbe meines Vaters ahnungslos mitgenommen hatte. Die heftigen Schläge, mit denen er mich
und die Mutter traktiert hatte, kamen plötzlich auch aus
meiner Hand gefahren und ehe ihr Liebhaber schützend eingreifen konnte, hatte ich sie an den Armen hoch
gerissen und so lange geschlagen und getreten, bis sie
blutüberströmt und leblos zu Boden sank."

Das ausgezehrte Gesicht des Vaters war totengleich erstarrt und die weit aufgerissenen Augen verloren sich in
einer angsteinflößenden Ferne. Magdalene wagte kaum,
zu atmen. Sie hatte alles, was er soeben beschrieben hatte,
ganz lebendig vor sich gesehen und glühend vor Scham
und Entsetzen wünschte sie, er würde nun sterben. Es
ekelte sie vor diesem Mann, der wohl ein Mörder war
und sie hasste seine offenherzigen Schilderungen, die
ihre Fantasie entfachten und verbotene Gefühle in ihr
aufsteigen ließen. Wie konnte er es wagen, der eigenen
Tochter die verbrecherische Last seiner Vergangenheit
aufzubürden? Am liebsten hätte sie das Haus verlassen,
doch die Schneemassen hielten sie gefangen und im An-
gesicht des nahenden Todes nutzte er ihr Ausgeliefert-
sein, um sein Gewissen zu erleichtern. Nun war er verstummt und schien zu schlafen.

Magdalene wickelte das Tuch fest um ihre Schultern und versuchte, ihr aufgeschrecktes Gemüt zu beruhigen. Ihr war kalt und nach einem Blick auf den Alten, der noch immer vor sich hinstarrte, erhob sie sich, um nach dem Feuer zu sehen. Das Brennholz war ausgegangen und sie warf sich einen Mantel über die Schultern und ging in den Hof. Eisige Kälte schlug ihr entgegen, aber die klare Luft war auch angenehm erfrischend und erleichtert verließ sie die muffige Stube.

Der hohe Schnee drückte die Fichtenzweige bis auf den Boden nieder und während sie sich einen Weg zum Schuppen bahnte, versuchte sie, ihre Gedanken von den unheimlichen Bekenntnissen ihres Vaters zu befreien. Erschöpft ließ sie sich wie ein Kind in die weichen Tiefen eines Schneehügels fallen und wie früher suchte sie in den Weiten des dunkelblau leuchtenden Nachthimmels nach vertrauten Gestirnen. Eine unendliche Sternenweite blinkte und funkelte ihr entgegen und entzückt verfolgte sie die Spur mehrerer Sternschnuppen, die verlöschend in die Tiefe sanken.

Wie still es war und wie klein und unbedeutend man sich angesichts dieser unendlichen Schwärze vorkam! Wenn sie nun einfach hier im Schnee liegen bliebe? Eine bleischwere Müdigkeit überkam sie, unbeweglich verharrte sie in der Kälte bis die Stimme des Alten nach ihr rief. Hastig sprang sie auf, warf Holzscheite in den Weidenkorb und betrat zitternd das Haus.

Ihre Abwesenheit hatte den Alten beunruhigt und immer wieder rief er laut ihren Namen. Resigniert kehrte sie an sein Bett zurück und sogleich setzte er seine Erzählung fort. „Da lag nun mein Mädchen und Blut floss aus den vielen Wunden, die ich ihr zugefügt hatte. Auf einmal verschwand die ganze Wut und mein Herz schnürte sich zusammen. Ich hatte sie getötet! Jammernd kniete ich neben ihr und wollte sie an mich drücken, zum Leben erwecken oder mit ihr sterben. Da versetzte mir der vornehme Herr einen heftigen Tritt in den Rücken und ich brach über ihrem leblosen Körper zusammen. Er riss mich von ihr weg und brüllte:

„Du Mörder hast Susanna getötet!"

Eine Weile rangen wir miteinander, kamen auf die Beine, fielen um und gingen wieder aufeinander los. Ich wusste ja, dass auf mich der Galgen wartete und fürchtete mich nicht davor, doch ich wollte nicht durch meinen verhassten Nebenbuhler dem Henker übergeben werden. Wütend schüttelte ich ihn ab, floh in den Wald hinein und wie Zuchtruten zerschnitten Äste und Zweige mein Gesicht und zerfetzten meine Kleider.

Nachdem ich viele Stunden gerannt war, erreichte ich im Morgengrauen einen Ort mit mehreren Schmelzöfen, deren hell lodernde Flammen die Dämmerung unheimlich beleuchteten. Weit und breit wuchs nicht ein Baum und der Boden war mit abgestorbenen Pflanzen bedeckt, wie es in der Nähe von Schmelzhütten üblich ist. Aus einem Gebäude drang ohrenbetäubender Lärm, den ich in meiner Verzweiflung willkommen hieß, denn meine Blutschuld dröhnte ebenso laut in meinem Kopf.

Erschöpft sank ich zu Boden und brüllte und schrie ganz laut, um mich von der Last meines Verbrechens zu befreien. Niemand hörte mich, das Hämmern und Stampfen des Pochwerkes übertönte jedes andere Geräusch."

Magdalene war zutiefst erschrocken und sehnte sich nach der Eintönigkeit ihres Lebens zurück.

„Vater, so beruhige dich doch!", rief sie aus, als der Alte sich mit großer Kraftanstrengung auf seine dürren Arme stützte und aufstehen wollte.

„Nein, nein, so lass mich doch reden, Weib!", schrie er sie an und fiel aufs Bett zurück.

„Die Ungewissheit darüber, ob ich sie getötet hatte oder ob sie noch am Leben war, hat mich beinahe auch getötet!"

Er griff wieder nach Magdalenes Hand.

„Ziellos bin ich weiter gerannt, kletterte felsige Berge hinauf, rutschte Abhänge hinunter und watete durch Bäche, Sümpfe und Moor. Nach einiger Zeit wurde die Witterung rauer und der Herbst setzte ein. Ich wanderte jede Nacht viele Stunden, denn ich wollte nicht gesehen werden und vor Anbruch des Morgens verkroch ich mich im Dickicht des Waldes. Ich sehnte mich danach, zu sterben und in all den Wochen nahm ich kaum Nahrung zu mir, denn ich verspürte keinen Hunger. Wie das Wild floh ich vor den Menschen und hoffte, wie ein geschwächtes Tier zu verenden. Ich wünschte, Wölfe würden mich zerreißen oder ein Bär mich zerfetzen und die ganze Zeit kreisten meine Gedanken ununterbrochen um Susanna, die ich blutüberströmt am Boden liegen und um Hilfe flehen sah.

Ich wurde so verzweifelt, dass ich mich selber richten wollte, aber dazu fehlte mir der Mut und aus irgendeinem Grund schien der Ewige seine Hand über mir auszubreiten und ließ noch vor Einbruch des Winters einen letzten Lebenswillen in mir aufflackern. Ich begann, nach Essbarem zu suchen, verschlang hungrig alles, was mir in die Hände fiel und beschloss, zu den Lebenden zurückzukehren. Sollte mir ein neuer Anfang vergönnt sein, wollte ich künftig nur Gutes tun, um meine böse Tat zu sühnen.

Eines Morgens befand ich mich auf einer bewaldeten Anhöhe und suchte, erschöpft vom nächtlichen Umherwandern, nach einem Versteck zum Schlafen. Im Tal erblickte ich eine kleine Siedlung und die Schönheit der Landschaft versetzte mir einen Stich ins Herz. Eine Kirche, winzige Häuschen, sanft gerundete Hügel, ein gemächlich dahin rauschender Bach und grüne, satte Weiden umgeben von dichten Wäldern - alles erinnerte mich an Marienberg, meinen Geburtsort.

Die liebliche Gegend entzückte mich, sie war ganz anders als die schroffen Täler und hohen Granitfelsen des Oberharzes, von denen ich inzwischen weit entfernt war. Plötzlich fiel der Hunger nach Brot und Fleisch mich an wie ein Wolf. Ich überlegte hin und her, was ich den Bewohnern des Ortes auf ihre Fragen antworten sollte und der erste Mensch, dem ich begegnete, war ein rußverschmierter Köhler. Ich entbot ihm den Gruß der Bergleute *Glück auf!* und er grüßte in derselben Weise zurück.

Dabei musterte er mich misstrauisch und fragte, woher ich denn käme, denn mein Aussehen war das eines zerlumpten Wegelagerers. Ich behauptete, überfallen, ausgeraubt und von Räubern mit zerfetzten Kleidern halbtot liegen gelassen worden zu sein. Aus Angst, sie könnten zurückkehren, sei ich so lange gerannt, bis ich mich vollkommen verirrt hätte.

Natürlich wusste der Mann, dass die Gestirne einem den Weg weisen, aber der friedfertig aussehende Kauz nickte nur freundlich und lud mich zu einer Mahlzeit in seine Köhlerhütte ein. Er schien wohl zu spüren, in mir einen Heimatlosen vor sich zu haben. Nachdem ich einige Tage auf dem einsamen Kohlenhai verbracht, mich gewaschen und Haare und Bart geschnitten hatte, suchten wir gemeinsam den Bergmeister in Straßberg auf. Als der erfuhr, dass ich mich auf die Kunst des Markscheidens verstand, beharrte er darauf, mich dem Bergdirektor vorzuführen und bald fragte niemand mehr nach meiner Herkunft.

Ich dankte dem Schöpfer für das unverdiente Glück, mich in diese Gegend geführt zu haben und schwor, mein Gelübde zu erfüllen. Ich wollte all meine Kräfte und mein gesamtes Wissen nutzbringend in den Dienst des Bergbaus stellen. Dem freundlichen Köhler Bindseil, Deinem Großvater, blieb ich mein Leben lang zugetan und er war es, der mir später seine Tochter Margarete zur Frau gab, deine Mutter. Inzwischen hätte ich wohl Mädchen aus besser gestellten Familien freien können, aber ich fürchtete mich vor meinen inneren Gewalten und die unscheinbare, brave Tochter eines Köhlers war mir gerade recht.

So bin ich nach Straßberg gekommen und wieder zu einem Menschen geworden. Aber ich rechnete stets damit, dass man vom Oberharz aus nach mir fahnden würde. Die Jahre vergingen, nichts geschah und je angenehmer mein neues Leben verlief, umso schwerer lastete die Schuld auf meinem Gewissen. Anstatt wie ein feiger Mörder zur Hölle zu fahren, wurde ich mit Dank und Anerkennung für meine Verdienste belohnt, denn die Ausbeute an Silber war seit meiner Ankunft unaufhörlich gestiegen. Der unerwartete Reichtum lenkte die Aufmerksamkeit des Landesherrn auf mich und eines Tages kam er mit seinem Gefolge in unseren Ort geritten.

Der alte Bergdirektor war gerade gestorben und obwohl ich von unbedeutender Herkunft war, gab man mir die Aufsicht über alle Bergleute der Straßberger Gruben. Als besonderes Zeichen seiner Dankbarkeit überreichte mir der Graf den silbernen Becher, doch ich konnte seinen Anblick nicht ertragen und verbarg ihn in der Truhe. Immer wieder wollte ich mich der Gerichtsbarkeit stellen, damit sie mich mit dem verdienten Tod bestrafen konnten, aber ich tat es nicht, denn ich hatte ja nun Frau und Kind, die ich nicht im Stich lassen durfte. Was hätte ich dafür gegeben, noch einmal an den Ort meines Verbrechens zurückkehren zu können, um zu erfahren, ob die Geliebte vielleicht doch noch am Leben war?"

Tief seufzte der Alte und drückte seine Finger in ihren Arm.

„Magdalene, dein Vater trägt das Kainsmal auf der Stirn! Zweimal bin ich geflüchtet, dreimal habe ich neu beginnen müssen und ich fürchte, auch du, meine Tochter, wirst die Heimat bald verlassen müssen. Ich hoffe, der Allmächtige wird dir ein treuer Hirte sein und dich führen, wie es im Psalter geschrieben steht! Geh fort von hier, geh dahin, wo das Gestein noch reich ist an Erzen und die Ausbeute groß."

Magdalene erschrak. Ihr ganzes Leben hatte sie hier in Straßberg verbracht und nun wollte er sie vertreiben? Der Vater bediente sich ganz selbstverständlich des vermeintlichen Vorrechtes des Mannes, die weiblichen Kräfte zu nutzen, um eigene Wege und Ziele zu erreichen. Er mahnte mit fester Stimme:

„Versprich mir, dass du gehen wirst! Gib mir dein Wort!"

Magdalene wagte nicht, dem Sterbenden zu widersprechen und nickte ergeben mit dem Kopf.

„Ja Vater, ich verspreche es, ich gehe hoch auf den Harz!"

In der Andeutung eines biblischen Segens ließ er seine Hände zitternd über ihrem Kopf schweben und faltete sie dann über seiner Brust.

„Du weißt, ich kann dir nichts hinterlassen, denn auf dem Haus liegen Schulden und meine Ersparnisse sind aufgezehrt. Nimm den Kelch und lass ihn dir in Silber aufwiegen, damit hast du für viele Jahre einen Notgroschen. Mach dich auf und lauf im Gebirge immer nach Westen und schließe dich den Botenfrauen an, denn es ist ein langer Weg. Wenn du hinter Goslar die Höhe erreicht hast, frage im Auerhahnkrug nach Arbeit, von dort ist es nicht mehr weit bis ins Tal der Grane, wo die Glockenmühle steht. Aber verbirg deinen Namen, niemand darf wissen, wer du bist, es könnte dich in Gefahr bringen!"

Seine Stimme war immer leiser geworden und plötzlich drang nur noch ein klägliches Jammern aus seiner Kehle:

„Oh, Herrgott, mich friert so sehr!"

Kraftlos sank sein Kopf zur Seite und sein Gesicht verzerrte sich zu einer steinernen Totenmaske. Hilflos kniete sie neben dem Bett nieder, legte ihren Kopf auf seine Bettdecke und sprach weinend ein stummes Gebet. Da geschah etwas Seltsames. Eine unsichtbare Hand schien liebevoll über das Antlitz des Alten zu streichen und die verkrampften Züge entspannten sich zu einem kindlichen, erwartungsfrohen Lächeln. Noch einmal öffnete Zacharias Koch seine Augen und in ungläubigem

Erstaunen rief er aus: „Margarete!"

Dann erlosch sein Blick und er starb. Magdalene verharrte auf den Knien, bis die Morgenröte durch die Fenster sickerte. Dann stand sie auf, wusch den Leichnam, holte das Sterbehemd aus der Truhe und zog es über den eingefallenen Körper des Alten.

Sie verließ das Haus, um dem Pfarrer die Nachricht vom Tod des Vaters zu bringen und kehrte schnell zurück in die Nähe des Vaters. Drei Tage ließ man ihn auf dem Totenbett ruhen, bevor er unter die Erde kam, die wie Felsgestein gefroren war und aufgemeißelt werden musste. Die wenige Menschen, die sich auf dem kleinen Straßberger Kirchhof eingefunden hatten, um dem einstigen Bergdirektor die Ehre zu geben, umstanden frierend das frische Grab und Magdalene fror nicht nur wegen der Kälte, sondern auch aus Angst vor ihrer ungewissen Zukunft.

In den folgenden Monaten bewohnte sie das große Gebäude ganz allein und eine angstvolle Unruhe bemächtigte sich ihrer bisher so geduldigen Seele. Sie würde fortgehen müssen, doch die Nachrichten vom Krieg und die warnenden Stimmen der Nachbarn nahmen ihr jeden Mut. Wenn es ihr nur gelang, die erfahrenen Händlerinnen aus Nordhausen aufzuspüren, die jedes Jahr im Frühling den gesamten Harz durchquerten und auf ihren weiten Wegen gern kräftige junge Frauen in ihr Gefolge aufnahmen, die gut zu Fuß waren und schwer beladene Körbe tragen konnten. Nur ungern trennte sie sich von ihrem alten beschaulichen Leben und fürchtete den Tag, an dem man es ihr entreißen würde.

Schließlich kam der Frühling und der Monat Mai ließ auch das letzte Eis zerfließen. Der neue Besitzer des Hauses drängte und an einem sonnigen Morgen suchte Magdalene ihre Habseligkeiten zusammen und packte sie in einen Tragekorb, den silbernen Becher jedoch verwahrte sie in einem Gürteltäschchen aus Nesselleinwand unter ihrem Rock. Ein letztes Mal blickte sie durch die geöffneten Fenster in die schöne weite Landschaft hinaus, hörte im Küchengarten die Vögel zwitschern und es klang, als riefen sie ihr zu: *Bleib hier, bleib hier!*

Still lagen die verlassenen Bergwerksgebäude im frühen Sonnenlicht und in der Ferne sah man die Bauern wie kleine Schachfiguren, die für den König ins Feld ziehen mussten, ihre Pflüge durch den aufgeweichten Boden ziehen. Magdalene verließ mit schnellen Schritten das Haus. Wie weh das tat, alles zurücklassen zu müssen! Ein letztes Mal überquerte sie die schwankende kleine Holzbrücke, unter der die Selke dahin plätscherte und hatte nun die Trennlinie zwischen dem alten und einem unbekannten neuen Leben überschritten.

Bevor sie den Wald erreichte, blieb sie noch einmal stehen, drehte sich um und betrachtete die Frühlingswiesen, die grünenden Felder und die sanft gerundeten Hügelketten. Der Anblick der vertrauten Schönheit schnitt ihr ins Herz und sie ahnte, dass sie den Heimatort nie wieder sehen würde. Entschlossen schlug sie den Weg ein, den die Mutter gegangen war, wenn sie ihre kleinen Reisen angetreten hatte. Zukünftig würde sie den Namen des Vaters ablegen und den der Mutter tragen: Magdalene Bindseil.

Kapitel 2

AUFBRUCH

Seit mehreren Stunden wanderte sie nun schon in nordwestlicher Richtung und das fröhliche Singen war ihr vergangen, nachdem sie unterwegs immer wieder auf zerlumpte Grüppchen flüchtender Menschen gestoßen war, die ihr warnend davon abrieten, allein umherzuziehen. Am späten Nachmittag eines sonnigen Frühlingstages erreichte sie die kleine Siedlung Stiege und noch immer hatte sie keine einzige Landgängerin getroffen, der sie sich hätte anschließen können. Früher liefen diese Weiber, die man scherzhaft „Kamele des Harzes" nannte, zu Hunderten durch den Harz, doch jetzt schienen sie wie vom Erdboden verschluckt.

Um Hasselfelde machte sie gleich einen Bogen, denn schon von weitem konnte sie sehen, dass Flüchtlinge den Ort belagerten. Nirgendwo war man mehr sicher, die abgelegensten Gegenden des Harzes wurden von Soldaten durchstreift und obwohl niemand einer ärmlich gekleideten Frau Beachtung schenkte, rieb sie ihr Gesicht mit Staub ein, zog das Kopftuch tiefer über die Augen und irrte in der Hoffnung weiter, irgendwann auf die unerschrockenen, fröhlichen Weiber zu stoßen.

Je weiter sie sich von Straßberg entfernte, umso mehr Soldaten begegneten ihr und sie vermied ängstlich die breiten Wege und Straßen. Wenn Pferdehufe oder das gleichförmige Trampeln von Soldatenstiefeln erklangen, lief sie in den Wald hinein und änderte schnell ihre Richtung, um nicht entdeckt zu werden. Dabei verlor sie ihr ursprüngliches Ziel aus den Augen und allmählich wurde ihr bewusst, dass der Krieg alles verändert hatte. Wegen der verwüsteten Felder kam es zu Ernteausfällen, die Wochenmärkte fanden kaum noch statt und selbst die unentbehrlichen Botenfrauen hatten wegen der Lebensmittelknappheit ihre Bedeutung verloren. Magdalene befürchtete, auch der Oberharz, den sie in ihrer Phantasie zu einem Ort des überfließenden Reichtums verklärt hatte, könnte von feindlichen Truppen und Plünderern übersät sein.

Misstrauisch wich sie allen Siedlungen aus und folgte nur noch den Spuren kaum sichtbarer kleiner Wildpfade. Arme und Beine waren ganz zerkratzt von den stachligen Zweigen und Hecken, hinter die sie sich immer wieder mit einem schnellen Sprung flüchten musste, um Menschen auszuweichen. Getrieben von Hunger und Angst floh sie vor der Bestialität der kämpfenden Truppen und geriet doch immer tiefer zwischen die wechselnden Fronten des Krieges. Mit grausamer Gefräßigkeit zwangen die Herrscher des Abendlandes Hunderttausende von gewaltbereiten Männern, kreuz und quer durch Europa zu ziehen und ihr Schlachtengetümmel riss die gesamte Zivilbevölkerung mit in die Tiefe. Vor der Kulisse von brennenden Dörfern und verkohlten Feldern flohen abgemagerte Gestalten mit Bündeln auf dem Rücken vor einem näher rückenden Heer, dessen siegesgewisses Pfeifen, Trommeln und Flöten schon von Ferne den Tod ankündigte.

Wenn ihr Flüchtlinge entgegenkamen, machte Magdalene sich nicht mehr die Mühe, ein Versteck zu suchen. Die verhärmten Gestalten blickten kaum auf, nur die Kinder streckten im Vorbeigehen ihre dünnen Ärmchen aus und bettelten um ein Stück Brot. Entmutigt blieb sie so lange am Wegrand sitzen, bis der ganze schwerfällige Tross an ihr vorüber gezogen war. Allmählich gingen die letzten Münzen zur Neige, die sie in Stiege bei einer Geldwechslerin eingetauscht hatte. Sie musste bald eine neue Entscheidung treffen.

Nach den ungemütlichen Nächten im Freien sehnte sie sich danach, in einem richtigen Bett zu schlafen und beschloss, nicht in den Oberharz, sondern nach Elbingerode zu ziehen. Dort lebte der Hirte Bindseil, ein Bruder ihrer Mutter, und den wollte sie um Hilfe bitten. Bisher war sie von Überfällen verschont geblieben, weil sie einen so ärmlichen Eindruck machte und fortwährend hatte sie Angst, man könne ihr den silbernen Kelch fortnehmen.

Ihr war eingefallen, wie sie das Kleinod besser verstecken konnte. Aus Weidenzweigen flocht sie einen festen dünnen Zwischenboden für den Tragekorb und füllte den entstandenen Hohlraum mit dem in Stoff eingewickelten Becher. Nun brauchte sie nicht immer das kleine Täschchen unter ihrem Rock an sich zu drücken und beruhigt schlug sie den Weg nach Elbingerode ein.

Der Tag war heiß, die Sonne brannte auf den staubigen Wegen und Magdalene hatte verborgen unter riesigen Fichten eine Rast eingelegt. Nachdenklich kaute sie an einem Grashalm, da hörte sie Eselsgeschrei und spähte zwischen den Ästen hindurch. Mehrere Männer und mit Fässern schwer beladene Esel hielten sich wie sie an einen alten Schmugglerpfad und zogen vorsichtig im Schutz der Bäume an ihr vorbei, ohne sie zu bemerken.

Magdalene sehnte sich nach menschlicher Gesellschaft, packte ihre Sachen zusammen und folgte den Männern eine Weile und befand, dass sie es mit redlichen Menschen zu tun hatte. Ihre sonstige Vorsicht vergessend, rief sie ihnen einen zaghaften Gruß zu. Erschrocken drehten sie sich um, erhoben drohend ihre Knüppel und einer zückte sogar eine Pistole. Magdalene bereute schon ihre mutige Tat, doch nun blieb ihr keine andere Wahl, als sich zu zeigen. Die finsteren Züge der Eseltreiber besänftigten sich sofort, als die Fremde näher kam und darum bat, sie ein Stück des Weges begleiten zu dürfen. Vor allem bei Gustav, dem Besitzer der Esel, stieß die Aussicht, eine junge Frau zur Gesellschaft zu haben, auf große Zustimmung und man wurde schnell einig, ihr bis nach Elbingerode sicheres Geleit zu geben.

Magdalene war erleichtert. Während sie unterwegs Neuigkeiten austauschten, erfuhr sie, dass die Esel mit Nordhäuser Branntwein bepackt waren, der für preußische und kurhannoversche Truppen bestimmt war, die in Elbingerode lagerten. Das Harzer Dünnbier war den Soldaten zu schwach und überhaupt war die Nachfrage nach Branntwein während des Krieges wegen seiner betäubenden Wirkung merklich gestiegen. Das Brennen von Schnaps war allerdings verboten und der Schwarzmarkt blühte und trieb die Kornpreise in immer schwindelerregendere Höhen.

Gustav betrachtete die Frau neugierig von der Seite. Sie war trotz ihrer schäbigen Kleidung schön, hielt sich gerade und zeigte ein bescheidenes freundliches Wesen. Seit er den heimlichen Schnapshandel betrieb, war er zu Geld gekommen und hatte beschlossen, dieser Transport sollte der letzte sein. Gustav war eigentlich ein frommer Mensch und schämte sich der krummen Wege, die er als Schmuggler gehen musste. Wenn es ihm vergönnt sein sollte, auch diese Ladung glücklich abzuliefern, wollte er das Schicksal kein weiteres Mal herausfordern!

Mit den genügsamen wendigen Eseln waren die Männer schon mehrfach durch unwegsames Gelände geschlichen und hatten auf verborgenen Pfaden Branntwein geschmuggelt. Die Karawane vermied das offene Gelände und bewegte sich im bewährten Schutz dicht bewaldeter Forste. Jeder noch so entlegene Winkel des Harzes war den Männern vertraut und während sich die ortsfremden Truppen mit ihren schweren Kriegsgeräten polternd und lärmend auf den ausgefahrenen Hohlwegen fortbewegen mussten, blieben Gustav und seine Männer unsichtbar.

Gustav versammelte an jedem Abend der Reise seine Begleiter um sich und kniete nieder, um ein Dankgebet zu sprechen. Nach der andächtig gemurmelten Bitte, man möge auch diesmal den Bestimmungsort sicher erreichen, drängten sich alle am Feuer zusammen und teilten Brot, Käse und Wurst miteinander. Gustav rückte ganz nah an die neue Weggefährtin und erzählte ihr voller Stolz, dass er früher ein wohlhabender Getreidehändler in Goslar gewesen sei. Dann seufzte er tief, blickte Magdalene sehnsüchtig an und erklärte, dass er sich gern wieder mit einer Frau zusammentun würde.

Bald begaben sie sich zur Nachtruhe und nur einer der Männer blieb als Wache am Feuer sitzen. Auch Magdalene lag wie immer in Decke und Mantel gehüllt ein wenig abseits von den Männern auf dem Boden. Bis auf den schwachen Schein der Glut war es stockfinster und sie erschrak, als jemand sich neben ihr niederließ und beruhigend flüsterte, sie brauche sich nicht zu fürchten. An der Stimme erkannte sie, dass es Gustav war, der mit den Händen über ihren Körper tastete und sein Becken stöhnend gegen ihr Hinterteil presste. Sie hoffte, die anderen würden nichts bemerken und bat ihn leise, von ihr abzulassen. Enttäuscht beendete er sein Tun, stand schwerfällig auf und verschwand im Wald. Danach konnte sie nicht mehr einschlafen, betrachtete die Sterne und fürchtete sich vor dem kommenden Tag.

Doch am Morgen war Gustav wie immer freundlich zu ihr und sie zogen weiter, als sei nichts geschehen. Bald sah man den kleinen Flecken Elbingerode in einer Senke liegen. Der Schlag der Kirchenglocken zeigte die zehnte Stunde an. Auf einer dem Ort gegenüberliegenden Anhöhe luden sie im Schatten alter Kastanienbäume die Fässer ab, ließen die Tiere weiden und setzten sich auf den Boden.

In Kürze erwarteten sie hier einige Uniformierte, die mit eigenen Pferden den kostbaren Branntwein abholen wollten. Näher heran durfte sich die Karawane nicht wagen und wenn sie ihre Fracht abgeliefert hatten, würden sie unverzüglich nach Nordhausen zurück kehren. Magdalene schaute sich um, die Umgebung war seltsam, überall stießen weißgraue Kalkfelsen aus dem Boden hervor und durchbrachen die struppig bewachsenen Rasenflächen. In der Ferne stand auf einem hoch aufragenden Felsen ein Galgen, dessen Seil im Wind hin und herpendelte.

Magdalene blieb unwillkürlich stehen und erschauerte. Trotz des hässlichen Galgens empfand sie die Schönheit der Landschaft und staunte über die unendliche Weite, die sich vor ihnen auftat. Sie schienen sich auf einer luftigen Hochebene zu befinden, deren bewaldete Flächen wohl den Wildtieren als Zufluchtsort dienten und auf deren Viehweiden sich die zahllosen Pferde der Soldaten tummelten. Die ausgedehnten Wiesen wimmelten von preußischen und kurhannoverschen Truppen, deren farbenprächtige Uniformen und Hüte wie ein Meer von roten, gelben und blauen Blumen leuchteten. Magdalene beobachtete fasziniert die Soldaten. Umschlossen von dichtem Gebüsch waren sie und die Esel vor allen Blicken verborgen, während sie in ihrem Versteck die Vorgänge ringsumher genau verfolgen konnten.

Wie schade, dachte sie, dass die Männer die schönen Uniformen nur trugen, um sich darin erschießen zu lassen! Gustav saß neben ihr und kam mit seinem Kopf ganz dicht an sie heran. Mit der Hand wies er in eine bestimmte Richtung, denn von hier aus konnte man sogar den blassblauen Umriss des Brockenberges sehen. Magdalene erkannte bekümmert, dass sie noch sehr weit vom Oberharz entfernt war.

Nun mussten sie sich voneinander trennen, um die bald eintreffenden Soldaten nicht auf die Frau aufmerksam zu machen. Schweren Herzens schulterte sie ihren Tragekorb und schüttelte allen zum Abschied die Hand. Den Männern konnte man die Erleichterung von den Gesichtern ablesen, nach dem gefahrvollen, anstrengenden Fußmarsch ihr Ziel erreicht zu haben und unbeschwert heimkehren zu können. Der fürsorgliche Gustav zog Magdalene ein wenig zur Seite und murmelte: „Bleib bei mir, Mädchen!"

Sie zögerte einen Augenblick, denn das Angebot war verlockend. Doch eine innere Stimme, die genauso klang wie die ihres Vaters, befahl ihr eindringlich, den vorgezeichneten Weg weiter zu gehen, um rasch in den Oberharz zu gelangen. Sie murmelte ein paar verlegene Dankesworte und machte sich traurig auf den Weg, um den Hirten Bindseil in Elbingerode zu suchen. Vorsichtig hielt sie sich im Schutz von Büschen und Bäumen verborgen und zuckte zusammen, als plötzlich eine Horde Reiter mit unbeladenen Packpferden an ihr vorüber preschte. Das mussten die Boten sein, die den gelieferten Branntwein abholen sollten. Neugierig verbarg sie sich und wartete, bis die Uniformierten zurückkamen.

Die Packpferde waren mit vielen kleinen Fässern behängt und an den ausgelassenen Rufen der Uniformierten hörte sie, dass sich die Dinge gut entwickelt hatten. Voller Vorfreude kehrten sie in ihr Heerlager zurück. Bevor sie weiterging, suchte sie noch einmal mit den Augen den Waldrand ab und sah die unbewegliche Gestalt Gustavs oben auf dem Hügel stehen. Er beobachtete sie und wartete, bis sie die ersten Häuser erreicht hatte, erst dann setzte sich der Zug mit den mageren grauen Tieren langsam in Bewegung und verschwand hinter dem Horizont.

Vor einem windschiefen Häuschen saß eine Frau auf der Bank und starrte Magdalene neugierig an. Als sie die Alte nach Christian Heinrich Bindseil, dem Kuhhirten, fragte, seufzte das traurig drein blickende Weib vielsagend und lud sie mit einer Handbewegung ein, sich neben ihr niederzulassen. Sie schien sich über ein wenig Abwechslung zu freuen und begann sogleich, ohne auf die Frage einzugehen, ausführlich ihr eigenes Schicksal und ihren schweren Leidensweg zu schildern. Magdalene war es recht, müde von den Tagen des Wanderns ließ sie sich dankbar von der Mittagssonne bescheinen und hörte zu.

Die Alte beklagte, dass der Ort durch die fortwährenden Einquartierungen französischer, preußischer und kurhannoverscher Truppen völlig verarmt sei. Ach, der böse Krieg! Wer würde es für möglich halten, dass sich ein Heer von fünfzehntausend Franzosen in der Stadt einquartiert hatte?! Fünfzehntausend Mann! Von Hüttenrode bis Rübeland waren Wälder, Wiesen, Felder und Gärten von den Rotröcken bedeckt und als die Soldaten endlich weitergezogen waren, befanden sie sich inmitten einer schrecklichen Hungersnot.

Wieder wollte Magdalene nach dem Verbleib des Hirten Bindseil fragen, doch die Frau plapperte unbeirrt weiter und ließ sie nicht zu Wort kommen. Die Herren Offiziere kannten keine Gnade und der Krieg hatte ihr sogar den einzigen Sohn entrissen; bis heute wusste sie nichts über sein Schicksal. Bewaffnete Werber hatten auch hier alle Höfe durchkämmt und mit den Bajonetten ins Heu gestochen, um Versteckte aufzuspüren. So zwang man junge Burschen in den Militärdienst und aus Mangel an Nachschub wurden sogar die alten Männer verschleppt, in irgendeine Uniform gesteckt und in vorderster Linie totgeschossen. Ach, und was der Krieg den jungen Mädchen antat, der Höchste möge sich erbarmen!

Hier schlug sie die Hände vor´s Gesicht und stieß einen erstickten Schrei aus. Nach einer Weile verstummte das Schluchzen und die Frau putzte sich mit dem Schürzenzipfel umständlich die Nase. Mitleidig legte Magdalene einen Arm um die schmächtigen Schultern der Alten und wiederholte ihre Frage nach dem Verbleib des Verwandten. Zu ihrer Bestürzung erfuhr sie:

„Ach, der alte Bindseil, der ist doch schon lange fort. Was soll ein Hirt denn tun, wenn kein Vieh mehr da ist?"

Bevor Magdalene sich von ihrer Enttäuschung erholen konnte, erklang hinter dem Haus das Geräusch trappelnder Pferdehufe und quietschender Räder. Beide Frauen blickten sich neugierig um. Auf dem Kutschbock eines Einspänners saß breitbeinig ein kräftig gebauter Mann, dem eine Axt von der Schulter baumelte. Dem vierschrötigen Kerl gingen die Augen über, als er Magdalene erblickte und vom hohen Sitz des Fuhrwerkes herab musterte er ungeniert ihren Körper. Grinsend entblößte er zwei Reihen brauner Zähne, fragte:

„Erzählt die Hölscherin wieder ihre Lügengeschichten?", stieg ab und setzte sich auf die knarrende Holzbank.

Während er gemächlich eine Pfeife anzündete, schob er seinen schweren Leib unauffällig näher an Magdalene heran und sie konnte durch den Stoff ihres Rockes seine Hüften fühlen. Lauernd starrte er sie an, blies einen Schwall von Tabakrauch gegen ihre Wange und brummte:

„Suchst du nach Arbeit, Frau? Ich betreibe eine Blankschmiede und könnte eine fleißige Magd wohl gebrauchen! Der Krieg hat mir den Gesellen entrissen und wenn du fest zupacken kannst, findest du bei mir ein Dach über'm Kopf!"

Sie blickte ihn an und erschrak vor der Wildheit in seinen Augen. Bald würde der Abend hereinbrechen und die Vorstellung, wieder ganz allein in die Dunkelheit der Wälder zu müssen, nachdem sie nun ein wenig menschliche Nähe erfahren hatte, erfüllte sie mit niederschmetternder Traurigkeit.

„Sie sucht den Bindseil", murmelte die Alte und der Fremde bestätigte noch einmal die traurige Wahrheit: „Der Bindseil ist doch schon lange weg, mitsamt der Familie ist er fortgezogen."

Magdalene erschauerte. Keinen einzigen Menschen hatte sie mehr auf der ganzen Welt und wenn der Winter kam, würde sie verhungern, erfrieren oder von wilden Tieren gefressen werden. Die herannahende Dämmerung überzog die Landschaft bereits mit dunklen Schatten und in die anhaltende Stille hinein hörte sie sich mit fremder Stimme sagen:

„Wenn es Arbeit gibt, geh ich mit!"

Die Alte blickte sie erstaunt an und der Mann sprang sogleich auf, packte ihren Arm, zog sie hoch auf den Kutschbock und teilte ihr mit, dass sein Name Caspar Klocke sei. Mit einem energischen Peitschenhieb setzte er das Pferd in Bewegung und die alte Frau warf ihr einen letzten warnenden Blick zu. Plötzlich wurde Magdalene bewusst, dass sie etwas getan hatte, was gegen jede Vorsicht verstieß und je weiter sie sich von dem kleinen Häuschen entfernten, desto heftiger wurde sie von bösen Vorahnungen befallen.

Mit hängendem Kopf hockte sie neben dem grobschlächtigen Mann und betrachtete im Vorbeifahren verstohlen die Häuser. Nicht nur vor den Toren der Stadt, sondern auch innerhalb der Ortschaft schienen sich einige Regimenter einquartiert zu haben, denn überall standen magere Reitpferde an Zäunen angebunden und in den Gärten und Höfen ragten zwischen Obstbäumen und Ställen die riesigen Armeezelte hervor.

Von einem nicht weit entfernten Hügel ertönte lautes Gebrüll, dort schwenkten Hunderte von Soldaten in leuchtend blauen Uniformen ihre Bajonette und gehorchten den Befehlen eines berittenen Kompaniechefs.

Während sie durch den Ort fuhren, fühlte sie sich von zahllosen Augenpaaren beobachtet. Die neugierigen Blikke der Frauen, die mit finsterer Miene und verschränkten Armen aus den Fenstern lehnten, folgten ihnen und sie spürte, wie eine Wand aus beinahe greifbarer Verachtung sie von allen Seiten umgab. Gerade trabte das Pferd an einer großen Steinkirche vorbei, als sie in einer Seitenstraße eine Poststation entdeckte. Ihr Herz machte einen Sprung und eine innere Stimme befahl ihr, schnell dorthin zu laufen und um ein Nachtquartier zu bitten. Doch als habe er ihre geheimen Fluchtpläne bemerkt, traf sie ein drohender Blick und sie wagte nicht einmal mehr, sich umzuschauen.

Bald hatten sie die letzten Häuser hinter sich gelassen und waren nur noch von ausgedehnten Wiesen umgeben. Pfeifend drehte er den Kopf zur Seite, spuckte in hohem Bogen einen braunen Sud aus und ließ das Pferd unnötigerweise den Hieb der Peitsche fühlen.

Magdalene fragte sich, wie weit sie denn noch zu fahren hatten. Ihre Beklommenheit wuchs, als ihr klar wurde, dass sein Anwesen vollkommen einsam gelegen war, denn erst als der Wald mit seinem dunklen Heer von Tannen sich drohend vor ihnen aufbaute, erreichten sie endlich die Schmiede. Angst schnürte ihr die Kehle zusammen und der Drang, fortzurennen wurde übermächtig.

Neben einem lang gestreckten steinernen Gebäude plätscherte ein Bach, dessen Wasser in eine hölzerne Rinne geleitet wurde und von oben auf ein kleines Mühlrad herabfloss. Schmiede, Stall und ein Holzschuppen umgab eine Mauer, deren grauweißes Gestein unheimlich in der Sonne leuchtete.

Der Schmied atmete schwer, als er die Tür öffnete und noch bevor sie sich auf dem Grundstück zurechtfinden konnte, hatte er sie ins Innere des Hauses gestoßen, die schwere Tür zugeschlagen und mit einem eisernen Riegel verschlossen. Durch die Ritzen der Fensterläden fiel kaum Tageslicht und Magdalene erkannte eine Schmiedewerkstatt, die wohl gleichzeitig als Wohnraum genutzt wurde, denn sie enthielt einen Tisch, Bänke und grob gezimmerte Stühle. Neben dem klobigen Holztisch blieb er stehen, entzündete den Docht einer Öllampe und musterte sie unverhohlen von oben bis unten.

„Hast wenig auf den Rippen!",

brummte er und Magdalene senkte beschämt den Kopf und wollte sich verlegen auf eine Bank setzen. Mit einem schnellen Satz sprang er jedoch auf sie zu und riss sie an sich. Ganz dicht an ihrem Ohr hörte sie sein Keuchen, spürte überall auf ihrem Körper seine Hände und schrie entsetzt auf, als sie unter ihren Rock glitten. Wütend hielt er ihr schnell den Mund zu und zischte:

„Hier hört dich doch keiner!"

Ungeduldig begann er an ihrer Bluse zu zerren und ungeachtet des harten Steinbodens drückte er sie zu Boden und warf sich auf sie. Magdalene schürfte mit den Ellenbogen hilflos über das Gestein, stemmte sich gegen seine Brust und wand sich verzweifelt hin und her, doch es gelang ihr nicht, frei zu kommen.

Sein schwerer Körper lastete auf ihr wie ein Bleigewicht. Während er mit einer Hand ihre Arme festhielt, drängte er mit der anderen störrisch so lange ihre zusammengepressten Beine auseinander, bis sie nicht mehr genug Kraft hatte, sich zu wehren und hilflos schluchzend die wuchtigen Stöße seiner breiten Lenden ertragen musste. Sie verfluchte ihren Leichtsinn und ihre Dummheit. Nach einer Weile wurden die Schmerzen so qualvoll, dass sie sich wünschte, tot zu sein. Nachdem er seine Lust an ihr gestillt hatte, stand er auf und machte sich in der Schmiede zu schaffen, ohne sie weiter zu beachten. Gegen Abend forderte er sie auf, einen Brei aus Weizen zu kochen, aß und legte sich schlafen.

In der Nacht erklang sein lautes Schnarchen und sie versuchte im Schein der verglühenden Kohlen zu erkennen, ob sie aus einem Fenster fliehen konnte. Vorsichtig schlich sie umher. Die Tür war von innen fest verriegelt und den Schlüssel zu einem großen Vorhängeschloss hatte er sich mit einer Kette um den Hals geschlungen. Unbekümmert wie ein sattes Kind lag sein plumper Körper ausgestreckt auf einem Strohsack und nicht einmal die vielen Wanzen, die aus seiner Kleidung hervor krabbelten, störten seinen Schlaf. Magdalene blickte verzweifelt durch die vergitterten Fenster in die Nacht hinaus und weinte leise vor sich hin.

Die Tage vergingen und sie verbrachte schlaflose Stunden damit, ihre Flucht zu planen, doch Caspar bewachte sie wie einen kostbaren Schatz, den er keinesfalls wieder verlieren wollte. Sie hasste ihn und seine gewalttätige Gier und ihr Kopf drohte zu zerspringen, wenn er mit dröhnenden Schlägen den Schmiedehammer nieder krachen ließ. Wenn der Schmied arbeitete, entrangen sich seiner Kehle seltsame unheimliche Gesänge in einer Sprache, die sie nicht verstand. Um sie irgendwie zu beschäftigen, befahl er ihr, den Schleifstein zu drehen, an dem er Sensen und andere Geräte schärfte.

Er behandelte sie genauso grob wie einen Schmiedeknecht, schrie ihr barsche Befehle zu oder tadelte sie, wenn es ihr nicht gelang, schnell genug die Kurbel anzutreiben. Besorgt dachte sie an den versteckten Silberkelch und fragte sich, ob er Caspar Klocke in die Hände gefallen war. Gleich nach ihrer Ankunft hatte er den Tragekorb an sich gerissen, war mit ihm vor die Tür gelaufen und hatte ihn hinter dem Haus in einen Erdkeller geworfen. Das konnte sie durchs Fenster beobachten. Sie hoffte nur, dass ihr einziger Schatz dabei nicht entdeckt worden war.

Schon während der Fahrt war ihr eigentlich klar gewesen, wozu er sie in Wirklichkeit brauchte. Er wollte nicht nur ihre Arbeitskraft, sondern ihren Körper, an dem er ungestört seinen unersättlichen Drang stillen konnte. Und nun war sie eine Gefangene, die er geschickt vor den Augen anderer verbarg, denn wenn er Besuch bekam oder Beile, Äxte, Sensen oder Sägen auslieferte, musste sie in das Kellergewölbe unter der Schmiede hinabsteigen und in der Finsternis ausharren, bis niemand mehr da oder er zurückgekehrt war. Niemals vergaß er, die Fenster sorgfältig mit schweren Holzladen zu verschließen und außerdem verriegelte er die Tür. Mehrmals flehte sie ihn an, sie gehen zu lassen und fragte weinend, warum er sich denn keine Frau aus dem Dorf genommen habe. Mit einem verschlagenen bösartigen Ausdruck im Gesicht hatte er geantwortet:

„Hab doch ein Weib gehabt, das ist unter der Erde. Da wirst du auch hinkommen, wenn du nicht das Maul hältst!" Wegen dieser Drohung überkam sie große Angst und hütete sich davor, ihn gegen sich aufzubringen.

Zwei Mal am Tag musste sie ihm eine Mahlzeit zubereiten. An Nahrungsmitteln mangelte es nicht und wenn der dampfende Topf dann vor ihm stand, schlang er schnell und gierig alles in sich hinein. War er satt, bedeutete er ihr mit einer abfälligen Kopfbewegung, die Reste zu verspeisen und inzwischen wusste sie, dass er nicht nur mit der Nahrung auf diese Weise verfuhr, sondern in allen Dingen ganz und gar auf sich selbst bedacht war. Nach dem Essen setzte er im flackernden Feuerschein seine Arbeit fort und beim metallischen Dröhnen der Eisenwerkzeuge zuckte sie jedes Mal zusammen. Während er lauthals seine Lieder johlte, beobachtete sie aus den Augenwinkeln angstvoll sein Tun.

Obwohl ihr Haar inzwischen verfilzt war und ihr seit langem ungewaschener Leib unappetitlich roch, verschlang er sie wie einen Leckerbissen mit lüsternen Blicken. Sein großer Körper schien sich bei ihrem Anblick mehr und mehr mit Verlangen zu füllen und wenn sein Gesang und die Schläge auf den Amboss verstummten, wusste sie, dass die wachsende Gier ihn gleich zu ihr treiben würde. Das geschah stets nach demselben Ritual.

Er lugte zu ihr hin, unterbrach seine Arbeit, ging nach draußen und schloss die Fensterläden. Erregt stöhnend zog er sich dann den schmutzigen Kittel über den Kopf und trocknete sich mit dem Kleidungsstück umständlich den schweißbedeckten Oberkörper. Mit stolz vorgewölbter, gelb behaarter Brust schritt er wie ein balzender Auerhahn auf sie zu, als solle ihr in einem festlichen Akt ein unerhört kostbarer Gegenstand dargeboten werden.

Seine Züge verklärte währenddessen ein so erwartungsvoll dümmliches Grinsen, dass sie am liebsten verächtlich ausgespuckt hätte, wenn ihre Angst nicht so groß gewesen wäre. Vor ihr stehend, öffnete er schnaufend sein Hosenband und angewidert verließ sie ihren Körper und stellte sich vor, durch bunt blühende, nach Blumen und Kräutern duftende Wiesen zu wandeln.

Nacht für Nacht lag sie hinter einem Bretterverschlag

auf dem harten Strohsack und dachte über ihren kurzen Ausflug in die weite Welt nach. Durch vergitterte Eisenstäbe in den Fenstern hörte sie das Plätschern des Baches und atmete den Blütenduft des Spätsommers ein. Manchmal stand sie vorsichtig auf, um Rehe, Hirsche, Füchse oder Hasen zu beobachten, die am nahen Waldrand zutraulich im Mondlicht nach Futter suchten. Dann wurde ihre Sehnsucht nach Freiheit unermesslich groß und sie lief geräuschlos in der Schmiede auf und ab wie in einem Käfig. All ihre Hoffnungen, eines Tages wieder frei zu kommen, waren angesichts der einsamen Lage des Gebäudes verflogen, denn die Dorfbewohner mieden den unheimlichen Ort und Caspar Klocke brachte die fertiggestellten Werkzeuge mit Pferd und Wagen an ihre Bestimmungsorte. Allmählich wurde der Ekel vor seinen Berührungen so unerträglich, dass sie verzweifelt erwog, ihrem Peiniger nachts mit einer Axt den Kopf zu zerschlagen.

Seit zwei Tagen war Caspar auffallend wortkarg und hatte auch seine merkwürdigen Gesänge eingestellt. Eines Morgens schreckte er sie in der Dunkelheit mit einem Fußtritt auf, starrte sie mit böse verzerrtem Gesicht an und befahl, sie solle schnell den Morgenbrei zubereiten. Nachdem er ihn verschlungen hatte, verließ er ohne weitere Worte das Haus und ließ sie hinter verriegelter Tür und verschlossenen Fenstern in der Schmiede zurück.

Die Stunden vergingen und wie um sie zu verhöhnen, ertönte draußen fröhliches Vogelgezwitscher. Plötzlich verstummten die Vögel und statt dessen drangen aus der Ferne drohende Männerstimmen durch die Wand und steigerten sich zum lautem Gejohle einer großen Menschenmenge. Angstvoll zog sich ihr Herz zusammen.

Durch einen Spalt lugte sie nach draußen und sah unzählige aufgebrachte Dorfbewohner, die geradewegs auf die Schmiede zugerannt kamen. In schaurigem Einverständnis trieben sie den Schmied wie ein böses Tier vor sich her und der sonst so kräftige Mann wankte hilflos unter den Schlägen und Tritten seiner Häscher. Die Hände hatte man mit einem Strick zusammengebunden, sein verzerrtes Gesicht war voller Blut und sie ahnte, dass die aufgebrachte Meute vorhatte, ihm schreckliche Dinge anzutun. Sie empfand kein Mitleid, fürchtete aber um ihr eigenes Leben, denn niemand wusste, dass er sie gegen ihren Willen gefangen hielt und die blutrünstige Menge würde ein weiteres Opfer nicht verschmähen.

Schnell bewaffnete sie sich mit dem eisernen Schürhaken, verkroch sich hinter dem Schmiedeherd und hoffte, es würde ihnen nicht gelingen, die Tür zu öffnen. Doch sie hatten dem Schmied den Schlüssel abgenommen und mit wütendem Gebrüll erstürmten die Männer das Gebäude und es dauerte nicht lange, da hatte man sie entdeckt. Hände zerrten sie an den Haaren nach oben und schrien ihr das Wort *Hure!* entgegen. Dann ließ man vorerst von ihr ab, denn wie neugierige Kinder interessierten sich die Männer für den Hausrat des Schmiedes und bemächtigten sich aufgeregt aller brauchbaren Dinge.

Während sie damit beschäftigt waren, das Haus zu durchwühlen und ihre Beute einzusammeln, in Hosentaschen zu stopfen oder in Hemden zu verknoten, stahl Magdalene sich unbemerkt davon und verkroch sich unter dem Treppenabsatz. Aus dem wilden Geschrei entnahm sie, dass die Dorfbewohner gekommen waren, um Rache zu nehmen, denn man glaubte, es sei der Schmied gewesen, der vor acht Jahren mutwillig den Ort in Schutt und Asche gelegt hatte, um von einem säumigen Schuldner das Geld einzutreiben. In all den Jahren hatte kein Richterspruch für Gerechtigkeit gesorgt und nun entlud sich die aufgestaute mörderische Wut.

Magdalene versuchte, ungesehen aus dem Haus zu gelangen, doch ehe sie die rettende Hintertür erreicht hatte, versetzte ihr ein spindeldürrer alter Mann einen so heftigen Tritt in den Bauch, dass sie sich stöhnend krümmte und bevor sie ihn abwehren konnte, traf sie der nächste Schlag mitten ins Gesicht und er keifte:

„Du Hure, weglaufen willst du? Da hast du deinen Hurenlohn!"

Sie schlug der Länge nach zu Boden und sah neben sich in den Ritzen des speckigen Steinbodens ein kleines rotes Rinnsal versickern, ihr eigenes Blut. Das fratzenhaft verzerrte Gesicht des dürren Alten, der sich neugierig über sie gebeugt hatte, stieß einen Schrei des Entzückens aus, als er sie hilflos auf dem Bauch liegen sah. Mit seinem ganzen Gewicht warf er sich auf sie, schob mit zitternden Fingern ihren Rock hoch und versuchte, ihre Beine zu spreizen. Magdalene war zu benommen, um zu begreifen, was er vorhatte und der Mann, ihre hilflose Lage ausnutzend, wälzte sich auf ihr hin und her, sabberte an ihrem Hals und zerrte seine Hose nach unten.

Niemand schenkte der verzweifelten Frau auch nur die geringste Beachtung und Magdalene fühlte, wie ihre Kräfte langsam versiegten und wollte sich schon in ihr Schicksal ergeben, da ließ das durchdringende Signal einer Fanfare den Alten innehalten. Jäh verstummte auch das Gebrüll der plündernden Meute. Schmerzvoll aufstöhnend fuhr der Greis in die Höhe und rannte humpelnd zur Hintertür hinaus, die anderen brüllten sich aufgeregt Befehle und Weisungen zu und stürmten in wildem Durcheinander aus dem Gebäude. Nach wenigen Augenblicken lag die Schmiede verlassen da und auch Magdalene erhob sich mühsam und schleppte sich zur Tür. Wie kleine Ameisen sah sie die Eindringlinge über die Wiese schwärmen, um das nahe Waldstück zu erreichen, bevor die Soldaten eintrafen.

Sie wollte schon erleichtert aufatmen, da ließ eine Bewegung hinter ihr sie erschreckt zusammenfahren. Der leblose Körper des Schmiedes hing an einem Strick und schaukelte im Wind hin und her. Beim Anblick der heraus hängenden Zunge wurde ihr schwarz vor Augen. Würgend erbrach sie die Reste des Morgenbreis und sank entkräftet auf den Dielenboden.

Plötzlich schlug ihr scharfer Brandgeruch entgegen und trieb sie wieder auf die Beine. Sie sah sich gehetzt um, Flammen züngelten schon an den Deckenbalken der Diele entlang und suchten nach Nahrung, doch die Wände der Schmiede bestanden aus schwerem Gestein und würden dem Feuer standhalten. Blieb ihr noch genügend Zeit, um den schützenden Wald zu erreichen? Die Soldaten stürmten den gegenüber liegenden Hügel hinauf und keinesfalls wollte sie in dem brennenden und verwüsteten Haus mit dem erhängten Schmied angetroffen werden.

Schnell rannte sie in den Küchengarten hinter dem Haus und wühlte verzweifelt unter Laub und Moos die Holzklappe frei, stemmte sich gegen den Boden und zerrte mit aller Kraft an dem verrosteten Eisenring. Quietschend bewegte sich der Deckel und sie zwängte sich kopfüber in das dunkle Loch des Kellergewölbes. Verzweifelt tastete sie umher, während der Klang der Fanfaren immer lauter wurde. Endlich hielt sie das Flechtwerk der Kiepe in den Händen, zerrte sie nach oben und als ihre Augen sich an die Dunkelheit gewöhnt hatten, sah sie, dass der Schmied hier seine Vorräte lagerte.

Hastig warf sie Steckrüben, Äpfel und Zwiebeln in den Korb, packte einen Ölkrug und wuchtete einen riesigen Räucherschinken hervor. Mühsam streifte sie sich die Trageriemen über die Schultern und rannte zum Stall, aus dem angstvolles Wiehern erklang. Sie riss die Tür auf, trieb das Pferd mit kreischenden Befehlen nach draußen, um es vor dem Feuer zu retten und das Tier galoppierte wild davon.

Magdalene zögerte noch und überlegte fieberhaft, welche Richtung sie einschlagen sollte, sie musste einen anderen Fluchtweg wählen als die Plünderer und durfte auch den anrückenden Soldaten nicht in die Arme fallen. Inzwischen hatten die ersten Uniformierten das Grundstück erreicht und gebückt rannte sie durch das hohe Gestrüpp des verwilderten Gartens. Im Schutz undurchdringlicher Hecken und Sträucher bewegte sie sich vorsichtig auf den Wald zu und niemand bemerkte die fliehende Frauengestalt. Alle Blicke waren starr auf den lichterloh brennenden Dachstuhl der Schmiede gerichtet.

Erst nach Einbruch der Dunkelheit wagte sie, ihr Versteck zu verlassen und war dann blindlings in Richtung Westen durch's Dickicht gestolpert, froh über die zurückgewonnene Freiheit. Doch in der Finsternis kam sie schlecht voran und bald erschöpfte sie die ungewohnte Bewegung. Sie rollte sich unter einer uralten Fichte mit tief hängenden Zweigen auf weichem Gras zusammen.

Am Morgen spähte sie ängstlich nach allen Seiten und lauschte atemlos in die Stille hinein. Niemand war da, nur in ihrem Kopf hämmerte ein stechender Schmerz, wohl eine Nachwirkung des Schlages, den der Alte ihr versetzt hatte. Angeekelt roch sie die unangenehmen Ausdünstungen ihres Körpers und sehnte sich nach einem erfrischenden Bad. Langsam durchquerte sie den Wald, bis sie endlich das Plätschern von Wasser hörte. Am Ufer legte sie die verdreckten Kleidungsstücke ab und tauchte nackt in einen eiskalten Bach ein. Einen Moment hielt sie erstarrt die Luft an, dann schrubbte sie mit Farnwedeln den üblen Geruch von ihrer Haut und genoss das prickelnde Gefühl der Frischen, das ihre Arme und Beine durchrieselte. Welch eine Wohltat!

Die Sonne schien heiß und bald, wenn ihre Kleider getrocknet waren, würde sie weiter ziehen. Im warmen Wind des Sommermorgens streckte sie sich auf dem weichen Waldboden aus und befühlte ihre Wunden. Erleichtert stellte sie fest, dass sie außer der Kopfverletzung und ein paar Blutergüssen kaum verletzt zu sein schien und zu ihrer großen Freude war auch das Versteck mit dem silbernen Becher unentdeckt geblieben. Wenigstens die kostbare Erinnerung an ihr früheres Leben befand sich noch in ihrem Besitz.

Langsam fühlte sie, wie ihre Kräfte zurückkehrten und bekam Hunger. Mit dem Schlagstein entzündete sie ein Feuer und bereitete sich eine Mahlzeit aus Pilzen, Kräutern und Speck und war glücklich über das Brot, das sie im Weglaufen gefunden und in den Korb geworfen hatte. Erfrischt und gestärkt setzte Magdalene ihre Wanderung fort und verwandelte sich in die urtümliche Waldfrau, die ihre Mutter gewesen war.

Sie folgte kaum erkennbaren kleinen Pfaden, die das gesamte Gebirge wie ein Netz überspannten und in alle Himmelsrichtungen führten. Manchmal fand sie Einkerbungen, die wie Felszeichnungen im Gestein oder in die Baumrinde eingeritzt waren und Vorüberziehenden als Wegmarkierungen dienen sollten.

Unmerklich hatte sich die sanft gerundete hügelige Landschaft verändert. Tiefe Schluchten und schroffe Berghänge machten das Wandern immer mehr zu einer mühseligen Kletterei und es war schwer, die Richtung beizubehalten, wenn ein Weg plötzlich ohne erkennbaren Grund endete. Eines Nachmittags hatte sie ein solcher Pfad zu einem verlassenen Kohlenhai geführt. Dort entdeckte sie zu ihrem großen Entzücken eine alte Köhlerhütte, deren spitz zulaufendes Dach aus übereinander geschichteter Baumrinde den Naturgewalten getrotzt hatte.

Kaum war sie im Inneren der Hütte verschwunden, setzte unvermittelt ein heftiger Regen ein und ging bald in ein schweres Gewitter über. Magdalene hüllte sich in ihre Decken und verbrachte die Nacht auf einer roh gezimmerten Holzbank. Sie war dankbar für den unerwarteten Schutz und obwohl ihr Kopf noch immer schmerzte und die zertretenen Schuhe dringend der Künste eines Schuhmachers bedurft hätten, deutete sie das Auffinden der Köte als ein gutes Zeichen. Am anderen Morgen schien wieder die Sonne und ihre warmen Strahlen ließen Dampfschwaden aus dem rasch wieder trocknenden Waldboden aufsteigen.

Immer häufiger geriet sie in undurchdringliche Urwälder, deren umgestürzte Baumriesen unüberwindliche Hindernisse bildeten. In sumpfigem Gelände verlor sie den Weg aus den Augen und manchmal watete sie mit den Schuhen in der Hand quer durch steinige Bäche, um die Richtung beibehalten zu können. Zielstrebig bewegte sie sich auf den Oberharz zu und ihr kam zugute, dass sie von der Mutter gelernt hatte, aus dem Stand der Gestirne die Himmelsrichtung abzulesen. Auch kannte sie zahlreiche Wildpflanzen, die eine schmackhafte Ergänzung zur täglichen Küche darstellten und um ihre mageren Vorräte zu schonen, grub Magdalene die Knollen des Pfeilkrautes aus, sammelte Wildbeeren und hängte Kräuterbündel zum Trocknen an den Korb.

Manchmal glückte es ihr, eine Elritze zu fangen und sie kochte den Fisch in dem zerbeulten Topf, den sie von zu Hause mitgenommen hatte. Mit Holzlöffel, Messer und einem Schlagstein zum Feueranzünden musste sie ohne fremde Hilfe lernen, zu überleben. Doch sie fühlte sich oft sehr einsam und fürchtete nachts das Heulen der Wölfe. Seit sie die unheimlichen Laute einmal von Ferne gehört hatte, wagte sie kaum noch, im Dunkeln die Augen zu schließen. Magdalene wusste, dass es in den höher gelegenen Gebieten des Harzes noch Wolfsrudel gab, während man die Bären längst ausgerottet hatte.

Kapitel 3

EINSAMKEIT

Eines Tages entdeckte sie in der Ferne eine kleine Gruppe von Landgängerinnen. Vier gebeugte Gestalten, beladen mit schwer bepackten Tragekiepen, schlängelten sich den Passweg zu einer Anhöhe hinauf. Magdalenes Herz begann vor Freude zu rasen und sie beschleunigte ihre Schritte, um den Frauen so nahe zu kommen, dass man sie hören konnte. Durch Rufen und Winken versuchte sie, auf sich aufmerksam zu machen und endlich erreichte sie ihr Ziel und die Frauen blickten erstaunt zu ihr hinüber. Sie schienen über die Begegnung jedoch kaum erfreut zu sein, mit müden Handzeichen gaben sie ihr zu verstehen, am Schnittpunkt der beiden Wege auf sie zu warten.

Magdalene flog beinahe auf die Weiber zu und als sie ihnen endlich gegenüber stand, begann sie vor Freude zu weinen. Wettergegerbte, hagere Gesichter, deren Alter schwer feststellbar war, starrten sie an und eine magere, große Frau erklärte verärgert, sie seien in Eile und hätten wegen ihr schon viel Zeit verloren. Magdalene wollte um nichts in der Welt allein weiterziehen und fragte, ob sie vielleicht auf dem Weg in den Oberharz seien. Nach kurzem Zögern behauptete die Hagere, genau dorthin zu wollen und überglücklich bat Magdalene darum, sie als Trägerin begleiten zu dürfen. Nach einem heftigen Wortwechsel gingen die anderen Frauen unwillig auf das Angebot ein und dann packte man ihr so viel von den eigenen Lasten in die Kiepe, dass auch sie den Rücken nicht mehr gerade biegen konnte.

Ungeduldig drängte die Hagere zum Aufbruch und

befahl Magdalene, ganz am Schluss zu gehen und mit ihren neugierigen Fragen bis zum Abend zu warten, wenn sie das Nachtlager aufschlugen. Das Mädchen fand während des gemeinsamen Gehens die lang vermisste Unbeschwertheit zurück und glaubte fest an eine Fügung des Schicksals. Sie hätte nur gern gewusst, was sich in den ungewöhnlich schweren Körben der Unbekannten wohl befinden mochte.

Die neuen Weggefährtinnen nannten ihre Namen: Kati, Marie, Dorothee und Sophie. Sie schienen sich gut auszukennen, denn ihre Füße eilten trittsicher über Stock und Stein und Magdalene hatte Mühe, unter der Last des Korbes mit ihnen Schritt zu halten. Gehorsam schweigend folgte sie den Weibern auch, als sie feststellen musste, dass sie sich nicht wie behauptet, auf den Oberharz, sondern auf den nördlichen Harzrand zu bewegten. Sie erklommen steile Höhen, tasteten sich vorsichtig schwierige Abhänge hinab und schritten über die beinahe schnurgeraden Wege der Hochebenen und Gebirgsrücken. Magdalene war sicher, von den Frauen getäuscht worden zu sein. Dennoch wagte sie nicht, zu murren und außerdem war es ihr inzwischen gleichgültig, wohin sie gingen, wenn sie nur nicht mehr allein umher irren musste. Seit sie die Wölfe gehört hatte, fürchtete sie sich so vor der Dunkelheit des Waldes.

Am Abend erreichten sie einen Platz, auf dem die Frauen anscheinend schon oft gelagert hatten. Von uralten Fichten mit tief herab hängenden Zweigen dicht umstanden, öffnete sich der Eingang zu einer Felsgrotte, in der man bei Regen Schutz suchen konnte und in der auch die Körbe trocken blieben. Die Ehrfurcht gebietende hagere Person namens Kati, die von Anfang an als Wortführerin aufgetreten war, teilte allen Frauen eine Aufgabe zu und ohne zu murren sammelte Magdalene trockene Zweige für das Feuer. Dorothee wurde mit zwei Ledereimern zum Wasser holen geschickt, Marie bereitete das Essen zu und Sophie besserte einen alten Flechtzaun aus, mit dem man in der Nacht die Höhle verschließen konnte.

Niemand sprach, während geschäftig hantiert wurde. Bald verbreitete sich der angenehme Geruch von Tannenrauch und das Knistern der Flammen, die prasselnd das Holz verzehrten, erfüllte den Platz mit einer friedlichen Stimmung. Leise pfeifend zog Kati ein Messer hervor und nahm die unangenehme Pflicht auf sich, die Höhle für die Nacht herzurichten. Es galt nämlich, giftige Kreuzottern zu vertreiben, die gern in alten Steinbrüchen und Höhlen Unterschlupf suchten. Kaum hörbar blies sie auf einem kleinen, eigens zu diesem Zweck geschnitzten, Knochen und von den seltsamen Tönen angelockt, kamen drei dünne Schlangen unter den Steinen hervor gekrochen. Blitzschnell hackte Kati den Tieren die Köpfe ab und warf die Köpfe ins Feuer, wo sie zischend verbrannten. Ungerührt hockte sie sich anschließend auf einen Baumstamm, schälte die Haut der Schlangen ab und spannte sie zum Trocknen auf Äste. Dann stopfte sie ihre Pfeife und beobachtete müßig den großen Henkeltopf, in dem die Suppe brodelte. Magdalene, die seit Wochen nur karge Mahlzeiten verzehrt hatte, lief das Wasser im Mund zusammen, als Steckrüben, Fleisch, Zwiebeln und Kräuter einen köstlichen Duft verströmten.

Nachdenklich und schweigend starrten die Frauen in die Flammen und schenkten Magdalene nicht die geringste Beachtung. Erst nachdem ein mit Branntwein gefüllter Tonkrug herum gereicht worden war, milderte ein freundlicherer Ausdruck die verhärmten Züge der weit gereisten Händlerinnen, und um die Zeit des Wartens zu verkürzen, wurde Magdalene aufgefordert, ihre Geschichte zu erzählen. Stockend berichtete sie von den schaurigen Erlebnissen im Haus des Schmiedes. Um ihre Dankbarkeit den Frauen gegenüber zum Ausdruck zu bringen, schloss sie mit der Bemerkung, sie sei überaus froh, endlich auf redliche und rechtschaffene Menschen gestoßen zu sein! Bei diesen Worten blickten sich die Weiber vielsagend an, kicherten vernehmlich und ließen ihre Blicke spöttisch hin und her wandern.

Bevor aber Dorothee eine gehässige Bemerkung machen konnte, sagte Kati schnell:

„Da hast du Glück gehabt! Der Krieg hat dich bisher verschont und so ein Mann wie der Schmied, was ist das schon? Liegst du unter den Kerlen, sind sie alle gleich. Darum gebe ich dir einen Rat: kneif sie in den Schwanz und lass sie zahlen für deine Dienste! Der böse Krieg frisst uns Weiber sonst auf. Armes Mädchen, weißt du nicht, dass die Zeiten der Botengänge längst vorbei sind? Wenn wir Handel treiben wollen, dann nur noch mit Kriegsbeute und die holt man sich von den Schlachtfeldern. Den Lebenden bieten wir unsere Leiber feil, damit wir genug zu Fressen haben und den Toten reißen wir die Kleider vom Leib, um sie zu verhökern!"

Sie stieß ein wieherndes Lachen aus, starrte Magdalene eindringlich an und sagte böse:

„Was dachtest denn du? Hurenweiber sind wir, ehrlose Canaillen! Der Soldat wird mit einem Orden geehrt, doch unsere Ehre ist zwischen den Beinen der Männer verloren gegangen! Denk drüber nach, ob du uns wirklich folgen willst, dummes Schaf!" Alle schauten betreten ins Feuer, bis Kati noch einmal das Wort ergriff:

„Ein schönes Leben ist es aber doch! Wir sind frei wie ein Vogel, wenn wir mit den Regimentern übers Land ziehen und wir zittern um unsere Feinsliebchen, wenn sie in die Schlacht reiten. Die Soldaten schätzen unsere Dienste und zeigen uns mehr Respekt als die Männer zu Hause! Und wir müssen nicht bettelnd am Straßenrand sitzen wie ehrbare Soldatenwitwen!"

Sophie, Dorothee und Marie brachten murmelnd ihre Zustimmung zum Ausdruck und erneut wurde der Krug herumgereicht. Magdalene brannte die Kehle von dem starken Trunk und Katis Worte lösten große Bestürzung bei ihr aus. Am liebsten wäre sie in den Wald hinein gelaufen, weit, weit fort von den Frauen. Doch nun war die Mahlzeit gar gekocht und Kati sprang auf, ergriff eine riesige Schöpfkelle, tauchte sie in die brodelnde Suppe und sogleich versammelten sich die anderen gierig um den Kessel und hielten ihre zerbeulten Näpfe an den Topf. Nachdem sie sich satt gegessen hatten, wollten auch die anderen Frauen aus ihrem Leben erzählen und das meiste, was Magdalene nun zu hören bekam, war viel schlimmer als alles, was ihr bisher widerfahren war. Doch eigentlich war sie nach der ungewohnt reichlichen Mahlzeit sehr müde und konnte nicht verhindern, dass ihr die Augen zufielen.

„Träum nicht, hör zu!"

Kati hatte sie unsanft angestoßen, denn soeben beklagte Dorothee ihr schweres Schicksal, das im preußischen Berlin seinen verhängnisvollen Lauf genommen hatte. Zusammen mit Marie fristete sie in einem Waisenhaus ihr Dasein, als plötzlich zwei Offiziere des stehenden

Heeres das Haus betraten, die auf der Suche nach hübschen jungen Mädchen ohne Familienbande waren. Großzügigerweise gestattete das preußische Militär den unverheirateten Soldaten, sich in der Garnison eine Geliebte zuzulegen, um die Wartezeit auf den nächsten Krieg kurzweilig zu gestalten.

Ein solches Soldatenliebchen, das nicht selten an Kameraden weitergereicht wurde, kostete den Staatshaushalt erheblich weniger als der Unterhalt für eine ganze Soldatenfamilie, ganz zu schweigen von der Unterstützung, die man einer Kriegerwitwe und ihren Kindern zu zahlen hatte. Die Soldatenliebchen durfte man bei Nichtgefallen sogar zurück bringen und ebenso verfuhr man mit dem unerwünschten Nachwuchs, den man dem städtischen Waisenhaus vor die Tür zu legen pflegte. Allerdings konnten aus diesen Gepflogenheiten äußerst peinliche Situationen entstehen. Es war schon vorgekommen, dass einem altgedienten Kompaniechef, der im Laufe seines Lebens etliche Liebchen geschwängert hatte, ein neues Mädchen gegenüberstand, bei dem es sich um die inzwischen herangewachsene eigene Tochter handelte.

Dorothee erhob ihre Stimme:

„Wir alle mussten uns in einer Reihe aufstellen und die hübschesten sortierten sie aus und nahmen sie mit, die anderen blieben dort und ich wusste nicht, ob ich lachen oder weinen sollte, als ich ausgewählt wurde."

Sie beschrieb mit monotoner Stimme ihr unglückliches Schicksal und nur die bläulich geröteten Wangen verrieten ihre Aufregung. Zunächst sei sie froh gewesen, dem harten Leben des Arbeitshauses entkommen zu sein, doch bald stellte sich heraus, dass es sich bei dem Soldaten, dem man sie sie zugeteilt hatte, um einen trunksüchtigen verrohten Mann handelte.

Schon bald kam er auf den Gedanken, das Mädchen für Geld auch an Kameraden zu vergeben und da habe für sie ein wahres Martyrium begonnen. Sie sah Magdalene herausfordernd an.

„Siehst du, so schnell kann aus einem anständigen Kind eine verlotterte Dirne werden!"

Im *Accouchierhaus*, einer Gebäranstalt für arme Frauen, habe sie einige Kinder geboren, die man ihr sofort nach der Geburt wegnahm. Dorothee bedeckte ihr faltiges Gesicht mit den Händen und stieß zwischen den Fingern hervor:

„Widerliches Geschmeiß! Was haben sie mir angetan! Meine Kindlein, meine Kindlein, wo sind sie jetzt?"

Mit erstickter Stimme schluchzte sie:

„Aus dem Wochenbett wurde ich zurück in die Garnison geschickt und von einer Stube zur anderen gereicht, bis das nächste Kind kam."

Magdalene bemerkte, dass Kati immer wieder besorgt zu Dorothee hinüber schielte und sich sprungbereit aufrichtete, als würde von der verstörten Frau eine Gefahr ausgehen. Dorothee berichtete mit monotoner Stimme, dass sie am Ende froh gewesen sei, als ein Krieg ausbrach und das gesamte Regiment sich auf den Weg nach Westen machen musste, um in die Schlacht zu ziehen. Endlich kam sie weg von den lüsternen Kerlen, den nächtlichen Saufgelagen in verräucherten Schlafsälen. In einem langen Tross mit Trage- und Proviantknechten, Handwerkern und dem anderem Gesinde sei sie hinter der Kompanie hergezogen und habe mit den Marketenderinnen in ihren Zelten gehaust. Unterwegs betrieben die Soldatenliebchen ganz offen die Hurerei, denn das war der einzige Brotverdienst, den sie kannten. Da draußen habe ihr das Leben gut gefallen, doch als das Totschießen begann und der größte Teil der Truppe dem Krieg zum Opfer fiel, sei das Elend erst recht über sie gekommen. Sie mussten vor einem Angriff und dem anschließenden Gemetzel fliehen und es gelang einigen Frauen und Kindern, sich vor Einbruch der Dunkelheit in einem Waldstück zu verstecken. Als es hell wurde, sahen sie überall tote Soldaten liegen, blutend, wimmernd, wild um sich schlagend, mit abgetrennten Gliedmaßen und zerschossenen Köpfen.

Von dem Tross war weit und breit nichts mehr zu sehen und aus Angst vor einem erneuten Angriff des feindlichen Heeres waren sie in alle Himmelsrichtungen fort gerannt. Dorothee und Marie schlossen sich zusammen und irrten mehrere Tage halb verhungert umher, bis sie auf Kati und Sophie trafen.

„Der Teufel soll sie alle holen!", zischte Dorothee, deren ehemals mädchenhafte Schönheit von den Spuren ihrer Vergangenheit verwüstet war. Narben, Runzeln und fehlende Zähne gaben ihr das Aussehen einer alten Frau und die zierliche Marie, die zu Dorothees Bericht ernst und zustimmend genickt hatte, murrte:

„Zum Henker mit den Männern!"

Das wollte Kati nicht gelten lassen.

„Die Kerle sind unser Broterwerb! Wären sie alle von den Krähen zerfressen, dann müssten auch wir verhungern!" Sie lachte laut. „Zwischen hübschen bunten Uniformen wandern wir umher und sammeln alles ein, was der Tod uns schenkt! Schöne Jacken, warme Decken,

Stiefel und Gamaschen! Braucht der Tote eine Weste, einen Degen? Braucht er Messer, Gürtel, Tasche, Münzen? Und wenn der Herr Major uns den starren Finger entgegen streckt – ich schneid ihn ohne Rührung ab und pack den Ring in meine Tasche! Geduldig taste ich seine Uniform ab und mit etwas Glück halte ich die eingenähten Münzen in der Hand!"

Sie zog einen gut gefüllten Tabaksbeutel hervor, stopfte etwas Kraut in ihre Pfeife und sog gierig an dem kunstvoll gefertigten Mundstück aus blauem Porzellan. Dann nahm sie erneut einen tiefen Zug aus dem Branntweinkrug und flüsterte heiser:

„Wir fürchten den Tod nicht mehr! Die Leichen auf dem Schlachtfeld sind unser Brot, denn das Getreide ist verbrannt und wir nehmen nur, was uns zusteht!"

Magdalene begriff entsetzt, dass sie anstatt auf Botenfrauen, auf ganz liederliche Weiber gestoßen war. Enttäuscht dachte sie: *Diese Frauen haben kein Ziel, sie gehorchen der Not und laufen als Dirnen dem Krieg hinterher.*

„Na, was ist? Bist du noch nie einer Hure begegnet?", zischte Kati erbost, als habe sie ihre Gedanken gelesen und Magdalene senkte beschämt den Blick. Erneut stießen die Frauen ihr wildes Gelächter aus und knufften sich dabei freundschaftlich mit den Ellenbogen in die Rippen.

„Wir sind im Krieg, du dummes Schaf! Willst du leben oder sterben? Im Sommer ist es ein lustiges Leben, allein durch die Wälder zu ziehen, doch wie lange kannst du überleben, wenn der Winter kommt?"

Für einige Minuten breitete sich Stille aus und auf

einmal begann Sophie das Wort zu ergreifen. Wieder spannte sich Katis Körper und mit besorgtem Gesicht lauschte sie der Gefährtin.

„Ich bin aus Benneckenstein im Harz, wir waren zwölf Kinder und mein Vater übte das Bäckerhandwerk aus. Unser Leben verlief in ruhigen Bahnen. Ich bekam einen guten Mann und bin ihm als ein treues Weib sogar in den Krieg gefolgt, mit dem Kind auf dem Arm. Gott hab ihn selig, ihn trifft keine Schuld an meinem Unglück! Gleich in der ersten Woche wurde sein Bataillon bei Nacht überfallen und ich floh und versteckte mich in einer Mulde. Ein feindlicher Soldat hat das Kind schreien gehört und was glaubst du, haben sie mit uns gemacht?"

Sie blickte alle der Reihe nach erwartungsvoll an und sagte dann: „Den Jungen haben sie erschlagen und mich haben sie festgehalten und in den nächsten Tagen sind zwanzig Kerle auf mir herum gehüpft, bis mir das Fleisch zwischen den Beinen in Fetzen herunterhing. Seitdem ist mein Leib so unfruchtbar wie ein sumpfiges Moor!"

Ein grausamer Zug lag auf ihrem Gesicht, die Augen flackerten wild und plötzlich schnellte ihre Hand vor und stieß Magdalene so heftig vor die Brust, dass sie nach hinten kippte. Kati, die den Wutausbruch der sonst so stillen Sophie erwartet zu haben schien, rief ärgerlich aus: „Du dummes Weib, kannst nicht bis drei zählen und willst wissen, wie viele Männer auf Dir gelegen haben!"

Sie schnalzte missbilligend mit der Zunge, half Magdalene auf und fuhr besänftigend fort: „Lasst euch von mir gesagt sein: ein Weib kann viel aushalten, bis es auseinander fällt! Macht es wie ich! Ich hab die Männer beim Schwanz gepackt und mich bedient, bis die Münzen in meinen Schoß geklimpert sind. Fängst du gleich als Hure

75

an, kannst du nicht nach unten fallen, ihr Grünschnäbel!"

Jetzt richtete sie das Wort an die neue Weggefährtin: „Ich hab den drei Weibern da beigebracht, wie man es richtig macht und wenn du willst, mein Täubchen, zeig ich´s auch dir!"

Sie nahm einen tiefen Zug aus ihrer Pfeife, kniff die erschrockene Magdalene in die Wange und flüsterte mit schmeichelnder Stimme: „ Zieh mit uns weiter! Du hast ein hübsches Gesicht und dein Leib ist noch fest!"

Als das die anderen Frauen hörten, begannen sie laut zu schimpfen und an ihren Stimmen konnte man hören, dass sie vom übermäßigen Genuss des Schnapses betrunken waren. Dorothee meinte wütend: „Kein Regiment wird uns im Winterquartier aufnehmen! Fünf alte Vetteln sind zu viel!"

An dieser Stelle wagte Magdalene, die auch etwas betrunken war, zu fragen: „Und wie wollt ihr überhaupt ein Heerlager zum Überwintern finden?"

Kati seufzte duldsam: „Na, man wird die Soldaten schon hören! Trommeln, Pfeifen, Schüsse, Säbelrasseln, der Einschlag von Kanonen, brennende Felder, rauchende Hütten, schreiende Weiber."

Mehr darüber zu berichten hielt sie nicht für nötig, erklärte aber der neuen Weggefährtin, morgen würden sie eine einsame Schänke erreichen und dort die Kriegsbeute verhökern.

„So, Schluss jetzt mit dem trübseligen Geschwätz!"

Energisch befahl sie den Frauen, von nun an frohgemut am Feuer zu sitzen und sich an Gesang und Branntwein zu erfreuen. Leise stimmte sie ein Lied an, die anderen fielen ein und einträchtig sangen sie schwermütige Weisen, die von Krieg, Liebe und Tod handelten. Magdalenes Misstrauen verflog, je mehr Schnaps durch ihre Kehle floss und die Entscheidung, auf Gedeih und Verderb bei den Frauen zu bleiben, kam ihr immer richtiger vor.

Kati zwickte sie in die Seite.

„Du musst ein bisschen was auf die Rippen kriegen, du bist zu dünn!"

Dann verteilte sie Brot, Käse und Wurst und sagte stolz: „Da siehst du, wie gut es sich in unserem Gewerbe leben lässt!"

Am späten Abend löschten sie das Feuer, verschlossen den Eingang der Höhle mit dem Flechtzaun und rollten die schweren Militärdecken auf dem Boden aus. Im Halbschlaf hörte Magdalene noch, wie Kati eine schaurige Sage erzählte und in ihren Träumen betrat sie die Höhle der verwunschenen Zwergentöchter von Scharzfeld.

Am anderen Morgen machten sie sich schlecht gelaunt und schweigend auf den Weg. Mühsam erklommen sie steile Anhöhen, durchschritten schattige Täler und stellten in der Mittagshitze die schweren Körbe ab, um unter einem Felsvorsprung zu rasten. Vor ihnen breitete sich schon das nördliche Harzvorland aus und gab den Blick frei auf grüne Hügel, Waldungen und verstreute kleine Ortschaften mit spitzen Kirchtürmen und roten Ziegeldächern. Aus dem milchigen Dunst der Ferne ragten die mächtigen Kirchtürme der Stadt Quedlinburg, deren gesamtes Umland von Soldaten wimmelte, die wie winzige Spielfiguren in großen symmetrisch angeordneten Blöcken die Stadt umlagerten.

Kati glaubte, dass es französische Truppen waren und bedauerte die Quedlinburger, denen schwere Zeiten bevorstanden. Auch Magdalene betrachtete bekümmert die schwärzlich verbrannten Felder und die verwüsteten kleinen Dörfer, die nur noch aus verkohlten Ruinen bestanden. Nordöstlich von Quedlinburg breitete sich ein rot leuchtendes Flammenmeer aus und fraß sich vor dem Hintergrund grollenden Kanonendonners durch die Stoppelfelder immer näher an die Stadt heran. Der Anblick der weitflächigen Zerstörung war erschütternd und selbst Kati war ungewohnt wortkarg. Sie hatte wohl gehofft, demnächst frische Kriegsbeute zu ergattern und sagte enttäuscht: „Es hat keinen Sinn, dorthin zu gehen. Bis wir da sind, haben andere das Schlachtfeld längst geplündert."

Obwohl der Monat August schon herangerückt war, schien die Sonne noch sehr heiß und die Frauen wischten sich den Schweiß von den erhitzten Gesichtern. Am Nachmittag erreichten sie eine abgelegene Schlucht und folgten einem kaum sichtbaren Schmugglerpfad, bis sie endlich ihr Ziel erreichten. Am Ufer eines Wildbaches stand eine einsame Mühle, die schwer zu finden war, wenn man den Weg nicht kannte. Das in einen Graben geleitete Wasser des Bodeflusses trieb emsig das schwere hölzerne Rad an und stetiges Plätschern und Rauschen waren die einzigen Laute, die zu hören waren. Eine düstere Stille lastete auf dem entlegenen Ort und Magdalene erschauerte und bereute schon wieder, den Frauen hierher gefolgt zu sein. Auch die Händlerinnen wirkten unschlüssig und Marie brummelte zänkisch vor sich hin: „Wir sollten ohne sie hinein gehen!"

Energisch griff Kati ein, zog Marie zur Seite und bedeutete auch den beiden anderen Frauen, ihr zu folgen. Im Schutz einiger Bäume blieben sie stehen und steckten die Köpfe zusammen. Magdalene hörte ihre keifenden Stimmen, während sie heftig miteinander stritten, konnte aber nicht verstehen, was sie sagten. Schließlich kehrte Kati allein zurück, trat vor sie hin und befahl ihr barsch, ihren Weg ohne die anderen fortzusetzen. Nicht weit von hier sei ein kleines Kloster, da könne sie um ein Nachtquartier bitten.

Magdalene erschrak und die Angst legte sich wie ein kalter Ring um ihr Herz. Sie fürchtete sich zwar vor dem, was die Frauen machten, aber noch mehr fürchtete sie sich davor, allein weiterziehen zu müssen und so flehte sie Kati weinend an, bei ihnen bleiben zu dürfen. Eine ganze Weile schwiegen alle und man sah an Katis Gesicht, dass sie mit sich rang und nach einer Entscheidung suchte. Sie blickte die Frauen der Reihe nach streng und gleichzeitig herausfordernd an und verkündete ihren Entschluss: Die Neue dürfe mitkommen, müsse aber das Maul halten, in alles einwilligen und sich über nichts beklagen!

Die anderen wollten schon wieder murren, doch Kati duldete keinen Widerspruch und vertrieb Zweifel und Auflehnung mit einem scharfen Hieb ihres Stockes gegen einen Baumstamm. Sie sah Magdalene eindringlich an und belehrte sie: „Diese Mühle ist in Wirklichkeit eine verschwiegene Herberge, hier wird Kriegsbeute verkauft. Da drinnen warten Männer auf uns, mit denen wir eine Absprache haben. Wir sind ihnen zu Willen und sie zahlen mit gutem Geld! Und wenn einer kein Geld hat, dann gibt's was anderes. Diesmal werden wir mit Getreide entlohnt, das ist heutzutage kostbarer als Gold!"

Die Worte rissen Magdalene aus ihren Gedanken und die anderen begannen erneut unwillig zu schimpfen, ein Blick von Kati genügte jedoch, um sämtliche Frauen kleinlaut verstummen zu lassen und sie drängte, endlich das Haus zu betreten. Mit hängenden Köpfen folgten sie ihrer Anführerin in das unheimliche Gebäude.

In der Dunkelheit konnte man zuerst nicht viel erkennen. Der Geruch von Branntwein, Rauch und Schweiß stieg einem in die Nase und ungefähr ein Dutzend lüstern funkelnder Augenpaare starrten die Frauen gierig an. Die Weiber krakeelten laut beim Eintreten und schrien zur Begrüßung ein paar freundlich gemeinte Beschimpfungen durch den Raum. Heiser lachend verlangten sie nach Schnaps und stellten ihre Körbe neben der Tür ab.

Ein untersetzter Mann mit einer weißen Zipfelmütze eilte beflissen auf sie zu und strich um die Händlerinnen herum wie ein Kater um die Milch. Besonders Magdalene wurde eingehend gemustert, von oben bis unten abgetastet und zufrieden mit dem Ergebnis ließ der Müller Branntwein aus einem Krug in Holzbecher rinnen. Nachdem die Weiber sich auf einer Bank niedergelassen und eine Weile geschwatzt hatten, schnalzte er mit der Zunge und klatschte in die Hände. Daraufhin erhob sich einer der lauernden Männer im Hintergrund und eine Frau nach der anderen verschwand hinter einem Vorhang.

Magdalene hörte zitternd vor Angst dumpfe Geräusche, rhythmisches Stöhnen und halbersticktes Ächzen. Hastig leerte sie einen Becher nach dem anderen und blickte stumpfsinnig zu Boden, als auch ihr bedeutet wurde, einem der Männer zu folgen. In einem kleinen dunklen Verschlag erwartete sie ein Mann und bedeutete ihr, sich hinzulegen. Verkrampft ließ sie sich auf den schmutzigen Strohsack fallen. Der muskulöse Bursche knotete seine Beinkleider auf, grinste verlegen, kniete sich über sie, drückte mit seinen riesigen Pranken ihre Beine auseinander und schob sich hastig dazwischen. Magdalene unterdrückte einen Schrei, als der stechende Schmerz sie durchzuckte, drehte den Kopf zur Seite und ließ alles, was sie bereits mit Caspar, dem Schmied, erlitten hatte, erneut über sich ergehen.

Nach einiger Zeit ertönte eine energische Stimme und beschied, dass es nun genug sei! Keuchend bemühte sich der Mann, fertig zu werden, stieß noch einen ächzenden Laut aus und kam gerade auf die Beine, als der Vorhang beiseite geschoben wurde. Mürrisch stapfte er zurück in die große Diele und als Magdalene ihm folgen wollte, wurde ihr von dem Müller mit einem Handzeichen bedeutet, liegen zu bleiben. Nun kehrten weitere Männer bei ihr ein und erst als auch der Müller auf ihr gelegen hatte, durfte sie gehen. Die meisten Männer hatten nach der *neuen Hur* verlangt und die Dienste der anderen Frauen ausgeschlagen.

Inzwischen hatte sich die Schankstube in einen Marktplatz verwandelt und auf dem großen Tisch türmten sich Berge von Kleidungsstücken. Teilnahmslos sank Magdalene auf eine Bank und fühlte, wie sie von Kati mit einem zufriedenen Blick bedacht wurde. Bunte Uniformjacken, Schabracken, schneeweiße Hosen, lederne Stiefel, Patronen, Gamaschen aus Filz, Westen, Hemden, Handschuhe, Silberknöpfe, alle Arten von Taschen und Tornistern und sogar Pistolen lagen aufgereiht neben Degen und Messern. Lautes Stimmengewirr begleitete das erhitzte

Feilschen und Magdalene begriff nun, warum die Frauen Kati zu ihrer Anführerin gemacht hatten, denn sie ließ sich niemals einschüchtern. Sie führte die Verhandlungen und riss den Männern unerschrocken die Sachen aus den Händen, wenn sie sich weigerten, den geforderten Preis zu zahlen.

Die Sonne war schon untergegangen und die Stube wurde von flackkernden Laternen erhellt. Statt der Kriegsbeute enthielten die Tragekörbe nun Mehl, Würste, Schinken und nützliches Kleinzeug und das Plappern der Frauen vermischte sich mit den kräftigen Männerstimmen. Nur Magdalene blieb stumm und saß unglücklich in einer Ecke. Sie war froh, als Kati zum Aufbruch mahnte und die Bitten der Männer, erneut mit dem Mädchen in die Kammer gehen zu dürfen, energisch abschlug. In der Dunkelheit trotteten sie denselben Weg zurück und schlugen ihr Lager wieder in der Felsgrotte auf. Während die anderen Frauen gut gelaunt am Feuer schwatzten, hockte Magdalene bedrückt daneben. Sie hörte noch immer das Keuchen und Sabbern, fühlte die gierigen Hände an ihrem Körper und sehnte sich weit, weit fort.

Verärgert fuhr Kati sie plötzlich an: „Hör auf damit, in deine Nägel zu beißen! Ich kann das nicht leiden! Niemand hat dich gezwungen, mit uns zu gehen!"

Hämisch grinsend blickten die anderen sie an und nickten zustimmend mit den Köpfen.

„Los, hör auf, dich zu bemitleiden! Wir müssen noch bedenken, welche Richtung wir morgen einschlagen! Der Müller sagte, die Franzosen lägen jetzt mit einem riesigen Heer in Nordhausen."

Zum ersten Mal glaubte Magdalene, so etwas wie

Furcht in Katis Stimme zu bemerken. „Bald kommt die Kälte und wir brauchen einen sicheren Platz! Mädchen, was sollen wir tun? Sollen wir zu den Franzosen überlaufen?"

Nachdem sie eine Weile das Für und Wieder erwogen hatten und doch zu keinem Ergebnis kommen konnten, löschten sie das Feuer und hüllten sich erschöpft in ihre Decken. Seit sie aus der Ferne das Schlachtfeld bei Quedlinburg gesehen hatten, wagte niemand mehr zu singen. Flüsternd tauschten Dorothee und Marie sich aus und auch Sophie und Kati tuschelten noch lange in der Dunkelheit miteinander, während Magdalene lautlos vor sich hin weinte. Im hellen Morgenlicht beschlossen sie dann, in Richtung Süden zu gehen, um dem französischen Regiment ihre Dienste anzubieten.

Zügig durchquerten sie ohne Zwischenfälle das Gebirge und kamen bald in die Nähe von Straßberg. Als Magdalene die vertraute Landschaft sah, wurde sie von schrecklichem Heimweh gepackt und wäre gern zurückgekehrt, um das Grab ihrer Eltern zu besuchen. Aber Kati duldete keine Sentimentalitäten. Sie verloren ohnehin viel Zeit, weil sie ständig Umwege machen mussten, um besiedelte Gebiete zu umrunden oder von Flüchtlingen und Spähtrupps nicht bemerkt zu werden.

Nach fünf Tagen erreichten sie die letzten Ausläufer des südlichen Harzes und als sie endlich in die Nähe von Nordhausen kamen, sahen sie französische Soldaten, die sich wie wimmelnde Ameisen ausbreiteten. In einem undurchdringlichen Gebüsch versteckten sie ihre Körbe, ließen Sophie, Dorothee und Marie zurück und näherten sich wachsam der Stadt.

Magdalene staunte, noch nie im Leben hatte sie eine so große Stadt aus der Nähe gesehen. All die prachtvollen Kirchtürme, die aneinander gedrängten stattlichen Fachwerkfassaden mit geschnitzten Balkenköpfen und bunten Glasfenstern hätten ihre Neugierde erweckt, wenn sie sich nicht so sehr gefürchtet hätte. Wie ein Siegelring umschloss die weitläufige Stadtmauer mit Türmchen und Zinnen all die vielen mehrstöckigen Bürgerhäuser, deren hohe, spitz zulaufende Giebeldächer keck über den Rand der Befestigungsanlage hinausragten.

Vor den Stadttoren erstreckte sich das Feldlager der französischen Armee auf einer Fläche, die doppelt so groß war wie der gesamte Stadtgrundriss. Selbst die ausgedehnten Felder waren von berittenen Truppen, Zelten und Pferdekoppeln in Beschlag genommen. Ungewohnter Lärm schallte ihnen entgegen, der nach den Wochen im stillen Wald aufregend und angsteinflößend wirkte. Erst beim Näherkommen entdeckte Magdalene die kleinen Marktstände, die sich vor einem der Tore aufgebaut hatten und kärgliche Häuflein von Gemüse feilboten.

Kati packte die Gefährtin am Arm und gebot ihr flüsternd, stehen zu bleiben. Sie hatten das schützende Dickicht hinter sich gelassen und befanden sich auf einer Anhöhe, waren aber von unten nicht zu sehen. Kati bedeutete ihr, sich hinter einen Busch zu ducken und versteckt beobachteten sie einen Soldaten, der, nur mit einer Hose bekleidet, schlummernd im Gras lag. Erst als sie ihn leise anriefen, schreckte er auf und Kati machte sofort beruhigende Handzeichen und Gesten, die ihn beschwichtigen sollten.

Sie kletterten nach unten und die lebenserfahrene Frau setzte ihm wortreich in französischen und deutschen Brocken auseinander, dass sie ganz ungefährliche Händlerinnen seien und gute Ware anzubieten hätten. Während er die Frauen neugierig musterte, blieben seine Blicke begehrlich an Magdalenes Körper hängen, denn sie war eine der wenigen, deren Anmut noch nicht durch den harten Überlebenskampf zerstört worden war. Schließlich schlug er ihnen vor, mit dem Kompaniechef selbst zu verhandeln, zog seine Jacke an und forderte sie auf, ihm zu folgen.

Bald erreichten sie die Stadtmauer und der französische Posten am Tor ließ sie nach einer kurzen Kontrolle passieren. Der Soldat führte sie durch eine enge Gasse, an deren Seiten mittelalterliche Häuser aus Stein hoch aufragten. Aus den Fenstern folgten ihnen die wütenden Blicke der Bewohner und Magdalene wurde sogar von einem heimlich geworfenen Klumpen Unrat an der Schulter getroffen. Traurig dachte sie an ihre Mutter, die soviel vom bunten Treiben der Markttage in Nordhausen erzählt hatte und die sie nie hatte begleiten dürfen, weil der Vater es nicht erlaubte. Nun lernte sie die Stadt in einem ganz elenden Zustand kennen und wünschte, sie schon in ihrer Blütezeit einmal besucht zu haben.

Die wechselnde Militärbesatzung hatte den einst so wohlhabenden Bürgern übel mitgespielt. Gärten, Wehranlagen und Mauern waren teilweise zerstört, Häuser drohten zu verfallen und zahlreiche Flüchtlinge waren in die benachbarten Wälder geflohen. Die Zurückgebliebenen hungerten, während sich nacheinander preußische und französische Soldaten von den Vorräten ernährten, die eigentlich zur Überwinterung angelegt worden waren. Magdalene warf Kati einen ängstlichen Seitenblick zu, doch in deren Gesicht spiegelte sich nichts als konzentrierte Aufmerksamkeit. Eine Frau wie Kati scherte sich nicht um das Leid anderer Leute, sondern versuchte, bedrohliche Situationen zu ihren Gunsten richtig einzuschätzen und geschickt auszunutzen. Bedenkenlos passte sie ihren Überlebenswillen den Gegebenheiten von Kriegen und Katastrophen an.

Am Ende der Gasse standen sie vor einem großen Amtsgebäude und der Soldat, der sie bis hierher geführt hatte, salutierte und überließ sie einem anderen Uniformierten, der sie über eine Hochtreppe bis zu einem eleganten Amtszimmer geleitete. Dort standen sie einem prachtvoll uniformierten Mann gegenüber, der hinter einem ausladenden Schreibtisch saß und die ärmlich gekleideten Frauen abwartend anblickte.

Unwillig zog er die Augenbrauen nach oben, als Kati in ihrem schlechten Französisch zu sprechen begann. Ohne die geringste Verlegenheit versuchte sie ihm mit schmeichelnder Stimme und vielsagenden Gesten beredt zu vermitteln, dass sie mehr seien als nur Händlerinnen und deutete dabei immer wieder zu Magdalene hinüber.

Der Mann verstand ihr Anliegen. Seine Miene hellte sich auf und er begann, Magdalenes Körper spöttisch lächelnd einer eingehenden Betrachtung zu unterziehen und Kati baute sein wachsendes Interesse geschickt in ihre Verhandlungsstrategie ein. Sie schien mit derartigen Situationen viel Erfahrung zu haben, denn trotz ihrer geringen Sprachkenntnisse erklärte er sich nach einigem Hin und Her bereit, die fünf Frauen als Marketenderinnen im Winterquartier aufzunehmen.

Allerdings ließ er durch einen Übersetzer verkünden, dass er Gegenleistungen erwartete! Die Weiber sollten für alles Sorge tragen, was das leibliche Wohl seiner

Männer betraf. Darüber hinaus hatten sie dem Proviantmeister jederzeit zur Verfügung zu stehen und wenn es zu Kriegshandlungen kommen sollte, waren sie verpflichtet, den Männern bis aufs Schlachtfeld zu folgen. Sie mussten dem Feldscher mit einfachen Handreichungen dienen und den Verwundeten Trost und Hoffnung spenden. Mit Handschlag wurde der seltsame Handel besiegelt und Kati blickte Magdalene stolz grinsend an.

Ein jeder wusste, dass der Oberst seine Zustimmung nicht aus Nächstenliebe, sondern aus ganz nüchternen und praktischen Erwägungen gegeben hatte, denn während der langen eiskalten Wintermonate war es nicht leicht, eine unübersichtliche Horde von Soldaten in primitiven Zelten bei Laune zu halten.

Frauen spielten seit jeher eine wichtige Rolle, wenn es darum ging, Unzufriedenheit und Aufruhr des stehenden Heeres zu unterdrücken. Jedes Regiment war mit einem Tross von Weibern ausgestattet, der ihnen in den öden und kaltfeuchten Wintern beistand. Bevor die Frauen gehen durften, wurden sie einem kurzen Verhör in ihrer eigenen Sprache unterzogen und ein Soldat zeigte ihnen dann die armseligen Hütten der Trossweiber.

Die Tage vergingen und Magdalene tat so, als habe sie sich in ihr Schicksal gefügt. In Wahrheit verabscheute sie die schmutzigen Quartiere am Rande des Heerlagers, die keifenden Mädchen und Frauen, ihre zerlumpten, abgemagerten Kinder und die fortwährenden Besuche gieriger Männer, die sich zu jeder Tages- und Nachtzeit einfinden und ihre Bedürfnisse stillen durften. Ihre Erscheinung musste den Kompaniechef in der Amtsstube tief beeindruckt haben, denn schon bald nach ihrer Ankunft stand ein Soldat in der Tür, um Magdalene in die Stadt zu bringen. Er führte sie in dasselbe Haus und nachdem man ihr in einem kleinen Nebenraum Wasser, Seife und frische Kleidung gereicht hatte, damit sie sich waschen und umziehen konnte, wurde sie in einem kleinen Salon von mehreren Offizieren erwartet. Erwartungsvoll lächelnd starrten die Männer sie an und Magdalene zupfte verlegen an ihrem Haar. Jemand reichte ihr ein Glas mit einer perlenden Flüssigkeit und da es ihr nicht zustand, irgendetwas zu verweigern, trank sie es leer.

Von dem schäumenden Getränk wurde ihr warm und eine Fröhlichkeit, die sie schon lange nicht mehr empfunden hatte, breitete sich in ihr aus. Zu ihrem eigenen Erstaunen hörte sie sich lachen und in gebrochenem französisch plaudern und schließlich fing sie sogar an, kunstvolle Lieder zu singen, die sie von Friederike Seidensticker gelernt hatte.

Für kurze Zeit stand sie ganz im Mittelpunkt der kleinen Salongesellschaft und genoss den begeisterten Beifall, den man ihr klatschte. Da öffnete sich eine unscheinbare Tür in der Tapete und alle Männer wandten sich neugierig um und begrüßten hocherfreut vier junge grell geschminkte Frauen in aufgebauschten Reifröcken und riesigen Hüten.

Die schüchterne Sängerin war vorerst vergessen und die gesamte Aufmerksamkeit richtete sich auf die Neuankömmlinge. Galant half man ihnen, Umhänge, Hauben, Röcke, Mieder und Unterwäsche abzulegen und beschämt betrachtete Magdalene die halbnackten Körper der Frauen, die außer den Strumpfhaltern nur noch ihre Schuhe trugen. Einer der Uniformierten war in ihre Nähe zurückgekehrt und begann, sie überall zu liebkosen und ihr erneut von der schäumenden Flüssigkeit einzuschenken und da sie in den vergangenen Tagen wenig gegessen hatte, tat der Alkohol seine Wirkung.

Magdalene fühlte sich beschwingt und ließ alles mit sich geschehen. Ergeben stand sie mit hängenden Armen da und wehrte sich nicht, als auch sie entkleidet wurde. Im anderen Teil des Raumes kniff jemand einem kichernden Mädchen in ihr üppiges Hinterteil und überschüttete ihre nackten Brüste mit Schaumwein. Genüsslich johlend bemühten sich zwei Männer, sie wieder trocken zu lecken und auch Magdalene fing an, laut zu lachen und zu prusten. Alles war ihr recht. Nach den schrecklichen Erlebnissen mit dem Schmied und den stumpfsinnigen Kerlen in der Mühle empfand sie die feuchtfröhliche Sinnlichkeit der französischen Offiziere als angenehm.

Magdalene war die einzige Frau aus dem anrüchigen Feldquartier, der die zweifelhafte Ehre zuteil wurde, in das vornehme Bürgerhaus hinter den Stadtmauern bestellt zu werden. Die ranghöheren Angehörigen des Militärs hüteten sich im allgemeinen vor den Feldhuren, weil sie befürchteten, an der unter ihnen sehr verbreiteten Lustseuche zu erkranken. Als sich herausstellte, dass die junge Frau mit schönen Liedern zu unterhalten wusste, behielt man sie sogar für eine Weile in der Stadt und Kati musste verärgert mitansehen, wie ihr wertvollstes Stück Handelsware aus ihrem Machtbereich entschwand.

Magdalene schämte sich der Bevorzugung, sie hatte der Anführerin viel zu verdanken und wann immer es ihr gestattet wurde, zu den Frauen vor der Stadt zurückzukehren, brachte sie ihnen Nahrungsreste, Kleidungsstücke und anderes nützliches Zeug mit. Verglichen mit den elenden Hütten der Marketenderinnen lebte sie in Nordhausen beinahe in Wohlstand. Mehrere Mädchen teilten sich einen großen Raum, der einmal eine Amtsstube gewesen war und notdürftig mit Matratzen, Truhen, Tischen und Bänken ausgestattet wurde.

Oft schickte man schon morgens nach ihnen und behielt sie den ganzen Tag über in einem der Salons, die von immer anderen Männern aufgesucht wurden. Wenn sie gehen durfte, ließ Magdalene sich auf ihren Strohsack fallen und schlief, berauscht vom Genuss der vielen starken Getränke, sofort erschöpft ein. Ihr Leben war sehr anstrengend, denn die Offiziere hielten sich nicht lange mit Konversation oder Gesang auf. Eilig verschwanden sie mit einem oder mehreren Mädchen in Nebenräumen oder zogen es vor, ihr ausschweifendes Treiben im Salon mit anderen zu teilen. Besondere Rücksichtnahme oder übertriebene Scham war den Männern im Krieg abhanden gekommen und auch Magdalenes traurige Erfahrungen hätten allmählich von einer angenehmen Sinnlichkeit überlagert werden können, wenn diese Zeit nicht plötzlich ein jähes Ende genommen hätte.

Eines Tages wurde die Tür zu ihrem Wohnbereich krachend aufgerissen und ungefähr zehn sehr junge Mädchen, die sich verängstigt umsahen, in die überfüllte Stube gedrängt. Dann fiel die Tür wieder ins Schloss und stumm abwartend musterten sich die neuen und alten Kurtisanen. Da erst wurde Magdalene bewusst, dass man in ihnen nichts als armselige Gefangene sah, deren Körper jederzeit verfügbar zur Verfügung stehen mussten. Zwar waren einige der Nordhäuser Bürgerinnen freiwillig zu den französischen Besatzern übergelaufen, doch nur die Angst vor dem Verhungern hatte die Frauen dazu getrieben. Und die weibliche Kriegsbeute, die man aus verschiedenen Fürstentümern verschleppt hatte, erwartete nach Kriegsende die strengsten Bestrafungen ihres jeweiligen Landesherren!

Wilhelmine, eines der kaum fünfzehnjährigen neu eingetroffenen Mädchen, hatte Magdalene weinend zugeraunt, dass die ungarischen Verbündeten des Reiches ihren eigenen Frauen zur Strafe die Brüste abgeschnitten hätten! Wofür? Nichts Böses hatten sie getan, die Armen! Nachdem die ungarischen Städte und Dörfer erobert worden waren, vergingen sich die preußischen Soldaten in aller Öffentlichkeit an den wehrlosen Frauen des Feindes. Und die Schmach der gedemütigten ungarischen Männer wog so schwer, dass ihr Rachedurst bei weitem die Grausamkeit des Feindes übertraf und sie ihren geliebten entehrten Frauen die Brüste abtrennten.

Nachdem die jungen Mädchen eingetroffen waren, sortierte man einige ältere Frauen aus, zu denen auch Magdalene gehörte. Sie musste zu den anderen Weibern vor den Toren der Stadt zurückkehren und wurde in der überfüllten stinkenden Unterkunft mit hämischen Schimpftiraden und offen gezeigter Feindseligkeit empfangen.

Vergeblich versuchte sie, die Freundschaft der vier Weggefährtinnen zurückzugewinnen, doch selbst Kati verzieh ihr die Bevorzugung nicht und blickte durch Magdalene hindurch, als sei sie Luft. Erst nach ein paar Tagen teilte sie ihr einen der vor Schmutz starrenden Schlafplätze zu und angesichts dieses neuen Elends ertrug Magdalene die zahllosen Besuche der lüstern ächzenden Männer bald nur noch im Zustand der Betäubung.

Sie versuchte überall, Branntwein zu erbetteln und mitleidig grinsend drückten die Männer ihr den mit Schnaps gefüllten Krug an den Mund. Gierig saugte sie jeden Tropfen in sich hinein, bis sie am Abend lallend zu Boden fiel und Schläge oder Tritte bekam. Das alles war ihr gleichgültig geworden und sie gewöhnte sich so sehr an die betäubende Kraft des Alkohols, dass sie bereits am Vormittag ihre kleine Brotration mit Schnaps hinunterspülte. Wenn sich die ungewaschenen Kerle auf sie legten, störte sie weder deren Gestank noch die zwischen den Stößen ausgerufenen Flüche. Bald versank alles um sie her in einer gnädigen Welt des Vergessens.

Der Herbst kam, die warme Witterung ließ nach und es begann ununterbrochen zu stürmen und zu regnen. Die wackligen Zelte schwankten im Wind und versanken im Schlamm. Für die einfachen Soldaten hatte die Zeit des qualvollen Ausharrens begonnen und würde erst enden, wenn der Frühling zurückkehrte. Den Männern höherer Dienstgrade zeigte sich der Aufenthalt im Winterquartier von einer angenehmeren Seite, sie genossen das Leben in den komfortablen Bürgerhäusern, doch davon war Magdalene inzwischen weit entfernt. Die Frauen und Kinder in den Hurenhäusern weinten viel und versuchten sich mit der Hoffnung zu trösten, eines Tages in ihre Heimat zurückzukehren. Aber jede wusste, dass es für sie keine Heimat mehr gab und einige verbrachten die Tage und Nächte in einem Zustand der Betäubung.

Betrunkene Frauen warf man einfach vor die Tür und auch Magdalene lag eines Tages reglos auf der nassen Erde. Ein Fußtritt riss sie aus ihren vernebelten Träumen und im Morgenlicht sah sie ihr Spiegelbild in einer Pfütze und erschrak vor dem Anblick ihres eigenen Gesichtes. Zitternd richtete sie sich auf, sandte ein stummes Gebet in den graukalten Himmel und beschloss, ihr elendes Leben zukünftig ohne Betäubung zu ertragen.

Kati stand neben ihr, half ihr auf und gemeinsam gingen sie wieder hinein. Sie hatte bemerkt, dass Magdalene verschwunden war und sich auf die Suche nach ihr gemacht, denn sie war immer noch die Anführerin des zusammengewürfelten Haufens verlorener Seelen. Auch wenn Magdalene inzwischen keine Einnahmequelle mehr darstellte, sah sie es nur ungern, wenn die Frauen sich betranken.

Kati schien im Gegensatz zu den meisten anderen gut mit ihrer misslichen Lage zurechtzukommen und man hatte sie noch vor Anbruch des Winters zum Hurenweibel bestimmt. Sie befehligte einen Trupp von etwa vierzig Weibern aus verschiedenen Landesteilen und hatte nach und nach strenge Regeln eingeführt. Es gelang ihr, Zwiste und Streitigkeiten, die immer wieder zu gefährlichen Handgreiflichkeiten führten, zu verhindern. Die Männer schenkten dem Tun der Frauen keine besondere Aufmerksamkeit und behandelten sie wenig respektvoll. Dennoch brachten sie gelegentlich eine gewisse Dankbarkeit zum Ausdruck, indem sie ihr alte Kleidungsstücke oder Reste von Nahrungsmitteln überließen.

Eines Tages blieben Magdalenes Blutungen aus, doch sie erzählte niemandem davon. Kati, die jede Frau aufs genaueste beobachtete, sah ihren gewölbten Bauch und zwang sie, einen bitteren Sud aus Rosmarin und Ebereschenöl hinunter zu würgen, der schreckliche Bauchkrämpfe auslöste. Danach blutete sie ununterbrochen und verlor das Kind, das schon einige Monate in ihr gewachsen war. Der Vorgang machte sie wieder todtraurig und voller Bitterkeit begann sie erneut zu trinken. Mit einem gestohlenen Branntweinkrug verkroch sie sich im Keller eines eingestürzten Hauses und lag dort mehrere

Tage blutend und fiebernd in der Dunkelheit.

Wieder war es Kati, die sie aufspürte, doch diesmal sträubte sie sich dagegen, von ihren zerrenden Händen ins Leben zurückgeholt zu werden und brüllte, sie solle verschwinden. Kati holte Verstärkung und man brachte sie zurück zu den anderen. Magdalene beschloss zum zweiten Mal, am Leben zu bleiben. Sie schwor sich, das Feldlager bei einer günstigen Gelegenheit zu verlassen und nach einem anderen Broterwerb als dem der Hurerei zu suchen. Die eindringlichen Worte ihres Vaters kamen ihr wieder ins Gedächtnis und sie erinnerte sich zum ersten Mal seit vielen Wochen wieder an das Versprechen, in den Oberharz zu ziehen.

Der Winter war vergangen, doch noch immer wurde Nordhausen von den französischen Truppen belagert. An einem warmen Tag im Juni suchte der Kommandeur nach geeigneten Frauen, die sich zu Erkundungen in die nördlichen Gebiete vorwagen sollten, ohne dass sie als Angehörige der französischen Armee erkennbar waren.

Der Norden des Harzes gehörte zum Herzogtum Braunschweig und man hielt es für klüger, anstatt einer berittenen Patrouille unauffällige Botenfrauen zu senden. Kati machte ihre Autorität geltend und setzte durch, dass sie mit einigen Gefährtinnen die Reise antreten durfte. Wer sonst konnte von sich behaupten, über so gute Ortskenntnisse zu verfügen? Der Marsch war nicht ungefährlich und obendrein durften die Weiber nicht einmal erfahren, worum es überhaupt ging. Als Aufsicht wurde ihnen ein bewaffneter Soldat in ziviler Kleidung zur Seite gestellt.

Gemeinsam machten sich Magdalene, Kati, Sophie, Marie und Baptiste, ein freundlicher Sergeant, eines

Morgens auf den Weg, durchquerten Felder und Wiesen und kletterten im Gänsemarsch steinige Abhänge hinauf. Bald erreichten sie einen Höhenweg mit einer herrlichen Aussicht auf das gesamte Umland. Zu ihren Füßen breitete sich das grünende Flachland des Harzes aus und verschmolz mit blassblauen Hügelketten, die sich in der Ferne sanft zu einer fruchtbaren Ebene glätteten. Während des Laufens wechselte die Umgebung von bunt blühenden Bergwiesen immer mehr zu dichten Nadelwäldern und je näher sie dem Gebirge kamen, umso bergiger türmte es sich vor ihnen auf. Für einen Frühsommertag war es ungewöhnlich warm und schon am Morgen flirrte die Luft vor Hitze und verbreitete einen aromatischen Duft nach frisch gemähtem Heu und harziger Baumrinde.

Froh, dem stickigen Heerlager für eine Weile entronnen zu sein, überquerten sie singend den Bergrücken und genossen ihre Freiheit. Die Frauen hatten die Röcke über den nackten Beinen hochgebunden und die Kopftücher flatterten im Sommerwind. Schwatzend passierten sie gerade ein einsames Waldstück, als unvermittelt zwischen den Bäumen vor ihnen mehr als ein Dutzend bärtiger Söldner in den zerschlissenen Uniformen der preußischen Armee auftauchte. Ein Schuss wurde abgefeuert und Baptiste fiel zu Boden, ehe jemand begriff, was geschah.

Bevor die überraschten Frauen fliehen konnten, stürmten die Männer grölend auf sie zu und schnappten gierig nach den wild um sich schlagenden Armen von Sophie, Kati und Marie. Schnell gelang es ihnen, sie zu überwältigen und während mehrerer Männer eine wehrlose Frau zu Boden drückten und festhielten, warf sich ein anderer keuchend auf ihren entblößten Unterleib. Die zerlumpten Gestalten verbreiteten einen übelriechenden Gestank nach Schweiß und Verwesung und zeigten das erbarmungslose Antlitz des wütenden Krieges.

Dem einen war ein Arm abgerissen und der Jacken-ärmel baumelte leer von den breiten Schultern herab, einem anderen fehlte ein Stück des Unterkiefers und einem schwarzhaarigen bärtigen Kerl, der nur mit einer Hose bekleidet war, hatten Flammen die Haut wegge-brannt und ein Geflecht von blauroten Wülsten überzog Gesicht, Brust und Schultern. Einer hinkte auf einem Bein und konnte den anderen nur mühselig mithilfe von Stöcken folgen, doch obwohl der Mitleid erregen-de Haufen durch die ganze Abscheulichkeit des Krieges gebrandmarkt war, schreckte keiner der Männer vor ei-ner Gewalttat zurück. Sie hatten alles verloren. Nachdem man sie als untauglich und wertlos auf den Schlachtfel-dern zurückgelassen hatte, zogen sie marodierend durchs Land und hinterließen eine Spur der Verwüstung.

Einst waren sie bereit gewesen, für Friedrich II., den Preußenkönig, zu kämpfen und zu sterben, doch als die Männer verstümmelt und verarmt zu ihren Familien zurückkehrten, schlug ihnen dort nur Verachtung ent-gegen. So zogen sie raubend und plündernd umher, bis ein Messerstich oder ein Schuss ihrem Leben endlich ein Ende setzte.

Magdalene war ein ganzes Stück hinter die anderen zurückgefallen, weil sie ihre Notdurft verrichten musste. Als sie den Überfall unbemerkt von Ferne beobachtete, sprang sie instinktiv mit einem schnellen Satz ins nahe Dickicht. Sie verkroch sich immer tiefer im Unterholz und zerrte den Korb, der nur mit etwas Proviant gefüllt war, hinter sich her. Starr vor Entsetzen und Angst beobachtete sie, wie die Männer sich an den drei Gefährtinnen vergingen. Keiner zeigte auch nur einen Anflug von Mitleid und ihr anfeuerndes Gebrüll übertönte das verzweifelte Betteln und Schreien der Frauen.

Die gnadenlose Brutalität schien kein Ende zu nehmen. Erst nach Stunden ließen sie von den Frauen ab, knoteten sich rülpsend und lachend die Beinkleider zu und banden Marie und Kati die Hände auf dem Rücken zusammen. Sophie brauchte niemand mehr festzuhalten, seit eine Ohnmacht sie von den Qualen erlöst hatte. Sie lag reglos wie eine Tote im Gras. Kleider und Hut des erschossenen Franzosen wurden wie im Siegestaumel geschwenkt und der wilde Haufen gebärdete sich, als habe er eine ganze Kompanie niedergestreckt.

In einem Lederbeutel, den Baptiste um den Hals getragen hatte, befanden sich die wertvollen Münzen und der wilde Streit, der ausbrach, als sie den kostbaren Fund entdeckten, führte zu Handgreiflichkeiten und wüsten Beschimpfungen. Anschließend durchwühlten die abgemagerten Kerle sämtliche Tragekörbe, stopften Branntweinkrüge, Käse, Brot und andere Schätze in ihre Lederranzen und machten sich endlich laut johlend aus dem Staub.

Die Frauen lagen in ihren zerfetzten Kleidern blutend auf der Erde und wagten nicht, sich zu rühren. Erst als das Gebrüll in der Ferne verklungen war, setzten sie sich wimmernd auf und halfen sich gegenseitig, die Stricke zu lösen. Mit schmerzverzerrten Gesichtern schworen die geschundenen Frauen fluchend und schluchzend grausame Rache. Nichts als das nackte Leben hatte man ihnen gelassen und nun wussten sie nicht, wohin sie sich wenden sollten. Durch den Diebstahl der kostbaren Münzen hatte man ihnen den Rückweg versperrt, denn welcher französische Offizier würde ihnen glauben, wenn sie erzählten, sie seien überfallen und Baptiste dabei erschossen worden? Der Verdacht würde sogleich auf sie selber fallen und man würde behaupten, Baptiste getötet und das Geld gestohlen zu haben. Aus dieser Schlinge konnten sie ihren Kopf niemals mehr befreien und mussten sich fortan hüten, den Franzosen in die Hände zu fallen.

So verharrte Magdalene reglos in ihrem Versteck. Noch hätte sie zu den Gefährtinnen laufen können, noch würde man ihr die Feigheit verzeihen, aber etwas hielt sie davon ab. Leise kroch sie immer tiefer ins undurchdringliche Gestrüpp der Wildbeerenbüsche und während sie dort zusammen gekauert lag, hörte sie die Frauen ihren Namen rufen. Verärgert und wütend schrien sie immer lauter, suchten den Weg nach ihr ab und warfen Steine ins Gebüsch.

Magdalenes Herz klopfte wild und sie fürchtete sich schrecklich vor Katis Rache. Als es den Frauen nicht gelang, sie aufzuspüren, steigerte sich die Wut der gepeinigten Weiber zu hasserfüllter Raserei. Immer schrecklichere Drohungen und gottlose Verwünschungen stießen sie aus und Magdalene wagte vor Angst kaum mehr, zu atmen. Schließlich gaben sie die Suche auf und aus den erhitzten Wortwechseln konnte sie entnehmen, dass sie Nordhausen von nun an meiden und am nördlichen Harzrand in Richtung Quedlinburg weiterziehen wollten. Stöhnend und wehklagend gingen sie gebückt einen schmalen Pfad entlang und verschwanden bald im Dickicht einer Waldung. Sie schämte sich für ihren Verrat an den Frauen und blieb solange liegen, bis kein Laut mehr zu hören war und erst nachdem sie in der Dunkelheit kaum mehr etwas erkennen konnte, kroch sie leise aus dem Unterholz hervor. Ihre Glieder waren so steif, dass es ihr nicht gelang, aufzustehen. Gegen einen Baumstamm gelehnt blieb sie sitzen und starrte in die Nacht. Auf einmal zerriss die Wolkendecke und der Mond beleuchtete den Wald. Nicht weit entfernt sah sie den nackten Leichnam des Franzosen auf dem niedergetrampelten Gras liegen und war froh, als die Wolken den Mond wieder verdeckten und die Umgebung sich schwarz färbte. Magdalene fühlte keine Trauer, weder für die erniedrigten Frauen noch für den getöteten Baptiste, ein weiteres Stück ihrer Seele war zerbrochen.

Müde richtete sie sich auf und beschloss, weiter zu gehen, um die Nacht nicht in der Nähe des Toten zu verbringen. Nach ein paar Schritten knickten ihre Beine ein und sie ließ sich einfach zu Boden fallen. Schlaflos grübelnd lag sie da und überdachte ihre Situation. Sie durfte weder Kati begegnen noch von den französischen Soldaten in Nordhausen erkannt werden und das bedeutete, im unwegsamen Gebirge auf Schleichpfaden in Richtung Westen zu marschieren.

Wenn sie an all die Täler und Höhen dachte, die es zu überwinden galt, verließ sie der Mut. Sie war so unendlich müde! Im Flachland wäre es viel einfacher, vorwärts zu kommen, doch ob sie es bis Osterode schaffen würde, ohne einer Patrouille aufzufallen? Hätte sie Osterode erreicht, wäre es bis nach Clausthal nicht mehr weit, aber das offene Gebiet im südlichen Vorharz bot wenig Schutz vor den Blicken feindlicher Reiterstaffeln.

Wie gefährlich und grausam hatte sich die Welt außerhalb von Straßberg erwiesen! Jetzt erst erkannte sie, wie selbstsüchtig die Forderung des Vaters war, ihr abzuverlangen, in den Oberharz zu ziehen. Sie dachte an sein letztes Geschenk, den Silberkelch, den sie im Zwischenboden ihrer Kiepe bisher wie einen Schatz gehütet hatte. Es war töricht zu glauben, ihn verkaufen zu können. Eine arme Frau wie sie würde man sogleich verdächtigten, das kostbare Stück gestohlen zu haben und sie bekäme gar nichts für den Becher außer einer Gefängnisstrafe. Magdalene war nicht dumm. Nur die Not hatte sie gezwungen, das traurige Schicksal von Menschen zu teilen, denen sie in besseren Zeiten lieber ausgewichen wäre.

Anderntags setzte sie ihren Weg fort, bewegte sich sehr vorsichtig und war ängstlich darauf bedacht, von niemandem entdeckt zu werden. Müde stolperte sie über Felskanten, die Zweige stachen ihr ins Gesicht und der kleine Pfad tief im Waldesinneren führte sie immer tiefer ins Gestrüpp dicht stehender Fichten. Hier würde kein Mensch sie entdecken und wie ein Tier kroch sie viele Stunden lang durch's Unterholz. Die Gedanken kamen wie Blitze und rasten durch ihren Kopf wie schneidende Messer. Es tat gut, sich zu bewegen, um dem wütenden Heer unsichtbarer Angreifer davonzulaufen, die sich ihrer Seele zu bemächtigen drohten. Schließlich war sie zu erschöpft, um noch gehen zu können und verkroch sich unter das schützende Gebüsch eines Holunderstrauchs.

Sie wartete, bis die Sonne untergegangen war und trat dann, in den zerschlissenen Mantel der Mutter gehüllt, die Weiterreise an. Mond und Sterne tauchten die Umgebung in ein blasses Licht und wie ein Geist bahnte sie sich ihren Weg, überquerte Bäche, watete durch sumpfigen Morast und sprang über knorrige Wurzeln. Die einzigen Lebewesen, denen sie begegnete, waren scheue Waldtiere, die aufgeschreckt vor ihr flüchteten. Mehr und mehr verschmolz sie mit der unberührten Wildheit der Natur, den leuchtenden Gestirnen am Himmel und sie fühlte sich über Zeit und Raum mit dem Vater verbunden, der auch so verzweifelt umher geirrt war. Sie verstand Todesschmerz und Lebenssehnsucht und erkannte mit beinahe beglückender Klarheit, dass ihr Schicksal nichts als ein kleines Staubkorn war, das in einem unermesslich großen und weiten Himmelsgewölbe schwebte.

Nach zwei Tagen hatte Magdalene den südlichen Rand des Gebirges erreicht. Nur ungern ließ sie die Einsamkeit der dunkelgrünen Wälder hinter sich und trat in das sonnenbeschienene Flachland hinaus. Ohne den Wald fühlte sie sich schutzlos und preisgegeben. Überall wimmelte es von Menschen, Ochsengespannen, Hütten und Ställen und weder Felder noch Viehweiden boten Schutz vor den neugierigen Blicken der Leute. Obwohl sie sich nach menschlicher Gesellschaft sehnte, flüchtete sie schnell zurück in den Schutz des Waldes. Um den viel befahrenen Handelsstraßen auszuweichen, schlug sie wieder den Weg zurück ins Gebirge ein und erreichte bald eine kleine Siedlung, die sie vorsichtig umrundete.

Erleichtert stellte sie fest, dass die Bevölkerung nicht vom Krieg betroffen zu sein schien. Es gab weder Uniformen noch Zelte und zu ihrer großen Freude kamen ihr sogar zwei schwarz gekleidete Bergleute entgegen. Zum ersten Mal verbarg sie sich nicht, sondern entrichtete den alten Gruß „Glück auf, miteinander, Ihr Herren!" und die beiden Männer grüßten freundlich zurück. Sie erfuhr, dass sie sich in Zorge befand und dass es auch möglich war, über Braunlage in den Oberharz zu gelangen. Die beiden erklärten ihr ausführlich, wie sie zu gehen hatte und anschließend wagte sie sich in den Ort hinein und erstand etwas Brot. In der Dorfmitte setzte sie sich auf eine Bank, die um eine alte Linde herum gezimmert war, lehnte sich aufatmend zurück und schloss die Augen.

Magdalene schrak zusammen, als unerwartet eine Frau mit brauner Haut und mandelförmigen Augen vor ihr stand, deren pechschwarze Locken unter einer vornehmen Haube hervorquollen.

„Woher kommst du?", fragte sie mit einer ungewöhnlich tiefen Stimme und betrachtete lächelnd die leuchtend blauen Kornblumen, die Magdalene am Mieder befestigt hatte. Dann fiel ihr Blick auf die verschlissenen Schuhe an ihren Füßen und sie fragte, ob sie wohl ein Paar neue gebrauchen könnte.

„Gebrauchen wohl, aber es fehlt mir an den nötigen Münzen."

„Komm mit!", sagte die Unbekannte, fasste Magdalene energisch an der Hand und zog sie hinter sich her. Wie damals in Elbingerode, als sie dem Schmied Caspar Klocke zu seinem Anwesen gefolgt war, saßen die Leute vor ihren Häusern und starrten die beiden neugierig an.

Unterwegs erzählte die Frau, dass sie die Ehefrau des Kirchenpredigers sei und ihm neun Kinder geboren hatte, von denen drei unglücklicherweise schon verstorben waren. Bald erreichten sie ein mittelgroßes Fachwerkhaus, dass von üppig blühenden Blumen und zurechtgestutzten Wacholderbüschen manierlich umstanden war und widerstrebend ließ Magdalene sich nötigen, in eine geräumige, helle Diele einzutreten. Auf einem großen Holztisch bekam sie von einer Magd ein erfrischendes Getränk vorgesetzt und die stellte auch zwei Paar Schuhe zur Anprobe vor ihre Füße. Als die Gastgeberin sah, dass eines davon passte, umarmte sie Magdalene erfreut und küsste sie herzlich auf beide Wangen. Nachdem die Magd auch noch frisches Brot, Butter, Käse und ein weiteres Glas köstlichen Apfelsaftes aufgetischt hatte, zog sie sich zurück und die Pfarrfrau drückte ihren Gast auf eine Bank.

Sprühend vor Freude über die unerwartete Zuhörerin berichtete sie in einem nicht enden wollenden Redestrom von ihrem abenteuerlichen Leben. Wohl wissend, dass die Besucherin bald weiterziehen und ihr nie wieder begegnen würde, sprudelte aus ihr hervor, was sie anscheinend über viele Jahre in sich hatte verschließen müssen. Sie sei ursprünglich als Kaefe Abbas aus dem Abendland in den Harz gekommen und ihr Vater sei ein sehr reicher Schatzmeister des türkischen Sultans gewesen. Man habe glücklich in einer prunkvollen Festung gelebt und wenn ihre selige Mutter, eine vornehme Frau aus dem fernen Georgien, nicht alsbald nach ihrer Geburt gestorben wäre, hätte es ihr damals an nichts gemangelt.

Eines Tages wurde die Festung überfallen und von dem Feldmarschall Graf Münch und seinen Soldaten belagert. Dabei habe man sie als Kind unbarmherzig vom Vater und den Geschwistern getrennt und auf einer langen, beschwerlichen Reise mit dem Pferdeschlitten an den Hof der russischen Zarin gebracht. Dort sei sie jedoch nicht lange geblieben. Um das Mädchen im christlichen Sinne zu erziehen, habe ein Verwandter der Zarin, der Herzog Anton Ulrich, sie nach Braunschweig-Wolfenbüttel geholt, als Mündel unter seine Obhut genommen und auf den Namen Anna Charlotte taufen lassen. Kaum hatte sie sich von den Strapazen der weiten Reise erholt, schickte man sie schon wieder fort, diesmal als Kammerzofe an den Blankenburger Hof der Herzogin Christine Luise. Dieser überaus frommen und gütigen Witwe habe sie ihre Eheschließung mit einem Prediger in den düsteren Wäldern des Harzes zu verdanken. Geblieben war ihr nur eine ferne Erinnerung an die Palmen und Feigenbäumen ihrer Heimat im Morgenland.

Traurig seufzte das leidgeprüfte Wesen und vertraute Magdalene flüsternd an, sich insgeheim noch immer mit dem mohammedanischen Glauben ihrer Väter verbunden zu fühlen und viele Gepflogenheiten des Abendlandes zutiefst zu verabscheuen. Außerdem sei sie hier schrecklich einsam! Während sie sprach, war sie immer näher herangerückt und als sie Magdalenes unsicheres Schweigen bemerkte, wechselte sie schnell das Thema und schilderte lustige Begebenheiten, über die sie selbst laut und gekünstelt lachte.

Plötzlich hielt sie inne, umschlang Magdalene mit beiden Armen, drückte sie an sich, bedeckte ihr Gesicht mit innigen Küssen und flüsterte dabei unverständliche Worte. Schwer atmend raffte die Orientalin ihr Kleid hoch, setzte sich rittlings auf die Bank und begann Magdalenes Mieder aufzuknoten. Die wagte nicht, sich zu rühren. Beschämt starrte sie auf die entblößten Beine der Frau, die im Gegensatz zur tief gebräunten Haut ihrer Arme ganz gelblich aussahen und wusste nicht, wie sie sich aus der prekären Lage befreien sollte. Im Franzosenlager bei Nordhausen hatte sie schon Frauen beobachtet, die heimlich beieinander lagen, doch das seltsame Tun ihrer Gastgeberin war befremdlich.

Laute Schritte vor der Haustür ließen die schöne Pfarrfrau erschreckt auffahren. Sie sprang in die Höhe, ordnete hastig ihr Kleid und lief zu einem weit von Magdalene entfernt stehenden Stuhl, an dem sie sich festklammerte, um ihre Erregtheit zu verbergen. Ein großer hagerer, streng dreinblickender Mann, anscheinend der Herr des Hauses, der um vieles älter war als seine Gemahlin, trat ein und musterte die Besucherin wortlos mit kalten Blicken. Nachdem die Frau ihm Hut und Jacke abgenommen hatte, ließ er sich an einem Ende des langen Esstisches nieder.

Trotz eines gemurmelten Grußes machte er durch seinen herablassenden Gesichtsausdruck kein Hehl daraus, die Anwesenheit der ärmlich gekleideten Fremden als äußerst unangenehm zu empfinden und nachdem die Magd wieder eingetreten war, um ihn zu bedienen, würdigte er Magdalene keines weiteren Blickes. Die war verlegen aufgesprungen, hatte die alten Schuhe unter den Arm geklemmt und verließ, von Kaefe Abbas begleitet, den Raum.

Auf der Steintreppe im hellen Sonnenlicht atmete sie erleichtert auf und stammelte einige Worte des Dankes. Sie wollte schon gehen, doch die Hausherrin hielt sie fest und blickte ihr mit solch sehnsuchtsvoller Glut und grenzenloser Trauer in die Augen, dass Magdalene von tiefem Mitleid überwältigt wurde. Sie schüttelte ihr ratlos die Hand, dankte nochmals für das Geschenk, drehte sich um und ließ das Pfarrhaus hinter sich.

Schon bald erkannte sie das von den Bergleuten beschriebene, lang gestreckte Tal, und zog in nordwestlicher Richtung weiter. Die neuen Schuhe schmiegten sich fest an ihre Füße und glücklich und beschwingt vor sich hin singend war sie bald von schwarzgrünen Tannenwäldern umgeben.

Kapitel 4
SCHATTEN DES TODES

Sie genoss die Stille um sich her und versetzte sich voller Vorfreude in die Welt der Oberharzer Bergleute, die sie in Kürze wiederzufinden hoffte. Sie versuchte, die Spannung der vergangenen Monate abzuschütteln und erlaubte sich zum ersten Mal seit langer Zeit, an ihre Mutter zu denken. Mit den Erinnerungen kam auch die Reue und sie schämte sie sich des liederlichen Lebenswandels der vergangenen Wochen. Wehmütig lächelnd schritt sie am späten Nachmittag gesenkten Kopfes über eine Waldlichtung, als ein Geräusch sie auffahren ließ.

Sie drehte sich um und bemerkte, dass ein junger berittener Soldat in der Uniform eines französischen Offiziers ihr wohl schon längere Zeit gefolgt war. Sie verfluchte ihre Sorglosigkeit und überlegte fieberhaft, wie sie der Begegnung entfliehen konnte. Wie lange mochte er hinter ihr her geritten sein? Gehörte er zu den Truppen, die Nordhausen besetzt hielten und kannte er sie womöglich? Während sie ihn verwirrt grübelnd anstarrte, kam er immer näher und erklärte in gebrochenem Deutsch, seine Kompanie und den Weg aus den Augen verloren zu haben. Er bot an, sie ein Stück zu begleiten und wenn sie wolle, dürfe sie sogar auf seinem Pferd sitzen.

Der überaus höfliche Mann gab sich sehr beflissen, aber sein kalter Blick jagte Magdalene Angst ein. In seinen Augen erkannte sie denselben lauernden Ausdruck, der sich regelmäßig bei Männern einstellte, die ihre Dienste in Anspruch nahmen. Es dunkelte bereits und weit und breit war kein Mensch zu sehen und die Angst schnürte ihr die Kehle zusammen. Sie befürchtete, dass er etwas Böses mit ihr vorhatte und sie vor Vollendung

seines Planes nicht würde gehen lassen. Um der gefahrvollen Situation eine harmlose Wendung zu geben, beschloss sie, sich einfältig und dumm zu stellen. Höflich
nannte sie ihren Namen und erfuhr, dass er ein Marquis
aus Frankreich sei und dort ein großes Schloss besitze.
Sie unablässig kalt anstarrend, bot er an, die schöne De-
moiselle dürfe ihn Monsieur Alphonse nennen und dabei verzogen sich seine Mundwinkel in einem seltsamen
Grinsen nach oben und entblößten eine Reihe scharfer
Zähne. Magdalene erschauerte trotz der Sommerwärme.
Inzwischen war das Tageslicht verblasst und die Dunkelheit des Waldes schob sich drohend immer näher heran.
Gerade hatte sie erwogen, besser die Flucht zu wagen und
blitzschnell zwischen die Bäume zu springen, da packte
er ihren Arm und hielt sie fest.

Wäre der Mond nicht hell wie ein Nachtlicht aufgegangen, dann hätte sie ihm vielleicht in der undurchdringlichen Finsternis noch entkommen können. Wortlos ging
er neben ihr her und hielt mit der einen Hand die Zügel
des Pferdes und mit der anderen ihren Arm umklammert. Sein Verhalten ließ darauf schließen, dass er nicht
zufällig, sondern planvoll den Weg der einsamen Frau
gekreuzt hatte, denn nach einer Weile blieb er vor einem
halb verfallenen Gebäude stehen, das plötzlich in der
Dunkelheit vor ihnen aufgetaucht war. Ein kleiner Bach
rauschte hinter dem Haus und die ersten Sterne funkelten zwischen den Zweigen hoher alter Bäume.

Seit die friedliche Stille des Waldes nicht mehr vom
Geklapper der Pferdehufe unterbrochen wurde, schnürte
Angst Magdalenes Kehle zu. Der Mann wand schmerz-
haft eng einen Strick um ihre Handgelenke, befestigte
ihn an einem Baum und begann, in den Gepäcktaschen

zu hantieren. Sie hoffte nicht mehr auf einen guten Ausgang dieser unheimlichen Begegnung und folgte ihm widerstandslos ins Innere der Hütte, als er sie hinter sich herzog.

Sorgfältig verschloss er die schwere Brettertür und zündete ein kleines Windlicht an. Entsetzt musste sie feststellen, erneut die Gefangene eines bösartigen Menschen geworden zu sein. Doch dieser Mann schien auf eine erschreckende Weise anders zu sein als all die anderen zuvor. Der hochmütige Gesichtsausdruck, die überlange spitze Nase mit fein geschwungenen Flügeln und die zierlichen Hände deuteten auf eine Herkunft hin, die sich wohl kaum mit schwerer Arbeit abgeplagt hatte. Seinen Mund umspielte ein grausamer, furchteinflößender Zug und sein Blick schien sie unheimlich zu durchbohren. Magdalene entschied, sich nicht zu wehren. Besonders verheerend war die Tatsache, dass er bald den silbernen Kelch entdecken würde, den sie in ihrer Sorglosigkeit versäumt hatte, zu verbergen.

Plötzlich zog er etwas aus seiner Tasche und ehe sie erfassen konnte, was es war, spürte sie den Lederriemen einer Pferdepeitsche auf ihre Schultern niedersausen. Mit einer unheimlich veränderten Stimme stieß er wütend französische Satzfetzen hervor und warf Magdalene auf den feuchtkalten Erdboden. Sie schrie in Todesangst auf, als er ein Messer in der Hand hielt und mit einem schnellen Schnitt ihr Mieder zerteilte. An der Sicherheit, mit der er vorging, erkannte sie, dass er nicht das erste Mal so schreckliche Dinge tat. Dann wandte er sich unvermittelt von ihr ab und verließ die Hütte. Nach einer Weile kehrte er mit den Satteltaschen zurück, aus denen er ein Tuch hervorkramte und wie einen Knebel um ihren Mund band, so dass sie kaum atmen konnte. Als habe das Tier Magdalenes Not gespürt, wieherte das Pferd unruhig in der Dunkelheit und wütend über die Störung, sprang der Mann auf und rannte nach draußen. Gelähmt vor Angst hörte sie ihn auf das Tier einschlagen, bis es qualvoll laut schrie.

Nach seiner Rückkehr zog er die Peitsche ein paar Mal liebevoll über seine Handflächen und ließ sie dann plötzlich wieder auf ihrem Oberkörper niedergehen. Das tat er so lange, bis sie mit unzähligen Striemen übersät war. Um seine Lust weiter zu steigern, ersann er stets neue Quälereien und je mehr sie versuchte, seinen Hieben und Schlägen auszuweichen, umso mehr schien er den entwürdigenden Anblick ihrer Hilflosigkeit zu genießen. Während er sich zu befriedigen suchte, stieß er Flüche und Verwünschungen aus und sackte schließlich stöhnend über ihr zusammen, schnellte jedoch angeekelt von der kurzen Berührung mit ihrem Körper unwillkürlich zur Seite.

Magdalene kauerte in einem Zustand völliger Verzweiflung auf dem Boden und versuchte röchelnd, Luft durch das fest verknotet Tuch zu bekommen. Blut floss über ihr Gesicht und vermischte sich mit dem Schleim, der ihre Nasenlöcher immer mehr verklebte und sie zu ersticken drohte. Ein Geräusch holte sie aus einer Betäubung, die sie gnädig umfangen hatte, zurück in den Alptraum, in dem sie sich noch immer befand. Der Mann suchte gerade umständlich seine Utensilien zusammen, reinigte Messer und Peitsche gewissenhaft mit einem Tuch und packte alles sorgfältig zurück in die Gepäcktaschen.

Barsch befahl er ihr, sich aufzurichten, löste den Knebel und befestigte ihre gebundenen Hände an einem Eisenring an der Hauswand. Daraufhin hüllte er sich in eine Decke und legte sich im flackernden Schein der Lampe zum Schlafen nieder. Die qualvollen Stunden in der Dunkelheit lasteten auf ihr wie eine Felswand, die sie langsam zu erdrücken drohte. Magdalene spürte jeden einzelnen Schnitt, den er ihr zugefügt hatte und fürchtete den Verstand zu verlieren. Während sie mit angezogenen Knien auf dem Boden kauerte, wollte ihr Körper einschlafen, doch seine Nähe ließ sie immer wieder panisch aufschrecken und so sehr sie auch versuchte, die Fesseln zu lockern, um ihre geschwollenen, tauben Hände freizubekommen, es gelang ihr nicht.

Nachdem sich dieselben Torturen an den zwei folgenden Tagen wiederholt hatten und er ihr weder Essen noch Trinken gab, verlor sie jedes Zeitgefühl und ihr Verstand begann sich zu verwirren. Durch eine kleine Ritze in der Brettertür sah sie am Morgen die Sonne aufgehen und glaubte in der Nacht, Gelächter und Stimmen zu hören. Tagsüber verschwand er für kurze Zeit und ließ sie in der dunklen Behausung allein und nachts zündete er die Laterne nur an, wenn er sich mit ihr befassen wollte. Feuerbälle tanzten vor ihren Augen und die Hiebe, die er ihr auf die offenen Wunden versetzte, schmerzten, als würde sie mit stachligen Dornen ausgepeitscht. Manchmal stellte er ihr in schnellem Französisch verärgerte Fragen, die sie nicht beantworten konnte und in seiner Wut über ihr Schweigen spuckte er ihr ins Gesicht.

Magdalene wollte ihn um Wasser bitten. Ihre Kehle war so verdorrt, dass sie kaum sprechen konnte und heiser stammelte sie: „Wasser, bitte, Wasser!"

Doch mit dieser Forderung hatte sie sein sorgfältig inszeniertes Ritual durchbrochen, in dem er ihr die Rolle einer Person zuteilte, die sie weder kannte noch kennen sollte und die er inbrünstig zu hassen schien. Mit einem heftigen Fußtritt schleuderte er sie gegen die Mauer und band den schmutzigen, schleimfeuchten Knebel angeekelt wieder fest um ihren Mund. Wie ein Höllenfürst weidete er sich am Anblick der Frau, die in ihren Exkrementen am Boden hockte und bedachte sie erneut mit einem hasserfüllten Wortschwall. Nur ein einziges Mal drang er gegen seine Gewohnheit in sie ein und bestrafte sie für diese Ungeheuerlichkeit sofort mit neuen Peitschenhieben.

Magdalene empfand kaum mehr als den Wunsch, durch einen schnellen Tod von ihren Qualen erlöst zu werden. Doch wenn sie ohnmächtig weg sackte, holte er in einem Ledereimer eiskaltes Wasser aus dem Bach, goss es schwungvoll über ihren Kopf und erweckte sie wieder zum Leben. Nachts faselte er im Traum zusammenhanglose Dinge von einem Verwandten, einem Abbé de Sade, den er verwünschte und verfluchte.

Sie lauschte den aufgebrachten Worten, die er im Schlaf ausstieß und verstand nur, dass ein Onkel, ein frommer Kirchenmann, gern neben dem Kind gelegen hatte und seinen kranken Neigungen nachgegangen war. Im Halbschlaf murmelte er vor sich hin, warf seinen Kopf auf der Erde hin und her und bald steigerte sich das Jammern des Irrsinnigen zu einem anklagenden Heulen. Der Knabe hatte sich vor Angst und Ekel im Bett des Abbé nass gemacht und die Mutter, die alles beobachtet hatte, hatte verächtlich gelacht. Sie hatte gelacht!

„Vous avez ri, Maman!", schrie er und Magdalene fürchtete sich vor seinem Zorn im Augenblick des Er-

111

wachens. Doch am Morgen schien er alles vergessen zu haben.

Am dritten Tag verschloss er die Hütte von außen und sie hörte ihn pfeifend davon reiten. Er hatte sein gesamtes Gepäck mitgenommen und nachdem die Hufe des Pferdes in der Ferne verklungen waren, breitete sich eine unheimliche Stille aus. Kalter Angstschweiß bedeckte ihren Körper und sie schnappte nach Luft. Er ließ sie also hilflos angekettet allein im Wald zurück. Erneut wurde sie von einer Welle der Angst überflutet und versank im Nichts.

Sie erwachte durch das Geräusch sich nähernder Schritte, die Tür öffnete sich und ein Kopf schob sich durch den Türspalt. Von außen einfallendes Licht umrahmte die schönen dunklen Löckchen ihres Peinigers wie filigranes Schnitzwerk. Ungerührt betrachtete er die am Boden liegende, verdreckte Kreatur und bevor er sie endgültig ihrem Schicksal überließ, hob er einen Arm und sie sah etwas aufblitzen. Triumphierend schwenkte er den silbernen Kelch und rief höhnisch: „Adieu, elende Hure! Das ist kein Besitz für eine Soldatendirne!" Er sprach französisch, aber sie verstand jedes Wort, denn vor allem Schimpfworte hatte sie im Heerlager bei Nordhausen oft gehört. Dann schlug er die Brettertür krachend zu und seine Schritte entfernten sich endgültig.

Kapitel 5
HOFFNUNG

Die Wände der Gipshöhle wurden nur vom flackernden Docht einer Öllampe beleuchtet und als eine Hand sie berührte, schlug Magdalene erschreckt die Arme nach oben und bedeckte schützend ihren Kopf. Starr vor Angst blickte sie in das Gesicht einer Frau, die versuchte, ihr ein Getränk einzuflößen. Vorsichtig ließ sie ihre Augen umherwandern. Er schien nicht da zu sein, aber vielleicht war diese Frau eine Gesellin von ihm und gleich würden sie ihre Quälereien gemeinsam fortsetzen? Die Unbekannte hielt einen hölzernen Becher an Magdalenes Mund und sprach mit freundlicher Stimme besänftigend auf sie ein:

„Ruhig, ruhig, es ist ja gut! Ich bin die Grete und wohne hier mit dem Mann und den Kindern. Wir haben dich in die Höhle gebracht und gepflegt."

Staunend lauschte Magdalene den Worten der Fremden. Sichtlich erfreut, dass die Kranke endlich erwacht war, erzählte sie von den Geschehnissen der vergangenen Tage und Wochen. Eines Tages sei ein uniformierter Mann an ihrem Versteck, einer Höhle, vorbeigeritten und da sie sich hier in den Wäldern verborgen hielten, misstrauten sie jedem Eindringling. Mit äußerster Wachsamkeit war Hans, ihr Mann, den Spuren seines Pferdes gefolgt. Der Reiter war bewaffnet und erst als er sicher sein konnte, dass er weit entfernt war, hatte sich Hans vorsichtig dem verfallenen Gebäude genähert. Ein Stöhnen sei aus dem Inneren erklungen und er wollte schon fortlaufen, aber eine Stimme befahl ihm, hineinzugehen. Da habe sich ihm ein grauenvoller Anblick geboten. Halbtot und zerschunden lag etwas am Boden und sah kaum noch wie ein menschliches Wesen aus. Ohne zu zögern habe der Mann die schwerverletzte Frau auf die Schultern genommen und bis zur Höhle getragen. Viel Leben sei nicht mehr in ihr gewesen und sie hatten schon das schlimmste befürchtet.

Doch der Allmächtige habe es gut mit ihr gemeint und nun, den Heiligen sei Dank, sei sie endlich erwacht. Noch nie habe sie so viele Wunden auf einem menschlichen Körper gesehen und es sei nicht leicht gewesen, die zahllosen Verletzungen immer wieder mit heilendem Pflanzensaft zu bestreichen. Unentwegt sprach die Frau auf Magdalene ein, während sie ihr in kleinen Schlucken ein Getränk einflößte. Aber, tadelte sie, eine Frau sollte auch nicht ganz allein umherziehen bei all dem Gesindel und den vielen gewissenlosen Söldnern überall!

Magdalene starrte die Fremde sprachlos an und lauschte ihrem freundlichen Geplapper.

„Ich bin mit dem Mann und den Kindern aus Nordhausen geflohen, als die Preußen sich bei uns eingenistet haben. Der Hans ist vorm Kriegsdienst weggelaufen und hier im Wald kannten wir eine verborgene Höhle und die haben wir uns nach und nach mit Vorräten gefüllt. Der Mann wollte nicht, dass man ihn totschießt und aus mir ein Bettelweib wird und die Kinder verhungern müssten."

Beinahe unbekümmert teilte sie mit: „Wir bleiben so lange im Wald, bis der Krieg zu Ende ist. Und mein Hans, der hat viele kostbare Dinge von den Schlachtfeldern geholt, die Toten brauchen es ja nicht mehr."

Während sie sprach, kam ein kleiner kräftig gebauter Mann mit blondem Zopf und dichtem Bart neugierig herein.

„Das ist mein Hans, er ist ein guter Mann, du brauchst Dich nicht zu fürchten!", sagte sie schnell, als sie den Ausdruck auf Magdalenes Gesicht bemerkte.

„Jetzt iss auch ein wenig von dem Brei und dann ruhe dich aus! Du kannst bei uns bleiben, bis du gesund bist."

Erschöpft fiel Magdalene zurück auf das Lager und schloss die Augen. Der Allmächtige hatte sie nicht sterben lassen, wie sollte sie aber nach all der Qual die Kraft zum Weiterleben finden? Von weitem hörte sie den Gesang der Waldvögel, aber er enthielt nichts Tröstendes und die grauen Nebel der Verzweiflung erdrückten jedes Aufkeimen von Hoffnung in ihrer Seele.

Monate waren vergangen und Magdalene lebte mit der freundlichen Familie im Inneren der Höhle. In dem Versteck waren ihre zwei Kinder herangewachsen, die immer auf der Hut waren und niemals wagten, herumzutollen. Wie kleine Füchse bemühten sie sich, geräuschlos über den Waldboden zu schleichen und wenn irgendwo Menschen vorbeizogen, blieben sie in der Höhle und verschlossen den Eingang so geschickt mit Gezweig, dass es unmöglich war, ihn zu entdecken. Um Fußspuren zu vermeiden, verließen sie den Zufluchtsort im Winter nur selten, denn Schnee und Eis überzogen den Wald.

Im Schein einer Laterne vertrieben sie die Zeit mit Würfelspielen und ernährten sich von Vorräten und der Kriegsbeute, die Hans auf seinen Beutezügen über die Schlachtfelder und aus verbrannten Dörfern mitbrachte. Dörrfleisch, Hülsenfrüchte, getrocknetes Obst und Pilze ergaben nahrhafte Mahlzeiten und wenn zwischen den Leichen der getöteten Soldaten die Kadaver ihrer Reittiere lagen, dann schnitt man eben den Pferden das Fleisch von den Knochen. Magdalene wunderte sich anfangs über die Bereitschaft der Vier, so selbstlos mit ihr zu teilen, doch Grete war froh über ihre Gesellschaft, denn Hans blieb oft lange fort und es war sehr einsam dort in ihrem Versteck. Hans war der einzige, der die Höhle verließ, um der Spur des Krieges zu folgen, während die anderen zurückblieben.

Magdalenes Wunden waren unter der heilkundigen Pflege von Grete Eisenbart vernarbt und sie bemühte sich, auch die quälenden Erinnerungen abzuschütteln. Eines Tages bemerkte sie, dass ihre Blutungen ausblieben und behielt es zunächst für sich, wie damals im Winterquartier. Nach einer Weile begann sich ihr Bauch zu runden und gab ihr die Gewissheit, dass die qualvolle Begegnung mit der wahnsinnigen Bestie nicht ohne Folgen geblieben war.

Niedergedrückt saß sie da und als Grete sie tröstend umarmen wollte, kam alles aus ihr herausgesprudelt und weinend erzählte sie ihr von den Folterungen in der verlassenen Hütte. Grete stand auf, holte aus einer Kiste ein Fläschchen hervor und empfahl ihr einen bitteren, aber sehr wirksamen Trank, mit dem man sich eines unerwünschten Kindes entledigen konnte.

Gegen ihren Willen empfand Magdalene jedoch plötzlich Mitleid mit dem Kind in ihrem Leib, das doch nichts dafür konnte, einen so bösartigen Vater zu haben. Bestürzt hielt Grete inne und schwieg. Wollte die rothaarige Frau etwa das Kind eines Mannes behalten, der sie beinahe zu Tode gemartert hatte? Schweigend schüttelte sie den Kopf. Im Sommer vor ihrer Flucht aus Nordhausen hatte Grete zwei ihrer Kinder verloren. Sie waren an den Blattern erkrankt und starben, nachdem ein Heilmittel nach dem anderen keine Wirkung gezeigt hatte. Von dem Verlust der beiden Knaben hatte sie sich noch immer nicht erholt. Was zählte dagegen ein Ungeborenes? Doch Magdalene brachte es nicht über sich, aus dem Fläschchen zu trinken. Gerührt dachte sie daran, dass sie mit einem Säugling im Arm nicht mehr ganz so allein auf der Welt sein würde und eines Tages, wenn der Krieg vorüber war, könnten sie gemeinsam weiterziehen.

Draußen vor der Höhle erklang das schaurige Pfeifen des Windes, der die schneebedeckten Fichtenzweige hin und her schleuderte und dicht aneinander gedrängt starrten die Frauen in die Glut der Holzkohle. Es würde noch lange dauern, bis der Frühling kam.

Eines Tages brachte Hans gute Neuigkeiten von einem seiner Streifzüge mit. Es hieß, der Preußenkönig habe endlich Frieden mit seinen Feinden geschlossen und sämtliche Bataillone würden sich nun allmählich zurückziehen. Da jubelten die Frauen und Kinder, schrien vor Freude, fielen sich in die Arme und die hoffnungslose Verzweiflung, die sie all die Jahre zurückgedrängt hatten, bahnte sich mit lautem Schluchzen ihren Weg. An diesem Tag tranken die drei Erwachsenen viel Branntwein und schworen, auf ewig miteinander verbunden zu bleiben. Doch sie wagten die Höhle noch immer nicht zu verlassen und so wurde Magdalenes Tochter in ihrem Versteck geboren.

Die Geburt des Kindes und das Ende eines schrecklichen, sieben lange Jahre währenden Krieges fielen beinahe auf dasselbe Datum und mit vereinten Kräften kämpften die beiden Frauen darum, ein winziges Mädchen aus dem Leib der Mutter zu ziehen. Als Magdalene mit hochrotem Gesicht das Kind in den Armen hielt, bedeutete sie Grete, die Nabelschnur durchzuschneiden, doch die hielt sie davon ab und sagte:

„Nein, warte! Es ist besser für das Kind, wenn die Schnur von selber abstirbt, es fühlt dann keinen Schmerz und wird ein glückliches Kind!"

Zum ersten Mal seit langer Zeit empfand Magdalene so etwas wie Glück und selbst als sie die eigenwilligen Züge des verhassten Mannes im Aussehen des Säuglings entdeckte, floss nichts als überströmende Mutterliebe durch ihr Herz.

Große dunkle Augen, ein Flaum von schwarzen Haaren, ein fein modelliertes gebogenes Näschen und schwungvoll geformte Lippen ähnelten in nichts dem gutmütigen breiten Gesicht von Magdalene. Als das Kind an ihrer Brust saugte, liebkoste sie das kleine Köpfchen, roch an der zarten Haut und der Geruch erschien ihr so lieblich wie der des Christkindes. Doch was sollten sie für das Seelenheil des Neugeborenen tun, ohne Pfarrer, ohne Kirche? Hans sprach ein Gebet, benetzte die Stirn des Mädchens mit Wasser und verkündete feierlich, dass sie nun auf den Namen Magdalene Margarete Bindseil getauft sei. Mochte der Segen des Allmächtigen sie auf allen Wegen behüten und vor Bösem bewahren!

Endlich befand Hans, dass sie nun die Höhle verlassen durften. Sie verschlossen den Eingang sorgfältig hinter sich und brachen im Frühsommer auf.

Gemeinsam wanderten sie bis nach Ilfeld und die beiden Kinder sprangen beglückt umher und ihre ernsten wachsbleichen Gesichter leuchteten vor Freude über die schöne Blütenpracht, das Gezwitscher der Vögel und die wärmenden Sonnenstrahlen. Wie lang eingesperrte Käfer, denen man endlich die Freiheit geschenkt hatte, summten sie im hohen Gras, schlugen Purzelbäume und fassten sich hüpfend bei den Händen. Immer wieder mussten sie von Hans daran erinnert werden, dass die Gefahr noch nicht vollständig gebannt war.

Die Frauen kamen mit den drückenden Bündeln auf den Schultern auch deshalb nur langsam voran, weil sie nicht mehr gewohnt waren, weite Strecken zurückzulegen. Keuchend wechselten sie sich mit dem Tragen des Säuglings ab und als sie schließlich nach einigen beschwerlichen Tagen den Rand des Waldes erreichten, fielen sie sich zum Abschied um den Hals.

Hans drückte Magdalene einen Beutel mit Münzen in die Hand, die er erbeutet hatte und sie musste den beiden versprechen, umgehend eine Botschaft zu senden, wenn sie den Oberharz unbeschadet erreicht hatte. Nur ungern ließ man sie ziehen und niemand verstand, was die seltsame Frau dazu trieb, sich schon wieder unwägbaren Gefahren auszusetzen.

Grete drängte sie noch einmal weinend, mit ihnen nach Nordhausen zurückzukehren, aber Magdalene beharrte darauf, nach Clausthal in den Oberharz zu müssen. Wie sollte sie den Freunden auch erklären, dass viele Bürger in Nordhausen sie als ein Hurenweib der französischen Besatzer in Erinnerung hatten?

Gern wäre sie am Fuß des Harzes von Ellrich bis Osterode gewandert, doch noch immer zogen versprengte Söldner umher, die für weniger als eine Münze bereit waren, jemanden totzuschlagen. Margaretes Kiepe war mit wertvollen Beutestücken gefüllt, die sie gegen Nahrungsmittel eintauschen konnte. Nun würde sie sich vor jeder Begegnung hüten und die Sorge um das Kind verlieh ihr zusätzliche Kräfte. Bewaffnet mit einem scharfen Messer erklomm sie steile Passhöhen und schritt mit dem Säugling im Arm wie eine Kämpferin aus grauer Vorzeit durch die Wälder. Sie hoffte, in weniger als vier Tagen den Oberharz zu erreichen und rastete nur, um das Kind zu stillen, etwas Nahrung zu sich zu nehmen oder um zu schlafen.

Während des Gehens bettete sie die Kleine in ihrer Kiepe und Magdalene summte leise vor sich hin, um das schlummernde Kind zu beruhigen. Nur wenn sie die Zeit zwischen den Mahlzeiten zu lange ausdehnte, wimmerte die Kleine kaum hörbar und von mütterlicher Sorge getrieben, suchte sie ein schattiges Plätzchen und gab ihr die Brust. Liebevoll nannte sie das Kind Lena und wünschte nur, sie könnte ihr bald mehr bieten als das gefährliche Leben der Wanderschaft.

Seit einiger Zeit quälten sie beunruhigende Vorahnungen. Im Traum sah sie eine fremde Frau, die vor einer Mühle stand und ein kleines Mädchen an der Hand hielt. Magdalene überlief ein Schauer, wenn sie das Bild vor sich sah und am liebsten wäre sie umgekehrt. Doch wohin sollte sie gehen? Ob sie wollte oder nicht, sie musste den Schwur einlösen, den sie dem Vater geleistet hatte und nichts auf der Welt durfte sie mehr davon abbringen.

Kapitel 6
MASKE DES BÖSEN

Der Nordwind fegte heulend um die Mauern eines alten Gasthofes. Erzürnt rüttelte er unablässig an den geschlossenen Holzläden, als wolle er mit unsichtbaren Fängen etwas im Inneren des Hauses ergreifen. In einer zugigen Kammer saß Alphonse Donatien de Sade unbeweglich auf einem Stuhl und wartete auf das Eintreffen seines Dieners. Das Gesicht des Mannes glich einer wächsernen Maske des Bösen und der Feuerschein flakkerte geisterhaft über die fratzenhaften Züge. Nach einer Weile stand er auf und holte einen kleinen Gegenstand aus seinem Gepäck hervor, den er erregt aufatmend betastete. In den Händen hielt er einen mit funkelnden Edelsteinen besetzten silbernen Becher. Um sich abzulenken und die Zeit des Wartens zu verkürzen, ließ er sich seufzend auf das Bett fallen, umklammerte den Kelch mit seinen langen dünnen Fingern und schloss die Augen. Wie der Zauber eines Fetischs wirkte diese Zeremonie auf seinen Geist und sogleich stiegen die köstlichsten Bilder in ihm auf.

Während die Erinnerung ihn noch einmal erleben ließ, wie er damals im Harzwald die Rothaarige gequält hatte, kroch seine Hand erwartungsvoll nach unten. Selbst nach so vielen Jahren bereitete ihm die Pein der Gequälten das größte Vergnügen und der Marquis hatte sich angewöhnt, den Kelch des Bergdirektors Zacharias Koch wie einen Talisman mit auf jede Reise zu nehmen. Er hatte ihm Glück gebracht, das Glück, welches er der preußischen Hure gestohlen hatte. Für eine Weile war er mit sich selbst beschäftigt und gestöhnte Verwünschungen und geröchelte Flüche erfüllten den Raum. Nachdem er sich beruhigt hatte, legte er das Kleinod sorgfältig in eine mit Samt ausgekleidete Schatulle, setzte sich wieder auf den Stuhl und füllte sein Glas randvoll mit Wein.

Bedauerlicherweise zwang ihn die französische Gendarmerie seit einigen Jahren immer häufiger zur Flucht. Dahinter steckte natürlich die Mutter seiner ihm bedingungslos ergebenen Gattin, die einen Inspektor auf seine Fersen geheftet hatte, um den verhassten Schwiegersohn zu vernichten. Die ganze Welt stand seinen erotischen Neigungen ablehnend gegenüber. Vertrieben von seinen Häschern verließ er Paris und verzog sich mit Frau und Kindern in das Chateau de La Coste, sein Schloss im Süden Frankreichs. Die Wahl des Ortes erwies sich als ausgesprochen vorteilhaft, denn erst in der ländlichen Einsamkeit war es ihm gelungen, das mittelalterliche Gebäude in ein vor Lust vibrierendes Schloss des Schreckens zu verwandeln. Verbittert dachte De Sade an sein Domizil, aus dem er zwei Tage zuvor geflohen war. Unter seiner Regie hatten die ungeheuerlichsten und gewalttätigsten Phantasien Gestalt angenommen, die an Rohheit und Brutalität alles übertrafen, was ein Mensch bisher erprobt hatte. Er war überzeugt, mit den Exzessen der letzten Wochen die höchste Dimension satanistischer Erotik erreicht zu haben.

Doch ohne die Hilfe seines treuen Dieners Latour und seiner Gattin Renée Pellagie de Sade wäre ihm das kühne Experiment niemals geglückt, denn nur diese beiden verstanden seine Gelüste und hatten ihn mit ganz besonderen Leckerbissen versorgt. Das Gesicht des Mannes bekam einen belustigten Ausdruck. Die einfältigen Kinder, die gehofft hatten, in dem prunkvollen Schloss als Hausangestellte gutes Geld verdienen zu können! Wie

kläglich war ihr Jammern in der winterlichen Einsamkeit ertönt, als sie feststellten, dass man ihnen statt des
ersehnten Lohnes Ketten um den Hals gelegt hatte und
sie wie Hunde auf dem Boden kriechen ließ!

Oh, wenn er an ihre schreckgeweiteten Augen, ihr ver-
zweifeltes Geschrei und ihr Betteln um Freilassung dachte! Er, nur er allein, hatte die Erziehung der zarten Seelen
übernommen und als sein Onkel, der Abbé de Sade, ein
hochgeschätzter Mann der Kirche, herbeigeeilt war, um
die neu erschaffene Kulisse zu begutachten, zollte er seinem Schüler allergrößte Hochachtung. Der schamlose
Meister zeigte sich entzückt über die zerbrochene Un-
schuld der winselnden Kleinen und wollte unbedingt einer der Orgien beiwohnen. De Sade warf den Kopf stolz
in die Höhe und lachte laut auf. Endlich war es ihm gelungen, den lasterhaften Alten, der ihn schon als Kind in
die Abgründe erotischer Perversitäten eingewiesen hatte,
zu übertreffen!

Jäh sah er sich in die schäbige Wirklichkeit des Gasthofes zurückversetzt und rannte wutentbrannt in der Kammer auf und ab. Schließlich fiel er wieder aufs Bett und
starrte finster an die Decke. Leider wurde der herrlichen
Zeit im Chateau La Coste ein Ende gesetzt. Ein Schwarm
von Geheimpolizisten des Königs umzingelte am Abend
auf Reitpferden ganz plötzlich das Gebäude und nur dem
Einsatz seiner Gattin war es zu verdanken, dass ihm auch
diesmal in letzter Minute die Flucht gelungen war. Die
Gute hatte an alles gedacht! Bevor es der Gendarmerie
überhaupt gelingen konnte, einen Fuß in das Schloss zu
setzen, waren die Kinder längst verschwunden. Sein ein-
fallsreicher Diener Latour hatte sie durch einen unterir-
dischen Gang in das Jahrhunderte alte Verlies getrieben

und würde diskret dafür sorgen, dass die Mädchen zum Schweigen gebracht wurden. Es war nicht das erste Mal, dass der Marquis die Hilfe einer bestimmten Verwandten in Anspruch nahm. Die Cousine seiner Mutter lebte mit ihrem Hofstaat und einigen genussfreudigen Nonnen in der kleinen Abtei St. Rabelais und in dem abgelegenen Kloster würde man dem dummen Geschwätz der Mädchen keinen Glauben schenken.

Unruhig wartete er in der Einsamkeit der Schenke auf das Herannahen der Nacht und bedauerte nur, dass er in der Eile versäumt hatte, eine Waffe mitzunehmen. Aus Angst vor Überfällen wagte er kaum zu schlafen und das verfilzte schwarze Lockenhaar fiel zottig über sein verlebtes Gesicht. Die aufgequollenen, geröteten Augen, die ins bläuliche verfärbte Haut und der schlaffe Mund verrieten, dass ihn der ständige Genuss von Alkohol und Drogen seiner Gesundheit beraubt hatte. Fluchend wälzte er sich auf dem harten Bett hin und her und vergrub den Kopf in einem übel riechenden Kissen. Heute Nacht erst konnte sich Latour mit der Kutsche und dem großen Gepäck auf den Weg machen, um dem entflohenen Herrn im Schutz der Dunkelheit zu folgen und so lange musste er sich gedulden. Kaum war der Marquis in einen unruhigen, rauschhaften Schlummer gefallen, da gellte plötzlich ein Schrei durch die im Untergeschoss befindliche Wirtsstube.

Das Gepolter zahlloser Stiefel, das Krachen umgestürzter Tische, das Klirren und Scheppern zerbrechenden Geschirrs ließen De Sade erschreckt auffahren. Schritte stampften die Treppe empor und ehe er sich mit etwas anderem als einem hochgerissenen Stuhl bewaffnen konnte, wurde die Tür aufgestoßen. Ein großer Kerl schlug ihm den Stuhl aus den Händen und trat ihm mit dem Stiefel so fest gegen das Schienbein, dass er heulend zu Boden sackte. Grunzend durchwühlte der Mann das Gepäck, warf alle wertvollen Dinge in einen mitgebrachten Sack und bevor er eilig den Raum verließ, packte er noch schnell eine Schatulle, die er beinahe auf dem Tisch übersehen hatte.

De Sade richtete sich mühsam auf und sah dem hinaus Eilenden hinterher. Der Kelch! Der dreiste Räuber hatte seinen Talisman gestohlen! Entsetzliches Grauen überfiel ihn und wie auf das Kommando eines Höllenfürsten kamen aus allen Teilen des Raumes krallenbewehrte pechschwarze Kreaturen auf ihn zugeflogen und umwölkten seinen Kopf.

Stöhnend krümmte er sich zusammen und schlang die Arme schützend um seinen Körper. Er fühlte spitze Klauen und schwefligen Atem, der sein Haar versengte und ein besonders großes Wesen verfing sich in seinem Zopf und schleuderte ihn damit hin und her. „Fort, fort, Höllenbrut!", jaulte er und versuchte, mit den Fingernägeln den ätzenden Schleim wegzukratzen, den die Ungeheuer absonderten und der sich auf Gesicht und Arme gelegt hatte und ihn zu ersticken drohte.

Nachdem die Räuberbande endlich das Wirtshaus verlassen hatte, fand der Wirt den Marquis mit gefletschten Zähnen in der Gastkammer vor. Um den wütend um sich schlagenden Verwirrten zu bändigen, fesselte man ihn mit Händen und Füßen an einen Balken und flößte ihm Branntwein ein. Da sich sein Zustand jedoch auch nach dem Eintreffen des Dieners nicht gebessert hatte, brachte man ihn in der Irrenanstalt von Charteron in einer vergitterten Zelle unter.

LENA

Kapitel 1
ELIAS WANDERT IN DEN HARZ

Wer lange lebt, hat viel erfahren,
Nichts Neues kann für ihn auf dieser Welt geschehn;
Ich habe schon in meinen Wanderjahren
Kristallisiertes Menschenvolk gesehn

So leise er konnte, setzte er seine Füße auf den Boden. Vorsichtig, immer mit den Augen die trockenen Äste im Voraus markierend, auf die er nicht treten wollte. Auf diese Weise kam er nicht so schnell voran, aber die Sicherheit ging ihm über alles. Und nirgendwo war es sicher in der Welt der Christenheit, die nichts als Verachtung für einen umherwandernden Juden empfand. Aber hoppla, er war kein Jude mehr, oh nein, er war ja einer von ihnen. Frisch getauft am Hauptaltar der Duisburger Minoritenkirche, durfte er sich nun einen katholischen Diener Gottes nennen.

Es fiel ihm schwer, den Namen Adonais auszusprechen, wie die Christen es von früh bis spät taten und es auch von ihm verlangt hatten. Nicht nur das fiel ihm schwer, das gesamte Christsein schlotterte um seinen Leib wie ein zu großes, hässliches Gewand, und den erbärmlichen Entschluss der Taufe bereute er inzwischen zutiefst. Er, ein Kind Israels, dessen Vorfahren auf der Streckbank und anderen mittelalterlichen Folterinstrumenten der Versuchung widerstanden hatten, durch die Taufe Erlösung zu finden und von dem angeblichen

126

Fluch der Kinder Abrahams befreit zu werden, er war schwach geworden und zurückgekehrt auf die andere Seite des Roten Meeres.

Der Jude Elias Hertz, jüngster Sohn des Schutzjuden Moses Hertz, stand nun als „Ferdinand Bernhard Franz" im Kirchenbuch. Verachtung schlug ihm von allen Seiten der Judenschaft entgegen, als sich in Duisburg herumsprach, dass er abtrünnig geworden war. Sein eigener Bruder, Abraham Hertz, ging an ihm vorüber, als wäre er überhaupt nicht mehr vorhanden und den Schwestern wurde verboten, mit ihm zu reden.

Nur gut, dass der Vater das nicht mehr erleben musste, vor Kummer und anhaltendem Mangel an Brot war er nämlich schon frühzeitig dahingeschieden. Für das kleine Glück, sich mit dem Taufschein eine Zukunft, eine richtige Zukunft in der geschäftigen Welt der Christenheit, erschlossen zu haben, verlor Elias über Nacht seine gesamte Familie. Und das war nicht wenig, denn eigentlich bestand seine Familie aus dem gesamten Volk Israel, das seit der Vertreibung aus dem Gelobten Land schutzlos umherirrte.

Wie oft hatte er sein Schicksal betrauert und bitterlich um sich und seine Leidensgenossen geweint, denen die fromme Christenheit keinen Finger breit an Boden zugestand. Aufgrund des preußischen Generaljudenprivilegs galten sie als Angehörige der untersten Klasse. Die meisten Israeliten litten als Geldwechsler, Hausierer oder Bettler die allergrößte Not, schliefen nicht ein vor Hunger und Angst und wurden trotz ihrer Armut unablässig mit neuen Geldforderungen überhäuft. Ja natürlich, auch viele Christen waren arm, aber wenn es ihnen irgendwie gelang, zu Geld zu kommen, standen ihnen

Bürgerrechte und Kaufmannsgilden offen, die den Juden verwehrt blieben. Und damit nicht genug, man verbot ihnen den Zutritt zu beinahe allen Erwerbszweigen und schlug ihnen obendrein noch die Schuld am Tod des Gekreuzigten um die Ohren. Einen Juden behandelte man von der Wiege bis zum Grab wie einen Verbrecher und lebenslang musste er einen Strafzoll für die Benutzung des Erdbodens entrichten.

Elias seufzte. Für jeden Furz sollten sie bezahlen, nicht einmal eine jüdische Hochzeit, für die kein Pfarrer sich bemühen musste, durfte ohne die kostenpflichtige obrigkeitliche Konzession ausgerichtet werden und der benötigte Trauschein war auch nicht umsonst. Wut stieg in ihm hoch, als er an all die Geldforderungen dachte, die seinen Vater unausgesetzt drangsaliert hatten! Judenschutzgeld, Kopfgeld, Hausiergeld, Wohngeld, Meldegeld, Schlafgeld, Neujahrsgeld, Grundsteuer, Soldatenlöhnung, Konzessionen, Kriegssteuern, Sondersteuern, Sonderabgaben, Pachtzins für israelitische Grabfelder, Synagogengeld und Abgaben für christliche Armenhäuser, in die sie als Juden gar nicht hinein durften. Ach, er hatte die Stolgebühren ganz vergessen, ein nicht geringes Zubrot für christliche Pfarrer, die auch keine Sekunde lang zögerten, ihre verstockten jüdischen Brüder zur Kasse zu bitten.

So lange er lebte, hatte er kein einziges Mal erlebt, dass sich jemand gefunden hätte, der Geldgier der christlichen Welt Einhalt zu gebieten. Den Vater hatten die Forderungen des Duisburger Magistrats und der klevischen Kaufmannschaft so in die Enge getrieben, dass er eines Tages keinen Ausweg mehr sah. Ein ganz klein wenig Leben floss noch durch ihn hindurch, als ein von der schreienden Mutter herbeigerufener Nachbar ihn vom Deckenbalken geschnitten hatte. Bedanken mochte der alte Hertz sich nicht für seine Rettung und einige Stunden später war er dann auch an seiner großen Schwäche gestorben. Er war schwach, weil seine Nahrung zumeist nur ein Fraß gewesen war, ja, ein vollkommen koscherer jüdischer Fraß: leere Teller, leere Tassen, leere Gläser. Wenn es überhaupt etwas zu essen gab, dann bekamen es die Kinder und die Eltern hungerten sich durch die Nacht. Die Regale in den Speisekammern waren mit nichts anderem gefüllt als mit der unablässigen Sorge: wovon bezahle ich die Abgaben, damit sie mich nicht aus der Stadt jagen, damit sie mir den Strick nicht noch enger um den Hals schnüren?

Zu Betteljuden hatten die jeweiligen Landesherren sie verkommen lassen und aus den Kindern, die einst mit so viel Klugheit, so viel Lebenslust und Tatendrang gesegnet waren, wurden schachernde, untertänige Duckmäuser. Immer, wenn ein Jude glaubte, sicher zu sein, nahte von irgendwo der vertraute Pesthauch und brachte neues Verderben. Welch böse Macht schien sich das alles auszudenken?

Elias war so vertieft in seine düsteren Gedanken, dass er die trockenen Zweige vergaß und es immerfort knackte und raschelte, während er sich wutschnaubend fortbewegte. Die Erinnerungen an Duisburg und seine lieben Geschwister, an den Vater, der neben der Mutter begraben lag, und an die Not, in der sie sich befunden hatten, stachen wie Messer in sein Herz. Viele Tage war er durch preußisches Gebiet gewandert, in dem es von Verboten und Geboten für Juden nur so wimmelte, hatte das kurkölnische Herzogtum Westfalen und danach das Fürstbistum Paderborn durchquert und schließlich das Herzogtum Braunschweig erreicht. Den sperrigen Hausierkasten aus Holz hatte er gegen einen riesigen Sack mit eingenähten Fächern eingetauscht. Der unförmige Beutel aus Hanf sah so schäbig aus wie jedes andere Gepäckstück durchreisender Wandergesellen und lenkte davon ab, dass sich in seinem Inneren wertvolle Handelswaren verbargen.

Elias war immer sorgfältig darauf bedacht, den Kontrollposten auszuweichen, denn in keinem der zahlreichen Kleinstaaten des Heiligen Römischen Reiches Deutscher Nation waren Juden willkommen. Etliche waren fortgezogen und hatten ihr Glück im Osten versucht, doch auch aus dem fernen Zarenreich waren ihm schreckliche Dinge zu Ohren gekommen. Man hörte von grün und blau geprügelten Rabbinern, geschändeten Synagogen und verbrannten Dörfern. Plötzlich schüttelte er energisch den Kopf, schlug im Vorbeigehen mit dem Stock fest gegen einen Baum und verscheuchte mit dieser Geste den Trübsinn. Abschließend stellte er fest, dass alle Juden wohl früher oder später daran zugrunde gingen, auf christlichem Erdboden unerwünscht zu sein.

Plötzlich erinnerte er sich daran, dass Wegelagerer den jüdischen Händler Abraham Dux vor wenigen Monaten zwischen Mühlheim und Duisburg auf offener Straße überfallen, ausgeraubt und erschlagen hatten. Die Zeiten waren schlecht, die Bevölkerung darbte und Räuberbanden suchten die Nähe der vielbefahrenen Handelsstraßen. Sie lauschten auf den Klang trappelnder Hufe, um sich dann laut brüllend auf Pferdegespanne oder Postkutschen zu stürzen, denn unbegleitete Kaufleute waren ihre bevorzugten Opfer. Wachsam geworden achtete Elias wieder auf den Weg und vermied offenes Gelände, prüfend blickte er hinauf in die Sonne und suchte nach wenig begangenen Pfaden, um unversehrt den Harz zu erreichen.

Die ständigen Bedrohungen, denen er Zeit seines Lebens ausgeliefert war, hatten die Sinne des Mannes geschärft, seine Ohren vermerkten das leiseste Geräusch, und jedes Rascheln erweckte seinen Fluchtinstinkt. Seit Tagen schon war er unterwegs, und hoffte, in der schönen Kaiserstadt Goslar einige Tage verweilen zu dürfen, sofern die Kunde von seinem religiösen Verrat noch nicht bis dorthin gedrungen war.

Sein eigentliches Ziel war die Preußenstadt Berlin, von der man hörte, dass es dort auch Konvertiten geglückt war, erfolgreich neue Existenzen zu gründen. Doch bis dahin war es noch ein weiter Weg und er sehnte sich danach, die zugigen Schlafplätze im Heu, die man bei den Bauern für ein geringes Entgelt mieten konnte, gegen ein ordentliches Bett einzutauschen.

So gut es ging versuchte er, auf der Wanderung die jüdischen Speisegesetze zu befolgen und als ihm einmal das fettige, gekochte Ende eines Schweineschwanzes gereicht worden war, schlug er es aus und lag später hungrig und enttäuscht auf seinem Lager. Nein, Schweinefleisch durfte nicht in einen jüdischen Magen gelangen! Wie ungerecht das alles war.

Selbst in seinem Alter von inzwischen drei Mal zehn Jahren war er weder verehelicht noch bestand die baldige Aussicht, eine Familie gründen zu können. Bitterkeit stieg in ihm auf, denn zu einem Mann gehörten nun einmal Kinder und Enkelkinder.

Schon wieder kehrten seine Gedanken zu dem frisch erworbenen Taufschein zurück. Nein, ein getaufter Jude war vor seinem Volk kein Jude mehr. Doch bis in alle Ewigkeit würde er vor dem Christenkreuz ein halsstarriger Jude bleiben. Schon gleich, nachdem sie ihn mit spitzen Fingern getauft und ihn sogleich mit kaltem Lächeln wieder auf einen Platz in den hinteren Bänken der Kirche verwiesen hatten, wusste er, dass sein Entschluss falsch gewesen war. Er würde nie einer von ihnen sein. In einem seltsamen Ritual hatten sie ihm abgerungen, vor dem Gekreuzigten auf die Knie zu fallen und zu seiner großen Enttäuschung spürte gar nichts dabei. Er war wohl ein Jude geblieben, den man zwar gekauft, aber nicht frei gekauft hatte! Doch was konnte er jetzt noch tun? Zurückkehren? Niemals, für seine Familie gab es ihn nicht mehr, er war wie tot. Und seine Zukunft leuchtete trotz der klangvollen Verheißungen auch nicht mehr so strahlend hell, zwei Schritte nach vorn und schon war der Abgrund wieder vor ihm aufgetaucht.

Dabei schien es so, als wenn sich nun endlich ein angenehmes Leben vor ihm ausbreiten würde.

Grüß Sie Gott, da kommt der Herr Ferdinand Franz, welch eine Ehre! hörte er sie in seiner Vorstellung schon auf den Straßen und Gassen murmeln. Doch in Wahrheit starrten alle weiterhin durch ihn hindurch, als wäre er gar nicht vorhanden. Während sie bei ihresgleichen vor Ehrerbietung geradezu troffen wie warme Butter, pressten sie die Lippen zu einem verächtlichen Lächeln zusammen, wenn er daherkam. Schmeichelnd hatte man ihn mit dem Versprechen umworben, nach vollzogener Taufe dürfe er einen ehrbaren Beruf ausüben und sogar die fest verschlossenen Tore der Gilden und Zünfte würden sich vor ihm auftun. Seitdem ließ ihn das verlockende Angebot nicht mehr zur Ruhe kommen und er verbrachte die Nächte damit, zu erwägen, ob es ratsam sei, sich in einen Konvertiten zu verwandeln.

Die ganze Angelegenheit gipfelte schließlich in einem schrecklichen Streit mit seinen Brüdern und eigentlich hatte er sich dann nur noch aus Trotz entschlossen, ein Christ zu werden. Doch als er die christlichen Kaufleute nach vollzogener Taufe erwartungsvoll nach einer Arbeit gefragt hatte, schlug ihm einer nach dem anderen die Tür vor der Nase zu. Da wusste er, dass ihm nur noch eines übrig blieb: fortzugehen, ehe ihn alle hassen würden, Juden und Christen. Er beschloss, mit einem Abstecher über den Harz nach Berlin zu ziehen und einige Verwandte aufzusuchen. In Berlin würde man schon weitersehen, denn das Leben der Juden in der pulsierenden Hauptstadt des Preußenreiches war mit der kümmerlichen Existenz in Duisburg nicht zu vergleichen.

Elias blieb stehen und blickte sich um. Ratlos stand er vor einem der vielen buckligen Bergrücken und überlegte, welcher der Pfade ihn am schnellsten in Richtung Goslar führen würde. Oft schon hatte er sich getäuscht und unnötig Zeit verloren, als er meinte, richtig gewählt zu haben und in Wirklichkeit auf einen Holzweg geraten war. Die viel versprechende Spur endete dann an einem verlassenen Meilerplatz und er hatte große Mühe, ein brauchbares Stück Weg zu finden. „Mazzal tov, Elias!“, sagte er verächtlich zu sich selbst und spuckte auf die staubige Erde.

Wie immer war alles aus und vorbei, ehe es überhaupt begonnen hatte! Um am Leben zu bleiben, würde er sich wohl oder übel gelegentlich in den Christen Ferdinand Franz verwandeln müssen, nur durften ihn seine Verwandten dabei nicht beobachten. Denen hatte er für immer Lebewohl gesagt und sie mit einem letzten sehnsüchtigen Blick auf den klevischen Schwanenturm hinter sich gelassen. Ferdinand, welch ein lächerlicher Name! Doch die Ältesten der Minoritengemeinde gestatteten ihm nicht, bei der Namensgebung mitzuwirken und wie bei einer Kindstaufe wurde das Wasser über dem Kopf des Unmündigen ausgegossen. Im Herzen blieb er jedoch der schwarz gelockte Jude Elias, hübsch anzusehen, aber durch und durch besitzlos und arm. Bis auf ein kleines Warensortiment, welches ihm einer der Taufpaten übereignet hatte, und den winzigen Edelstein, der sich für allerschlimmste Notzeiten in seinem Versteck befand. An diese allerschlimmsten Zeiten mochte er nicht einmal denken, aus Angst, sie könnten durch dunkle Kräfte unversehens herbeigerufen werden.

In der ersten Nacht im Harzwald war er auf einen Felsvorsprung geklettert und hatte sich dort, in seinen Mantel eingehüllt, auf den Boden gesetzt. Nach vielen durchwachten Stunden war er aufgesprungen und beim ersten Licht der Morgendämmerung durch einen alten Hohlweg gewandert, dessen Seitenwände hoch über ihm aufragten. Im Laufe von Jahrhunderten hatten die eisenbeschlagenen Wagenräder immer tiefere Rillen ins Schiefergestein gegraben und man konnte sehen, wie eingekerbte Abdrücke von Hufen den Zugtieren Halt boten, wenn sie die schwer beladene Fuhrwerke den Hang hinauf zerren mussten.

Den vergangenen Tag hatte Elias in Seesen am westlichen Ausläufer des Harzes verbracht. Die Stadt befand sich schon im Herzogtum Braunschweig-Wolfenbüttel und er wechselte dort einige Münzen. Obwohl die Stadt wohlhabend war, herrschte bei den wenigen Juden dort zumeist große Armut und so suchte Elias vergeblich nach einer Synagoge.

Schließlich gelang es ihm, den kleinen jüdischen Bet-saal ausfindig zu machen und zufällig traf er dort den wohlhabenden Tuchhändler Isaak Hirsch. Der war viele Jahre als Händler und Geldwechsler im Oberharz unter-wegs gewesen und versorgte seinen Gast mit zahlreichen guten Ratschlägen. Er riet ihm, gleich am folgenden Tag beim Stadtvogt von Seesen die benötigte Konzession einzuholen und in Lautenthal, einer nahen Bergstadt, von Tür zu Tür zu gehen. Flüsternd bot er ihm an, für diese Nacht unter dem Dach seines Hauses zu verweilen, bestand jedoch darauf, dass Elias ihn erst im Schutz der Dunkelheit aufsuchen dürfe, denn es war ihm nicht er-laubt, durchziehende Juden zu beherbergen.

Unter einem Baum sitzend wartete Elias die Dämme-rung ab und schlich sich dann in das Haus des Kauf-manns. Dort erfuhr er, dass der scheinbar so gediegene Wohlstand von Hirsch längst brüchig geworden war und dass seine junge Frau den Lebensunterhalt durch den Handel mit Ellenwaren bestreiten musste. Mehrmals hat-te der Alte große Summen Geldes an Christen verliehen und das Geld nur schleppend oder gar nicht zurückbe-kommen. Die vereinbarten Zinsen zu zahlen hielten die Schuldner ganz und gar für unnötig und so war das einst stattliche Vermögen des Händlers immer mehr zusam-mengeschrumpft, bis nur noch das zur Hälfte bezahlte Haus übrig geblieben war. Obwohl Elias gern länger bei dem freundlichen Mann mit der sanften Stimme geblie-ben wäre, schlich er sich vor Tagesanbruch wieder aus dem Haus. Im Rathaus erhielt er erst nach zähem Ringen vom Stadtschreiber die Konzession ausgehändigt. Nun durfte er im Oberharz Hausierhandel betreiben.

Dies war schon die zweite Reise in den Harz, die Elias in seinem Leben unternommen hatte. Die erste hatte er als Knabe mit dem Vater in einer Zeit angetreten, als die Familie über materielle Not nicht klagen konnte und für kurze Zeit ein gutes Auskommen hatte. Sie bereisten das Gebirge damals in einer Postdroschke und das Kind saß neben dem vor Schmerz immer wieder aufstöhnenden Vater. Beim Befahren der holprigen Wege wurden sie derart unsanft durchgerüttelt, dass ihm der weite und beschwerliche Gang auf eigenen Füßen angenehmer erschien, als die leidvolle Fahrt in der teuren Kutsche.

Seine Fähigkeit, in fremden Gegenden ohne gute Ortskenntnisse ans Ziel zu gelangen, war zwar gut entwickelt, dennoch hatte er sich bereits mehrere Male verirrt und zwischen stachligen Brombeeren und undurchdringlichen Schlehenhecken nur mit Mühe zu einem der zahllosen kleinen Pfade zurückgefunden. Verärgert über die verlorene Zeit sah er erfreut an einem sanft ansteigenden Berghang einen Hirten sitzen. Umgeben von seiner Rinderherde saß der noch junge Bursche im Gras und rauchte eine lange Pfeife. Unter einem breitkrempigen Filzhut lugten freundliche Augen hervor, blickten Elias forschend an und luden ihn schließlich zum Sitzen ein. Erschöpft ließ der sich ins Gras fallen.

Die Sonne stand tief, es war schon später Nachmittag und er hatte wegen der Umwege viel länger gebraucht, als erwartet. Nachdem sie einige Worte gewechselt hatten, nahm Elias die Aufforderung, mit ihm zu speisen, freudig an, denn alles, was der hagere Kerl im leuchtend blauen Leinenkittel ihm anbot, war so koscher wie frisch vom Himmel gefallenes Manna. Genussvoll verzehrte er Käse, goldgelbe Butter auf frischem Roggenbrot und während er würzige Milch aus einem Becher schlürfte, betrachtete er das rotwangige Gesicht des Hirten, der aussah, als wenn keine noch so gefährliche Krankheit ihm je etwas anhaben könne. Gesprächig war er zwar nicht, doch schien er die unerwartete Gesellschaft in der Waldeinsamkeit zu genießen und lauschte verschmitzt grinsend den fantasievoll ausgeschmückten Erzählungen seines Gastes.

An den Hälsen der braunroten Rinder hingen riesige Schellen, deren Klang sich zu einem melodischen Konzert zusammenfügte, das in der wunderbaren Stille des Waldes einem musikalischen Kunstwerk glich. Schweigend saßen die Männer nebeneinander im Gras und betrachteten die untergehende Sonne, die eine Kolonie von zartgrünen Fichtensetzlingen am gegenüberliegenden Berghang rotgolden einfärbte. Elias hatte wohl auf den Hüter der Harzkühe einen denkbar guten Eindruck gemacht, denn als die Dämmerung anbrach, wurde ihm ein Schlafplatz für die Nacht angeboten. Unter dem Dach eines steinernen Hirtenhäuschens rollten sie sich zusammen und ließen die Herde von zwei Hunden bewachen.

Anderntags erreichte Elias schon früh die kleine Bergstadt Lautenthal, die sich zwischen hohen Bergrükken ins Tal der Innerste schmiegte. Das Silberbergwerk hatte der Stadt einst Wohlstand und Reichtum gebracht und hoffnungsvoll klopfte er an die niedrigen Haustüren, die sich auch bereitwillig öffneten, um die Kostbarkeiten des Händlers zu begutachten. Seine Anwesenheit musste sich herumgesprochen haben, denn auf einmal stellte sich im ein Mann in den Weg und verlangte barsch, den Legitimationsschein zum Hausierhandel zu sehen. Umständlich entfaltete Elias das Stück Papier, der Uniformierte las es mehrmals durch und händigte es dem angstvoll zu Boden starrenden Elias unwillig brummend wieder aus.

Erleichtert aufatmend setzte der seinen Weg fort und erinnerte sich bedrückt an die unzähligen Verhöre und Befragungen, denen man ihn unterzogen hatte, weil er der Bettelei oder des Vagabundierens verdächtigt worden war. Überall stieß man auf Misstrauen und Härte. An Zollschranken, Stadttoren oder durch vorüberziehende Patrouillen wurden die Menschen angehalten und konnten von Glück reden, wenn man sie ohne Strafgelder weiterziehen ließ. Doch die Geschäfte ließen sich nicht schlecht an hier oben auf dem Harz. Nachdem er einige Häuser besucht hatte, begegnete ihm an einer Pferdekoppel ein Mann, in dessen klugen Augen er etwas Vertrautes erkannte und der sich nach einem forschenden Blick als Nathan, der Pferdehändler, vorstellte.

Wie sich herausstellte, war auch er nach den mosaischen Gesetzen erzogen und besuchte die Synagoge in Goslar, so oft es ging. Der kräftig gebaute Mann lud ihn herzlich ein, das Haus einer alten Witwe zu betreten, die ihm jedes Mal mit einer Schlafgelegenheit aushalf, wenn er auf der Durchreise war. In der Diele eines kleinen Tagelöhnerhauses wurde Elias ein Krug mit frischem Bier vorgesetzt und flüsternd vertraute ihm sein Gastgeber an, wie wohl er sich im Harz fühlte und wie gern er sich für immer im Gebirge niedergelassen hätte. Der Handel mit Arbeitspferden führte ihn in die entlegenen Wälder des Harzes und dort war er eines Tages der Tochter eines Hufschmiedes begegnet. Er fühlte sich sehr zu dem Mädchen hingezogen und hatte, wie Elias, erwogen, zum christlichen Glauben überzutreten und sich dem Schmied als Gesellen anzubieten. Doch dazu kam es nicht und der junge Mann hatte enttäuscht einsehen müssen, dass seinesgleichen hier oben nicht erwünscht war. Im vergangenen Sommer wurde das Mädchen einem Bergmann angetraut und schweren Herzens begnügte Nathan sich damit, wie die meisten Juden als unbeweibter Händler umherzuziehen. In den prestigeträchtigen Bergbaurevieren der Herzöge von Braunschweig war es nur den Christen erlaubt, sesshaft zu werden.

Nathans riesige Hände beschrieben Kreise und Spiralen in der Luft, als er aufgeregt davon berichtete, wie man ihn einmal heimlich mit in die Grube genommen hatte. Bekleidet mit der grünen Mooskappe, dem Schwarzkittel und einem Stück Leder am Hosenboden war er von den anderen Bergleuten nicht zu unterscheiden und hatte in den wenigen Stunden unter Tage entdeckt, dass er im Herzen ein Bergmann war. Funken sprühend hatte er den Meißel ins Felsgestein getrieben und für seine kraftvolle Arbeit viel Bewunderung geerntet. Doch nachdem sie von einem Steiger beinahe entdeckt worden wären, wagte niemand, ein zweites Mal mit ihm einzufahren. Bedrückt schweigend saßen die Männer nebeneinander, beiden waren die andauernden Ungerechtigkeiten des Schicksals nur zu gut bekannt. Bevor Elias weiterzog, umarmten sie sich brüderlich und wünschten sich gegenseitig den Frieden des Ewigen.

Nachdem Elias den Hang hinaufgestiegen war, befand er sich mitten auf dem schräg liegenden Marktplatz und betrachtete das Rathaus. Da fiel sein Blick auf eine ganz in schwarz gekleidet alte Frau, die vor ihrem Häuschen auf der Bank saß und strickte. Lächelnd ging er auf sie zu und die Alte fing sein Lächeln auf, grüßte erfreut und lud ihn ein, sich neben ihr niederzulassen. Ihr Mann sei in der Grube verunglückt, klagte sie, doch sie dürfe sich glücklich schätzen, vier Söhne zu haben, die alle im Bergbau beschäftigt seien und sie mit dem nötigsten versorgten. Sie besaß zwar noch eine letzte Milchkuh, könne aber dennoch nichts kaufen, denn über Geld dürfe sie nicht verfügen, das täten die Söhne. Sie verschwand für eine Weile im Haus und kehrte mit einem dick mit Butter bestrichenen Stück Brot und einer Tasse Milch für ihn als Wegzehrung zurück. Als sie nach seinem Namen fragte, hatte er gezögert und kurzerhand beschlossen, sich vor den Christen immer als Ferdinand Franz auszugeben.

So zog er denn weiter, klopfte demütig an jede Tür, fragte artig, ob die Herrschaften etwas benötigen würden und leierte dann das Sortiment seiner Waren herunter. Inzwischen umsprangen ihn neugierige Kindern, die er stets aufs Neue verscheuchen musste und durcheinander schwatzende Frauen drängten ihn, den unansehnlichen Sack voll kostbarer und nützlicher Utensilien gleich auf der Straße zu öffnen. Verhutzelte Weiber umstanden ihn, tuschelten und lachten und warteten ungeduldig darauf, dass der Sack sich endlich öffnete.

Schließlich versammelten sie sich in einem schattigen Hof, aber es wurde nur wenigen Frauen erlaubt, den Hof zu betreten. Zu kostbar waren die Dinge, die er hervorholte, auch wenn sich sein Warensortiment auf gebrauchte Gegenstände beschränken musste. Pelzbesatz, bunt bestickte Borten, Portionsbriefe mit Tabak, Lederstücken, Rosshaar, Klingen, Seidenbänder, Tee, Gewürze, Kupfernägel und Messinghaken, Garne und Nadeln kamen zum Vorschein, und schweigend betasteten schwielige Finger jedes einzelne Stück. Nur wenn Elias seine Kundschaft gut kannte, tauchten aus den Tiefen der vielen Futterale sogar Ringe oder silbern glänzende Schnupftabakdosen auf. Nachdem sie handelseinig geworden waren und die Frauen sich entfernt hatten, fragte er nach der Bergschmiede und verkaufte dort seine Sammlung von beschädigtem Kupfergeschirr, das er im Tauschhandel erworben hatte.

Von dem eingenommenen Geld erstand er Nägel und gusseiserne zierliche Knäufe für Spazierstöcke, die er später verkaufen wollte. Schließlich ließ er den Ort hinter sich und wandte sich dem Aufstieg nach Hahnenklee zu, um noch rechtzeitig vor Einbruch der Dunkelheit den kleinen Bergort zu erreichen. Von dort war es nicht mehr weit bis nach Goslar. Unterwegs begegneten ihm verrußte Köhler und Bergleute, die kurz grüßten und an ihm vorüber eilten.

Auch traf er einige Weiblein, die trotz der schweren Körbe auf den krummen Rücken schneller als er den steilen Bergweg nach Hahnenklee empor schritten und ihn spöttisch lachend überholten. Auf einer völlig kahl geschlagenen Hochebene bemerkte Elias erstaunt das Blitzen von Wasser ringsumher und sah sich von kunstvoll angelegten Gräben und Teichen umgeben. Die weit verzweigten Anlagen erinnerten ihn an ein Aquädukt aus der Römerzeit, das er in der Nähe von Köln einmal bestaunt hatte. „Fleißige Leute leben hier!", dachte Elias und während er einen Waldweg entlangging, der einem schnurgeraden Wassergraben folgte, rief er sich ins Gedächtnis, was man ihm so alles über den Harz erzählt hatte. Besonders die von Menschenhand angelegten Wasserkünste, die aus riesigen Holzrädern und langen, sich gleichmäßig hin- und herbewegenden Pumpen bestanden, wurden überall gerühmt, aber mehr wollte ihm dazu nicht einfallen. Außerdem lenkte das Heimweh nach seiner eigenen Vaterstadt ihn davon ab, weiter über den Harz nachzudenken. Vielleicht würde er Duisburg nie wiedersehen?

Nur wenige Häuser bildeten die kleine Siedlung Hahnenklee am Rande eines Bergbaureviers, zu dessen Betrieb der Ort wohl gegründet worden war. Überall zwischen Fichten und Büschen lugten seltsame, aus Steinen gemauerte Gebäude hervor, deren Zweck Elias nicht erkennen konnte.

Viel Wald gab es hier nicht mehr, denn anscheinend waren die meisten Bäume gerodet worden. Aufgeschüttete nackte Halden wechselten sich ab mit sumpfigen Tälern und kargen Wiesen und die ganze Gegend machte trotz der emsigen Bewohner und einer lärmenden Betriebsamkeit einen armseligen Eindruck. Unentschlossen setzte sich Elias auf einen Baumstumpf und betrachtete nachdenklich einen am Boden liegenden glitzernden Stein. Es gefiel ihm hier nicht und am liebsten wäre er sofort nach Goslar weitergezogen.

Plötzlich stand ein uralter weißhaariger Bergmann im dunklen Kamisol neben ihm und grüßte mit dem üblichen „Glück auf!" Er schien froh zu sein, einen Menschen zu treffen, der nicht geschäftig herumrannte und nahm unaufgefordert neben Elias Platz. Leutselig begann er dem Fremden die wechselvolle Geschichte des Bergbaus zu schildern. Aus dem weitschweifigen Vortrag entnahm Elias, dass man hier das Gewirr von Gräben nur deshalb angelegt hatte, um die Pumpen zur Entwässerung der tiefen Gruben anzutreiben.

Schon vor vielen hundert Jahren wurden die ersten Entwässerungsstollen gegraben und seitdem mache man sich die Kräfte des Wassers nutzbar. Das von den Bergen herabfließende Wasser werde in unzähligen Teichen gestaut und diese untereinander durch Gräben verbunden. Dabei wurde das Gefälle genutzt, um über und unter Tage die Wasserräder anzutreiben, deren Kraft ausreichte, um mit Gesteinsbrocken beladene Wagen zu ziehen oder mit Erzen befüllte Holztonnen aus den Schächten zu heben.

Immer wieder warf er dem schweigenden Fremden verstohlene Seitenblicke zu, die seinen Stolz kaum verhehlen konnten, doch als er bemerkte, dass sein Vortrag nur wenig Eindruck machte, erhob er sich mit einem erneuten *Glück auf!* und wandte sich enttäuscht zum Gehen. Als er gerade ein altes windschiefes Häuschen betreten wollte, sprang Elias auf, lief hinter ihm her und ließ sich schnell noch den Weg nach Goslar beschreiben.

Es war ihm nur mühsam gelungen, dem verwickelten Vortrag des Bergmannes zu folgen. Seine Sorge galt vollkommen anderen Dingen und außerdem hatte er schlecht geschlafen und sein Kopf schmerzte von dem ungewohnt reichlichen Branntweingenuss am Vorabend. Besorgt blickte er auf seine festen braunen Lederschuhe hinab, denen das mühsame Stolpern über felsige Hänge und scharfkantige Klippen nicht gut bekam und beschloss, auf weicherem Boden barfuß zu gehen. Die Schuhe waren ein Geschenk des christlichen Schusters Spangenberg aus Duisburg, der ihn als Willkommensgruß für seinen Übertritt mit passendem Schuhwerk ausgestattet hatte.

Nur um den Besuchern des Taufgottesdienstes den Anblick eines ärmlichen Juden mit geflickter Hose, abgewetzter Jacke und zertretenen Galoschen zu ersparen, war ihm die milde Gabe zuteil geworden, und um das einmal begonnene Werk zu vollenden, bedachten ihn die christlichen Brüder obendrein mit einer noblen Weste, samtenen Beinkleidern und einer blütenweißen Hemdbluse. Seine alten Fetzen wollten sie jedoch unbedingt verbrennen, damit er nicht etwa rückfällig wurde. In der Hoffnung, Taufe und Kleidung würden ihre segensreiche Wirkung tun und einen verstockten Sohn Israels in einen reumütigen Christen verwandeln, warfen sie seine verschlissenen Kleidungsstücke in den Küchenofen des Pfarrhauses.

Viel zu vornehm hatte er in den neuen Gewändern gewirkt, was ihm gar nicht recht war, denn allzu schnell sprach sich herum, dass ein wohlhabender Mann allein von Stadt zu Stadt zog und schon war man seines Lebens nicht mehr sicher. Von einem Bettler erstand er einen schmutzigen Kittel, rollte die feinen Kleider zusammen und verstaute sie in seinem Bündel. An den Stadttoren von Seesen hatte er sie wieder hervorgeholt und bis jetzt anbehalten, weil er bei seinem Eintreffen in der Freien Reichsstadt Goslar gut gekleidet sein wollte.

Die meisten Leute in den Waldsiedlungen des Harzes waren ärmlich gekleidet, immer wieder begegneten ihm Frauen in abgetragenen, grau gestreiften Röcken und die Blicke, die sie ihm zuwarfen, zeugten von einer großen Sehnsucht nach einem unbeschwerten Leben in Wohlstand.

In Gedanken versunken war Elias am Graben entlang geschritten und erst stehen geblieben, als er lärmende

Kinderstimmen hörte. Die Kunde von dem Reisenden hatte sich anscheinend schon vor seiner Ankunft bis in die Wohnsiedlung verbreitet und mehr als dreißig Kinder kamen ihm entgegengesprungen und hängten sich wie ein Schwarm Bienen an seine Rockschöße. Es bereitete ihm Mühe, sich von den kräftigen kleinen Händen zu befreien und als er hilflos versuchte, ihnen begreiflich zu machen, dass er selbst arm war, rissen sie aufgebracht an seiner Jacke und schrien ihm beleidigende Verwünschungen zu. Er wusste doch selbst nicht, wovon er in den nächsten Wochen die vielen Steuer- und Wegegelder aufbringen sollte, die man überall entrichten musste.

Erst als keifende Frauenstimmen den Kindern befahlen, den Fremden in Ruhe zu lassen, rannten sie in eine andere Richtung davon.

Elias hatte eine kleine Siedlung mitten im Wald in der Nähe eines Schiefersteinbruches erreicht. Ein seltsamer Anblick bot sich dem Neuankömmling. Mit verschränkten Armen lehnten unzählige Weiber auf den Fensterbänken ihrer Holzhäuser, die eher wie große Hütten aussahen, und blickten abwartend nach draußen. Als er sich näherte, kamen sie nach draußen und umringten ihn neugierig. Er breitete sein Zeug vor ihnen aus und beobachtete aufmerksam ihre Hände, ob auch nichts gestohlen wurde.

In jedem neuen Fürstentum des Heiligen Römischen Reiches fiel es ihm schwer, die Sprache zu verstehen, aber da man sich zu Hause in der jiddischen Mundart verständigt hatte, war er geübt darin, Sprachen zu enträtseln. Mit fröhlichem Feilschen und dem Austausch von Neuigkeiten verging die Zeit wie im Flug und Elias erkundigte sich nach einem Quartier, denn er wollte ungern am Abend in Goslar eintreffen. Inzwischen hatten sich auch die von der Tagesschicht heimkehrenden Männer zu ihm gesellt und Elias befand sich im Mittelpunkt eines interessierten Austausches von Neuigkeiten. In einem kleinen Bergmannshaus wurde ihm ein Schlafplatz angeboten und viele Neugierige fanden sich dort ein, um den Nachrichten des Fremden zu lauschen.

Dicht gedrängt saßen die Leute auf Schemeln, Stühlen und Bänken in der überfüllten Stube an einem Holztisch und musterten den Hausierer. Schmatzend verzehrten sie Brotstücke mit Speck oder Wurst und gossen schäumendes Bier in ihre Krüge.

Immer wieder erkundigte man sich nach den Gepflogenheiten anderer Städte und Länder des Reiches und Elias, der sich als Ferdinand Franz vorgestellt hatte, ließ sich nicht zweimal bitten und erfand lustige und abenteuerliche Geschichten, die er in der spärlich beleuchteten Runde zum Besten gab. Seine Schilderungen fanden stets großen Anklang, denn er liebte es, seine Zuhörer zum Staunen oder Erschauern zu bringen. An Phantasie mangelte es ihm nicht, denn von Kindesbeinen an hatte er sich genau ausgemalt, wie sein Leben verlaufen wäre, wäre er als ein Christ zur Welt gekommen. In unzähligen Tagträumen hatte er als Hans oder Friedrich oder Heinrich die Stationen seines Ruhmes bis hoch hinauf in adlige Gefilde durchschritten.

Aus diesem Fundus und aus unzähligen tatsächlich erlebten Situationen unterhielt er die atemlos lauschenden Bergbewohner, die lachend darum gewetteifert hatten, so nahe wie möglich bei ihm sitzen oder stehen zu dürfen. Ein Krug mit Branntwein machte die Runde und bei einem besonders gelungenen Scherz traf ihn mancher gutmütige Prankenhieb auf Rücken oder Schulter und Elias fühlte sich wohl bei diesen kauzigen und doch wohltuend offenherzigen Menschen. Zum ersten Mal nach langer Zeit empfand er wieder so etwas wie Unbeschwertheit. Diese Harzer Waldleute schienen ihm ähnlich zu sein, auch sie kannten nur aus Erzählungen und Märchen, was ein Leben in Reichtum bedeutete und doch hatten sie sich trotz der Armut ihre Freundlichkeit bewahrt.

Spät in der Nacht erst kletterten sie auf einer knarrenden Stiege hoch zu einer Bodenkammer und legten sich auf Strohsäcken nieder. Branntweinselig und beinahe glücklich schlief Elias ein, nachdem er sich vergewissert hatte, dass der Sack mit seinen Handelsgütern fest verschlossen um seinen Leib geschlungen war. Noch vor der ersten Dämmerung, bei tiefer Dunkelheit, hörte er die Bergleute rumoren und so rieb auch er sich den Schlaf aus den Augen und stieg den Pfad hinab nach Goslar. Ein junger Bursche hatte ihn eine kleine Strecke des Weges begleitet und sie trennten sich, als die Morgensonne gerade aufging.

Der weitere Weg war ihm ziemlich genau beschrieben worden und ohne sich zu verlaufen, erreichte er schon nach kurzer Zeit den Auerhahnkrug, in dem er Gewürze anbieten und dafür etwas Käse erstehen wollte. Durch die kleinen Fenster drang ein schwacher Lichtschein und zaghaft klopfte er an die Tür eines ungewöhnlich großen steinernen Gebäudes. Eine verschlafene, mürrische Magd öffnete die schwere Holztür und auch der Wirt, ein wortkarger, finster dreinblickender Mann, war schon auf den Beinen und lud ihn respektvoll ein, sich auf eine der Bänke zu setzen.

Seine guten Kleider taten ihre Wirkung. Eine Magd versorgte ihn mit einer Mahlzeit aus frischer Milch, Brot und Käse und blickte ihn erwartungsvoll an, gespannt darauf, Neuigkeiten zu erfahren. Elias hatte noch nie so schmackhafte Milch getrunken und als der Wirt sein offenkundiges Wohlgefallen bemerkte, berichtete er ihm stolz, dass sein Milchvieh das beste weit und breit sei. Die Kühe seien den ganzen Sommer draußen auf der Waldweide und ernährten sich von würzigen Kräutern, wie sie nur hier oben zu finden seien. Dabei verlor er seine Zurückhaltung, seine Miene erhellte sich und er geriet ins Erzählen.

Da es noch früh am Morgen war und die ersten Fuhrleute nicht vor zehn Uhr erwartet wurden, erläuterte der Wirt Elias, den er mit mein Herr anredete, die ganze Geschichte seines stattlichen Anwesens. Die wildreichen Forsten hatten vor hundert Jahren einen Braunschweiger Herzog herbeigelockt, der für sein Leben gern auf die Jagd ging. Genau hier, an dieser Stelle, ließ er eine Jagdhütte errichten und als die ihm zu klein wurde, schaffte man Steine aus dem nahe gelegenen Bruch herbei und ersetzte die Hütte durch dieses stattliche Haus.

Bevor der Wirt ihn über weitere Geschehnisse unterrichten konnte, ertönte draußen das durchdringende Tuten eines Horns und der Alte sprang auf, um Gepäck und Briefe der Postkutsche in Empfang zu nehmen. Elias erstand von einer alten Magd noch zwei kleine Käse, verstaute sie in seinem Sack, legte einige Münzen auf den Tisch und empfahl sich. Ehe die Frau davoneilen konnte, fragte er nach dem kürzesten und bequemsten Weg in die kaiserliche Stadt und sie beschrieb ihm genau, wie er gehen müsse. Sie führte ihn vor das Gasthaus und zeigte ihm einen tief eingeschnittenen Hohlweg, der hinunter ins Tal der Gose führte. Dem Bachlauf folgend, würde er ganz von selbst die Stadt erreichen. Gestärkt und beschwingt machte sich Elias an den Abstieg.

Bald erreichte er eine kleine Wiese, die von schattigen Bäumen gesäumt wurde. Das hübsche Plätzchen erschien ihm für eine Rast gut geeignet und er machte es sich unter einer Eberesche bequem, deren feuerrote Beeren einen hübschen Kontrast zu dem strahlend blauen Himmel bildeten. Mit ungewöhnlicher Kraft legte sich die Hitze auf den frühen Septembermorgen und wohlig seufzend streckte er sich auf dem weichen Gras aus. Schon nach kurzer Zeit war er tief und fest eingeschlafen.

Er erwachte, weil sein Ohr im Traum ein Geräusch wahrgenommen hatte und setzte sich ruckartig auf. Hörte er da ein Knistern? War es ein Tier? Ein Reh? Elias erhob sich, blieb reglos stehen und lauschte mit angehaltenem Atem in alle Richtungen. Hinter ihm befand sich der schmale Hohlweg, durch den er gekommen war, aber dort konnte er nichts entdecken und soviel er auch zwischen die hohen Tannen und Brombeerhecken spähte, die über den Seitenwänden aufragten, es war nichts zu sehen. Inzwischen war auch kein Laut mehr zu hören.

Nach einer Weile der beängstigenden Stille, die ihm sehr lange vorkam, hoffte er, dass es nur ein Hirsch gewesen war, der ihn geweckt hatte und beschloss, schnell weiterzugehen. Der Weg führte noch immer bergab, doch er glaubte, nicht mehr allzu weit von Goslar entfernt zu sein. Noch immer war er bemüht, lautlos zu gehen und kam daher nur langsam voran. Die märchenhafte Schönheit seiner Umgebung bemerkte er kaum noch

und dachte vielmehr bedrückt an die bevorstehende Ankunft in Goslar. Würde man sich erfreut zeigen und den
Gast für eine Weile beherbergen? Bei dem Gedanken an
ein weiches Bett begann er unwillkürlich, leise eine Me-
lodie vor sich hin zu summen.

Plötzlich war das Geräusch wieder da und noch viele
andere Geräusche, und als er erstarrt stehen blieb und an
der schiefrigen Wand des Hohlweges nach oben schaute, tauchten über seinem Kopf mehrere große Füße auf.
Lautes Gejohle aus Männerkehlen forderte: „Holt eich
sin Zeig un haut ne z`samme!" und ehe Elias auch nur
an Flucht denken konnte, waren sie zu ihm hinunter
gesprungen, hatten ihn mit groben Händen zu Boden
gerissen und mit ihren nackten, verhornten Füßen in
die Seite getreten. „So habt doch Erbarmen, so lasst mir
doch s`Leben!", wimmerte er. Bevor jemand einen Ast
auf seinen Schädel nieder krachen ließ und alles schwarz
um ihn herum wurde, sah er noch, wie sich ein bärtiges
Gesicht grinsend über ihn beugte.

Kapitel 2

MARKTTAG IN GOSLAR

Ich höre schon des Dorfs Getümmel;

Hier ist des Volkes wahrer Himmel,

Zufrieden jauchzet groß und klein:

Hier bin ich Mensch, hier darf ich´s sein

Obwohl die Riemen des schwer beladenen Tragekorbes in ihre Schultern schnitten, sprang das junge Mädchen leichtfüßig einen schmalen, sonnenbeschienenen Pfad ins Tal hinunter. Die Vorfreude auf das Goslarer Markttreiben und der Anblick der Berge, die in der Morgendämmerung blassgrün schimmerten, versetzten sie in eine übermütige Stimmung und laut singend stapfte sie bergab. Obwohl man nie wusste, wer einem begegnen konnte, hatte sie keine Angst, denn Gefühle von Stärke und Unbesiegbarkeit erfüllten ihr junges Herz.

Ungefährlich war es aber nicht, allein im Wald umher zu laufen, denn besonders in der Nähe größerer Siedlungen wimmelte es von durchreisenden Vagabunden, vor denen man sich in Acht nehmen sollte und an den Markttagen zog es nicht nur fahrende Gesellen, Pilger, Kaufleute und Bettler, sondern auch Diebe in die Stadt. Aber wer mochte an einem so schönen Tag böse Gedanken hegen? Der Waldboden war noch etwas schlüpfrig vom Tau, doch die Luft roch schon jetzt nach dem heißen Südwind, der seit einigen Tagen wehte und ihre Haut so schön umschmeichelte.

Plötzlich blieb Lena, so hieß das Mädchen, stehen. Nicht weit vor ihr zeichnete sich im Dämmerlicht des

Fichtenwaldes der helle Umriss eines auf dem Boden liegenden menschlichen Körpers ab. Sie erschrak und wollte fortlaufen, aber Neugierde und ihr weiches Herz siegten über die Angst und den Wunsch, schnell nach Goslar zu gelangen, denn wenn man den Markt zu spät erreichte, waren die besten Plätze vergeben. Umständlich setzte sie den schweren Korb auf den Boden, blickte sich lauschend nach allen Seiten um und näherte sich dann mit klopfendem Herzen der unbeweglich daliegenden Gestalt. Auf dem schiefrigen, von Tannennadeln und Geröll übersäten Boden des Hohlweges lag ein zusammengekrümmter Mensch mit blutverschmierten Armen und Beinen. Dunkle Augen blickten sie ängstlich an und mit den Händen versuchte ein Mann seine Blöße zu bedecken.

Zögernd blieb sie stehen. Es war nicht das erste Mal, dass Lena einen Überfallenen fand. Im vergangenen Jahr hatten Räuber den Mühlenknecht Andreas niedergeschlagen und zufällig war sie mit einigen Frauen an der Stelle vorbeigekommen, wo er lag. Das war im frostigen Spätherbst gewesen und Andreas hatte die Misshandlungen nicht überlebt, er war schon ganz steif, als sie ihn entdeckten. Wie lange mochte dieser Unglückliche hier schon liegen? Etwas in seinem flehenden Blick teilte ihr mit, dass sie keine Furcht zu haben brauchte und dass er ohne ihre Hilfe verloren war. Sie hoffte nur, die Räuber würden nicht mehr in der Nähe lauern und während sie überlegte, was zu tun sei, starrten sich die barmherzige Samariterin und der hilflose jüdische Hausierer wortlos an.

Endlich trat sie näher und befühlte vorsichtig seine Stirn, denn sie wusste, das war das erste, was man bei einem Kranken zu tun hatte. Sein Kopf fühlte sich eher kalt an und so betrachtete sie ratlos die vielen Wunden und Blutergüsse, die seinen Körper bedeckten.

Schwierige Situationen wie Tod, Krankheit oder Unfälle waren Lena nicht fremd, denn Unglücksfälle in den Gruben waren etwas Alltägliches und man musste sich zu helfen wissen. Der Wald und die Wiesen waren reich an Heilkräutern und ein jeder wusste, wie man Gliedmaßen schiente, Wunden säuberte und den Würmern zu Leibe rückte. Der Mann stöhnte leise und ihr schien, als ob es vor allem die Schmerzen waren, die ihm zusetzten.

Beruhigend redete sie ein wenig auf ihn ein und kramte in der Kiepe nach einer Branntweinflasche, um die verschmutzten Wunden zu säubern und ihm zur Stärkung davon zu trinken zu geben. Behutsam betupfte sie die blutenden Stellen mit einem Lappen und als er das Gesicht schmerzlich verzerrte, drückte sie ihm schnell die Flasche an den Mund. Hustend nahm er einige Schlukke und starrte Lena unablässig an. Noch immer war er nackt und sie reichte ihm das große Leinentuch, in dem die Krüge eingewickelt waren, damit er seine Blöße bedecken konnte. Umständlich wickelte er sich den Stoff um die Hüften und Lena errötete.

Elias bemerkte ihre Verlegenheit und im gleichen Augenblick wurde ihm bewusst, wie eigenartig schön das Mädchen war. Sie mochte kaum zwanzig Jahre alt sein und ähnelte in nichts den Frauen, die ihm bisher begegnet waren. Blauschwarze Locken lugten aus einem der üblichen Kopftücher hervor und umrahmten eine hohe Stirn. Grünliche Augen, volle rote Lippen und eine schmale, lange Nase gaben ihrem Gesicht etwas Hoheitsvolles und ein farbenprächtig besticktes Schultertuch bildete einen angenehmen Gegensatz zu ihrer ansonsten einfachen Kleidung. Arglos lächelte sie ihm zu und nachdem Elias schon mit dem Leben abgeschlossen hatte, stieg neue Hoffnung in ihm auf. Wenn eine gutherzige Schönheit wie diese ihn umsorgte, dann würde er vielleicht seinen Weg fortsetzen können, sobald die Schmerzen in seinem Körper einigermaßen erträglich geworden waren. Denn so wie er jetzt beschaffen war, ohne Kleidung und mit Wunden und blauen Flecken übersät, konnte er den Wald nicht verlassen.

Lena fand, sie habe vorerst genug getan und blickte besorgt hinauf in den Himmel. Sie erschrak über den hohen Stand der Sonne, denn nun würde sie zu spät kommen. Entschuldigend erklärte sie dem enttäuschten Elias, sofort weiterziehen zu müssen und erst am Abend auf dem Rückweg wieder nach ihm sehen zu können. Sie drängte ihn, den Hohlweg unbedingt zu verlassen und tiefer im Wald ein Versteck zu suchen, wo er für Vorüberziehende unsichtbar blieb. Ihr Wohlwollen ließ ein kleines Lächeln auf Elias Lippen erscheinen und um ihren Rat zu befolgen, richtete er sich trotz seiner Schmerzen auf und versuchte mit ihrer Hilfe, bis zu einer mit Gras ausgepolsterten Mulde zu gelangen, die von den tief herabhängenden Zweigen einer Fichte verdeckt war.

Erschöpft ließ er sich zu Boden sinken. Ja, das war besser, hier würde ihn niemand entdecken. Bevor sie ging, holte sie Brot und gesalzenes Fleisch aus dem Tragekorb hervor und breitete wie eine fürsorgliche Mutter behutsam ihr bunt besticktes Tuch über seinen Schultern aus. Bei dieser Wärme würde sie es nicht brauchen. Aufmerksam lauschend schaute sie sich um, doch außer dem Zirpen einer Tannenmeise war kein Geräusch zu hören und sie musste sich nun wirklich beeilen, bald würde es heiß werden, Fleisch und Würste könnten unter der Hitze leiden und das Bier könnte verschäumen. Sie nannte ihren Namen und Elias konnte sich nicht entscheiden, wie er sich vorstellen sollte, als Ferdinand oder Elias? Vielleicht kam sie ohnehin nicht wieder und ließ ihn nackt und zerschlagen im Wald verschmachten? Er schwieg und sie murmelte einige beruhigende Worte, strich sich entschlossen eine Locke aus der Stirn und zwängte sich durch das Dickicht zurück auf den Weg.

Sie war schon ein Stück bergab gegangen, da hörte sie ihn rufen. Sofort blieb sie stehen, setzte den Korb ab und lief zurück. Nochmals zwängte sie sich auf Knien unter den stachligen Zweigen hindurch. Elias umklammerte verzweifelt ihr Handgelenk und flüsterte eindringlich: „Mädchen, versprich, dass du zurückkehren wirst!" Schweigend kniete sie da vor ihm und nickte eifrig mit dem Kopf, dabei breitete sich eine seltsame Spannung aus und ehe sie wusste, wie ihr geschah, hatte sie sich zu ihm hingeneigt und einen Kuss auf seine Wange gedrückt. Vor Scham färbten sich ihre Wangen feuerrot und sie kroch schnell zurück auf den Pfad.

Mit starken Armen hievte sie den Tragekorb auf ihren Rücken und setzte hastig ihren Weg in Richtung Goslar fort. Elias durchrieselte ein wohliges Gefühl, er hätte sie gern richtig geküsst und ihren Körper an den seinen gepresst. wenn er nicht solche Schmerzen gehabt hätte. Stumm schickte er ihr den Segenswunsch hinterher, sie möge behütet zurückkehren und dann rollte er sich auf dem weichen Grasboden zusammen.

Im Laufschritt, so gut es mit der Kiepe eben ging, eilte Lena auf einem anderen Weg ins Tal hinab. Sie mochte dem Hohlweg nun nicht mehr folgen, auf dem man zwar schneller vorankam, der ihr aber nicht mehr sicher schien, nachdem sie den Überfallenen entdeckt hatte. Jetzt war sie schon bei den großen Schiefergruben zwischen Goslar und Auerhahn angelangt, es erklang dröhnendes Hämmern und Klopfen und sie winkte den Arbeitern im Vorbeigehen einen Gruß zu. Bald sah sie die Stadt vor sich liegen und erfreute sich wie immer an all den hübschen Kirchturmspitzen, die die Stadtmauern überragten.

Der Wächter am Tor der Kapelle zum heiligen Nikolaus ließ sie mürrisch passieren, nachdem er sorgsam die Kiepe durchwühlt und das Marktgeld kassiert hatte. Sie eilte die Fahrstraße hinunter, wich einer meckernden Ziegenherde und einer Horde laut schreiender Kinder aus und stieß beinahe mit einer Kutsche zusammen, die unvermittelt aus einer Seitenstraße hervor geprescht kam. Ein unflätiger Fluch des Kutschers war alles, was sie zu hören bekam, als sie die Schlammspritzer auf ihrer Schürze betrachtete.

Überall begegneten ihr die geschäftigen Mägde mit großen Einkaufskörben, die schon auf dem Rückweg vom Markt waren. Mit Hohn und Spott empfingen sie die anderen Mädchen wegen ihres zu späten Eintreffens und hänselten sie mit derben Scherzen und als sie endlich das Rathaus erreicht hatte, musste sie sich an den dicht aneinandergedrängten Körben schwatzender Händlerinnen vorbei drängen, die sich auf dem Platz brreit gemacht hatten, an dem sie sonst sitzen durfte.

Lena wäre beinahe in Tränen ausgebrochen. Der schrille Lärm des lauten, überfüllten Marktplatzes erschien ihr plötzlich feindselig, und umgeben von gackernden Hühnern, schreienden Hökerinnen, schimpfenden Käufern und lamentierenden Hausmägden kam sie sich klein und verloren vor. Ein jeder schaute begehrlich auf die feilgebotene Ware und Lena wäre beinahe von einem großen, mageren Hund umgeworfen worden, der auf der Suche nach Abfällen zwischen ihren Beinen hindurchjagte.

Lena hob den schweren Korb wieder auf ihren Rükken und hoffte, es möge sich noch irgendwo ein kleines Plätzchen finden, auf dem sie ihre Waren ausbreiten durfte. Da kam der Marktschulze gemessenen Schrittes daher und maß jeden Stand und jeden Händler mit prüfenden Blicken. Der Mann erfasste sogleich ihre missliche Lage und winkte ihr zu. Er mochte das Mädchen von der Glockenmühle, seine eben noch finstere Miene erhellte sich und mit der ganzen Kraft seines massigen Leibes bahnte er ihr einen Weg und geleitete sie bis zum Eingang des Waaghauses an der Ostseite des Marktplatzes, zog stolz eine Bahn zwischen den Buden der Korbflechter und wies ihr dann in der Nähe des Brunnens einen Platz zu.

Doch nicht ohne Grund war die Stelle noch frei, unglücklicherweise war sie neben dem schlammigen Rinnsal untergekommen, an dem die Ziegenherden getränkt wurden und nur dem strengen Geruch nach Ziegenkot war es zu verdanken, dass sie nun dort sitzen durfte. Mit vor Enttäuschung zitternden Lippen holte sie ihre Waren aus der Kiepe hervor und breitete sie mit gesenktem Kopf auf dem Boden aus.

Noch immer stand der Mann wartend da und starrte sie fordernd an. Schnell drückte sie ihm eine geräucherte Wurst in die Hand und zufrieden lächelnd schritt er davon. Es dauerte nicht lange, und sie war trotz des ungewohnten Ortes von Mägden umringt, die schon nach ihr gesucht hatten. Die gepökelten Speckschwarten, die Würste und der feine Branntwein, den sie für den Auerhahnwirt verkaufte, waren von ausgezeichneter Güte und einige Haushalte warteten an den Markttagen nur auf ihr Erscheinen. Glücklich, dass sich doch noch alles zum Guten gewendet hatte, hockte sie auf einem Stein und beobachtete die vorbeiziehenden Menschen. Dabei fielen ihr drei Fremde mit struppigen Bärten auf, die sie mit verschlagenen Blicken musterten und leise miteinander tuschelten.

Einer von ihnen kam auf sie zu und während er sich ihr näherte, blickte er immer wieder argwöhnisch nach allen Seiten. Er beugte sich zu ihr hinab, rollte ein genähtes Futteral vor ihr auf und bot ihr dessen Inhalt zum Kauf an. Lena war nicht wohl in seiner Nähe und sie verscheuchte ihn mit der Behauptung, dass sie erst etwas kaufen konnte, wenn sie ihre eigenen Waren verhökert hatte.

Sie wusste nicht warum, aber plötzlich schoss ihr der Verdacht durch den Kopf, die drei Männer könnten es gewesen sein, die den Fremden im Hohlweg überfallen hatten. Durchreisende Händler gab es viele, aber diese waren ihr nicht geheuer, doch sollten sie so dreist sein, das Diebesgut auf dem Goslarer Markt zu feilzubieten? Sie sah die Kerle im dichten Gedränge untertauchen und widmete sich wieder dem Geschehen auf dem Platz, betrachtete interessiert das Spiel der Sonne in den bunten Glasfenstern des Rathauses und vermied es, den hässlichen Pranger anzusehen. Zum Glück war heute niemand an den Schandpfahl gekettet und dem beißenden Spott des Volkes ausgesetzt.

Schnell hatten sich Pökelfleisch, Speck und Branntwein in klingende Münzen verwandelt. Das Fleisch der
Schweine, die sie auf der Glockenmühle hielten und
mit den Getreideresten der Mühle aufzogen, war so
schmackhaft, dass sie davon die dreifache Menge hätte
verkaufen könnte. Nachdem der Korb leer war, zog Lena
ihr Kopftuch tief über die Stirn und schlenderte, wie eine
der vielen Mägde, suchend über den Platz.

Sie konnte sich nicht sattsehen an all den schönen und
verlockenden Dingen, die am Boden lagen, an Balken
baumelten oder auf grob gezimmerten Holztischen ausgebreitet wurden. Flatternde Tücher, Markisen und auf-
gespannte Schirme schützten vor der heiß brennenden
Mittagssonne, und inmitten des Drängens und Schie-
bens der gierigen Menge fanden durchreisende Gauk-
ler und Musikanten einen Platz, um das Geschehen mit
Gesang und akrobatischen Kunststücken zu untermalen.
Magere Kinder in zerschlissenen Kitteln versuchten, etwas Essbares oder eine Münze zu erbetteln und gebrech-
liche Alte, in Lumpen gehüllt, stützten sich mit demütig
gesenkten Köpfen auf unförmige Krücken und streckten
betuchten Bürgern die Hände entgegen.

Lärmendes Stimmengewirr, wiehernde Pferde, quietschende Wagenräder und das laute Hämmern der
Handwerker dröhnten in den Ohren, während sich die
köstlichsten Düfte aromatischer Kräuter und Gewürze
über dem Platz ausbreiteten. Die warme Luft brodelte
und drohte alles Kleine und Schwache zu verschlingen.
Mitleidig blickte Lena auf zahllose übereinander gesta-
pelte, winzige Holzkäfige, in denen Lerchen, Schwarz-
drosseln, Stieglitze und andere Vögel von ihrer verlo-
renen Freiheit sangen und daneben baumelten gerupfte

Krammetsvögel an Stricken, eine im Harz sehr beliebte Delikatesse. Riesige Flechtkörbe, randvoll gefüllt mit Kohlköpfen, Erbsen, Reis, Graupen, Rüben, Äpfeln oder Zitronen, umrahmten die Füße der Händler, auf Holzplanken lagen glitschige Karpfen, Barsche, Hechte und Forellen aufgetürmt und anderswo bogen sich die Tische unter der Last des Fleisches frisch geschlachteter Hammel. Zwischen den Ständen hockten kleine Kinder und bemühten sich, ihre eingesammelten Waldbeeren, frisch gepflückten Küchenkräuter oder den schmackhaften Harzer Kümmelkohl anzupreisen, um wenigstens mit ein paar Pfennigen heimkehren zu können.

Lena hörte, wie die Bäcker vor ihrem Gildehaus knuspriges Gebäck feilboten. Laut schreiende Frauen- und Männerstimmen priesen duftende Brezeln, würzigen Lebkuchen, schwere Roggenbrotlaiber und Fett triefende Schmalzkuchen an und übertrafen sich im Erfinden lautstarker Beteuerungen, wie köstlich die Backwaren schmeckten.

Jede Zunft bestückte in genau festgelegten Bereichen die Marktstände, doch Lena mochte die Buden in der Hokenstraße am liebsten. Dort quollen die Tische über von Zucker, Kaffee, Tabak, Sämereien, Pfeffernüssen, Honig, Eiern, Butter, Mehl, Kardamom und zahllosen anderen Gewürzen. Die Hökerinnen tauchten ihre Kellen in große Bottiche mit Sirup und ließen den dickflüssigen Saft einladend wieder herabrinnen, der Duft frisch aufgebrühten Kaffees verlockte die schaulustige Kundschaft und staunend betrachtete das Mädchen hoch aufgeschichtete Stapel gelbroter Apfelsinen.

Müßig dahinschlendernd erreichte sie den Töpfermarkt, an dem die Händler waghalsig vor turmhoch übereinander gestapeltem Geschirr gestikulierten. Andernorts verlockten geflochtene Korbwaren, hilflos flatternde Hühner oder in Käfigen eng aneinander gedrängte Gänse, Fässer mit Bier und Krüge voller Branntwein zum Kauf. Dicht nebeneinander standen die schmalen Fachwerkhäuser und bildeten kleine Gassen, in denen sich fremde Besucher schnell verirren konnten. Durch die Fenster kleiner Schankstuben hielten eifrige Biersellerinnen frisch gefüllte Becher mit schäumendem Gosebier nach draußen, so dass sich um die Straßenwirtinnen kleine Grüppchen gebildet hatten, die in aller Ruhe den begehrten Trunk genossen. Manch einer, der zu viele Krüge bestellt hatte, musste sich schwankend und unsicher torkelnd auf den Rückweg begeben.

Auch unter den Arkaden des Rathauses hatten sich Händler breit gemacht, doch nur im unteren Teil des prunkvollen Gildehauses der Fernhändler boten die Stoffhändler mit gespreizten Bewegungen ihre Ellenwaren feil. Auf den Tischen stapelten sich dicke Stoffballen aus Samt und Seide, Federbäusche, Pelzbesatz und Tücher in leuchtenden Farben, verlockend drapierte Bordüren aus Brokat, prunkvolle Rüschen und kostbar gewirkte Bänder.

Am Schuhhof trieben die Schuster eifrig Nägel in die Sohlen neuer oder alter Stiefel, boten Gürtel und Schnallen feil und schmetterten dabei fröhliche Lieder mit endlos vielen Strophen, die nicht eben für das Ohr einer vornehmen Bürgerin bestimmt waren. Welch ein Gegensatz zu dem sonst so einsamen Leben im Talgrund des Granebaches! Lena konnte sich den erregenden Eindrükken nicht entziehen und erfreute sich bis in die Nachmittagsstunden daran, zwischen den Ständen, Buden,

Schankhäusern und Werkstätten umherzuspazieren und die eine oder andere Köstlichkeit zu verzehren. Darüber hatte sie den verletzten Fremden völlig vergessen.

In einer engen Seitenstraße war sie plötzlich vom unerträglichen Lärm gellend aufeinander schlagender Kupferhämmer umgeben und sah sich hilflos um. Ohne auf den Weg zu achten, war sie wohl ins Viertel der Kupferschmiede geraten und neben ihr befand sich die Werkstatt eines Kesselflickers. Sie sog gerade schnuppernd den aromatischen Duft von gebratenem Knoblauch ein, als plötzlich jemand ihren Arm packte und sie in die Dämmerung eines kleinen Hofes zerrte. Lena war zu überrascht, um sich zu wehren und erst als jemand ihren Rock hochriss und Hände sich zwischen ihre Schenkel gruben, schrie sie laut und gellend auf.

Eine Tür wurde aufgestoßen, eine wütende Frauenstimme rief quer über den Hof, wer da sei und das Klappern von Holzschuhen erklang. Eine schattenhafte Gestalt ließ blitzartig von ihr ab und jemand stolperte davon. Zitternd stand Lena im Hof, unfähig, sich zu bewegen, doch die Schritte der wütenden Frau näherten sich mit drohendem Gekeife, das sogar den dröhnenden Lärm der Kupferschmiede übertönte, die auf Kessel und Bottiche einschlugen. Schnell rannte sie durch die Gasse, bis sie das dichte Gedränge des Marktplatzes wieder erreicht hatte. Nach Luft schnappend blieb sie stehen, befühlte ihren Arm und beschloss, in Zukunft laute, enge Seitenstraßen zu meiden, denn dort war ein Hilfeschrei nicht leicht zu hören.

Tief atmend setzte sie sich auf den Eckstein des Rathauses. Bald hatte Lena sich wieder beruhigt und wurde durch den Geruch von Zimt wohltuend an die alte Suse, ihre Ziehmutter, erinnert. Sie liebte nämlich den weichen Honigkuchen, den sie gern in Branntwein tunkte und schmatzend vertilgte. Zimt brauchte man, um Honigkuchen zu backen und sie wollte ihr einen Vorrat davon mitbringen. Lena ermahnte sich, auch all die anderen Dinge nicht zu vergessen, die in der Mühle benötigt wurden und freute sich schon auf die glücklichen Augen der Mägde und Suses wohlwollendes Lächeln, wenn sie mit den Besorgungen zurückkehrte.

Suse, die mit strenger Hand das kleine Reich im Waldesgrund am Granebach regierte, hatte die Mühle nach dem Tod ihrer Eltern geerbt und liebte Lena, die sie an Kindes statt angenommen hatte, wie eine leibliche Tochter. Vor lauter Mutterliebe war sie dem Mädchen gegenüber viel zu nachsichtig und ließ ihr beinahe alles durchgehen. Ob sie den ganzen Tag verschlief, in der Schankwirtschaft am Auerhahn die Zeit verbrachte oder im Wald herumstreunte, war der Alten gleich, wenn nur ihr Lenchen in der Nähe war. Lena vermisste die leibliche Mutter nicht, die sie kaum gekannt hatte und ihr Leben gefiel ihr gut, so wie es war. Und wenn sie vor der alten Suse etwas verbergen wollte, dann lief sie hinauf zu Claus Greene, dem Auerhahnwirt, den sie wie einen Vater ins Herz geschlossen hatte. Weinend beichtete sie ihm harmlose kleine Verfehlungen und er tröstete sie lachend, drückte ihr eine Münze in die Hand und schickte sie mit dem Versprechen zur Glockenmühle zurück, ihn recht bald wieder zu besuchen.

Von den neuerlichen Einkäufen war die Kiepe des Mädchens schon wieder halb gefüllt, doch bevor sie zurückkehrte, wollte sie noch die schönen Häuser und Kirchen bewundern und die prachtvollen Gewänder der vorüberziehenden Goslarer Bürger bestaunen, die so ganz anders waren als die einfachen Kittel der Waldbewohner. Wie ein Kind erfreute sie sich am Anblick der mit Spitzen, Stickereien und bunten Bändern reich verzierten Hauben, an den farbenprächtig bedruckten Kleiderstoffen der reichen Goslarer Damen, ihren gebauschten Reifröcken, den mit Perlen und Schleifen verzierten Miedern und den zierlichen Schuhen.

Doch trotz all der Pracht, die sie zu sehen bekam, empfand sie keinen Neid, denn von Suse hatte sie gelernt, dass es vor dem Allmächtigen nichts Wichtigeres gab, als ein gutes Herz zu haben und man sich niemals dazu verleiten lassen dürfe, die äußere Hülle eines Menschen höher zu schätzen als sein inneres, unsichtbares Gewand. Nach einer Weile war sie des Herumgehens müde und fand an dem unruhigen Getriebe der Stadt keinen Gefallen mehr.

Inzwischen waren auch die Buden und Stände leer geräumt und nur die kratzenden Besen der Gassenkehrer, der überall verstreute Unrat und die halb verflogenen Düfte von Zimt, Vanille und Fisch erinnerten noch an die aufregenden Stunden des Marktes. Lena sehnte sich nach den anstrengenden Stunden zurück in die grüne Stille des Waldes und endlich dachte sie auch wieder an den Fremden, der ihre Hilfe brauchte und so eindringlich gebeten hatte, ihn nicht im Stich zu lassen.

Sie erschrak, als die Kirchenglocken viermal laut schlugen, so spät war es also schon! Sie würde einige Zeit bis zur Hohekehl brauchen, wo der Mann verborgen lag, doch vorher musste sie noch etwas zum Bekleiden für ihn finden. Wen konnte sie darum bitten, ohne dass man ihr viele Frage stellte? Wenn sich nämlich in Goslar herumsprach, dass sie einen Verletzten im Wald gefunden hatte, würden die Stadtsoldaten misstrauisch werden und sie aushorchen und dann kam sie nicht mehr rechtzeitig vor Einbruch der Dunkelheit weg. Sie kannte nur einen Menschen in der Stadt, dem sie vertrauen konnte und das war Rahel, die Frau des Judenvorstehers in der Bäckerstraße. Sie waren sich vor etlichen Jahren am Stadttor begegnet, als Lenas Korb auf dem Nachhauseweg durchsucht wurde und der Torwächter sie beschuldigt hatte, mit Honigkuchen einen heimlichen Schleichhandel betreiben zu wollen, für den sie keine Konzession aufweisen konnte.

Sie hatte an jenem Tag ihre Waren zu einem sehr guten Preis verkauft und von dem eingenommenen Geld für die alte Suse große Mengen von Honigkuchen und Pfeffernüssen erstanden. Anscheinend gefiel es dem jungen Soldaten, das schöne Mädchen zu ängstigen, denn er weigerte sich zu glauben, dass sie die Honigkuchen ganz allein für ihre Ziehmutter erstanden hatte und behauptete, sie wolle selber damit Handel treiben. Schließlich konfiszierte er das köstliche Gebäck, um sie dem städtischen Armenhaus zu übergeben und obendrein verlangte das Gerichts- und Wietamt später zwei Reichstaler Strafgeld von ihr. Ob die Spezereien tatsächlich je im Armenhaus angelangt waren, erfuhr Lena nie, doch an jenem Tag stand sie weinend mit schamroten Gesicht und hängenden Schultern da. Rahel, die in der immer länger werdenden Schlange darauf warten musste, endlich die Torwächter passieren zu dürfen, empfand großes Mitleid mit dem Mädchen. Der Anblick ihrer wippenden pechschwarzen Locken erinnerte sie an ihre verstorbene Schwester Bräunchen, die sie schmerzlich vermisste. Rahel kochte innerlich vor Wut über die unbarmherzige Haltung des Wachsoldaten, denn sie kannte solche Prozeduren nur zu gut! Unzählige Male hatte man sie zu Unrecht und aus reiner Willkür peinlichen Durchsuchungen unterzogen und irgendeines Vergehens beschuldigt.

Die Jüdin, die noch sehr jung war, blieb dennoch äußerlich vollkommen gelassen, schob sich näher an Lena heran und flüsterte ihr zu, sie solle nur nicht den Mut verlieren. Dann blieb sie wartend in der Nähe des Schilfgrabens stehen und als man Lena endlich gehen ließ, reichte sie ihr die Hand und bat sie, beim nächsten Markttag als Gast in ihr Haus einzukehren. Das war die erste Einladung, die Lena bisher in Goslar erhalten hatte, denn als Angehörige des verachteten Müllergewerbes zählte sie zum Kreis der niederen Stände, mit denen redliche Bürger nur ungern verkehrten.

Seitdem trafen sich die beiden jungen Frauen immer wieder in dem Haus in der Bäckerstraße, dessen Türstock eine kleine, geschnitzte Torarolle zierte. Sie lachten, scherzten und spotteten über die Einfalt der Leute, tauschten ihre Erlebnisse aus und fassten sich bei den Händen, um laut singend mit Rahels Kindern durch die Stube zu tanzen. Moses Isaac, der um vieles älter war als Rahel, hatte erst vor wenigen Jahren seine Frau verloren und stand mit zwei kleinen Kindern hilflos da.

Um die verstorbene Bela, die auf dem kleinen jüdischen Friedhof in der Glockengießerstraße begraben lag, durfte er nicht lange trauern, denn die Kinder brauchten eine neue Mutter und er betrachtete es als unerhörtes Glück, Rahel gefunden zu haben. Sie hatte ihm inzwischen zwei weitere Kinder geboren und erwies sich allen Nachkommen gegenüber gleichermaßen als zärtliche und treu sorgenden Mutter. Aus Dankbarkeit gegen die freundlichen Gastgeber versäumte Lena nie, kleine Geschenke für die ganze Familie mitzubringen.

Heute war sie auf einen Besuch jedoch nicht vorbereitet. Was sollte sie nur tun? Sie musste sich bald entscheiden, denn wenn sie jetzt noch das Haus des jüdischen Gemeindevorstehers aufsuchen und um Kleider für Elias bitten wollte, dann würde sie vielleicht im Dunkeln durch den Wald laufen müssen. Sie schimpfte auf ihre Nachlässigkeit, mit der sie die Zeit vertan hatte und bereute auch ein wenig das Versprechen, das sie dem Fremden gegeben hatte. Ratlos stand sie da und starrte auf die mit Schnallen verzierten Schuhe einer Bürgerfrau, die sich von Stein zu Stein hüpfend vor den schmutzigen Abwässern zu schützen versuchte, die über den Rand der Fahrwegrinne gesickert waren. Die feine Dame warf unter ihrer Haube noch einen verächtlichen Blick auf das Mädchen mit der Kiepe, rümpfte angewidert die Nase und verschwand eilig hinter einer reich verzierten Holztür, die ihr von einer Dienstmagd aufgehalten wurde.

Lena blickte an sich herunter. Tierkot und brauner Dreck an Schuhen und Strümpfen waren zu einer festen Masse verklebt und auch ihr Rocksaum war mit dunklen Spritzern übersät. Der Wind hatte zugenommen und wirbelte herumfliegende Federn, Gemüsereste und vertrocknete Blätter durcheinander. Sämtliche Gassen und der bis vor kurzem so überfüllte Marktplatz ruhten nun öde und verlassen in der Nachmittagssonne.

Sie gab sich einen Ruck und rannte schnell in die Bäckerstraße, denn auch das Stadttor würde nicht ewig offen stehen. Außer Atem klopfte sie an eine unscheinbare Tür und ein streng blickender Mann mit einem Käppchen und geringelten Schläfenlocken lugte durch ein kleines Fenster. Als er sie erkannte, entspannten sich seine Züge und er schob erfreut den Riegel zur Seite. Laut rief er den Namen seiner Frau und Rahel kam mit einem Kind auf dem Arm die Treppe herunter. Besorgt blickte sie das aufgeregte Mädchen an.

„Was ist geschehen?"

Ohne zu antworten, ließ Lena sich auf einen Stuhl fallen und schloss die Augen. Sie wusste nicht, wie sie erklären sollte, Bekleidung für einen nackten Mann beschaffen zu müssen.

Eine wunderbare Ruhe erfüllte das Haus und sie wünschte, den Tag hier unten in der Stadt ausklingen zu lassen, anstatt sich wieder auf den anstrengenden Weg ins Gebirge machen zu müssen.

„Ach, sag schon, Lena, was ist geschehen?", wurde sie erneut von der Freundin befragt, die einen Stuhl heranzog, um neben ihr sitzen zu können. Lena erzählte hastig die Geschichte von dem verletzten Mann und bat darum, für ihn Kleider auszuborgen. Dann stand sie auf und sagte entschieden: „Aber ich muss jetzt sogleich wieder gehen, ich komme sonst in die Dunkelheit!"

Besorgt wollte Rahel das Mädchen davon abbringen, einem Fremden im Wald zu vertrauen, aber sie wusste, wie eigensinnig Lena sein konnte. Schließlich reichte sie ihr eine Hose und den Leinenkittel eines Knechtes und stopfte alles in Lenas Korb. Zum Schutz des Verletzten vor der kalten Nacht fügte sie noch eine alte Decke hinzu und schärfte ihr ein, sich dem unbekannten Mann nicht wieder zu nähern, sondern die Sachen nur in Reichweite abzulegen. Die alten Kleidungsstücke herzugeben, war nicht schlimm, viel schlimmer war es, die Freundin in

Gefahr zu wissen und nicht helfen zu können! Doch bevor sie dem Knecht auftragen konnte, Lena zu begleiten, war diese mit einigen hastig gemurmelten Worten des Dankes aus dem Haus gerannt und in Richtung Stadttor verschwunden.

Kapitel 3

LENA

Mein Ruh ist hin, mein Herz ist schwer;
Ich finde sie nimmer und nimmermehr

Elias hatte in seinem Versteck mehrere Stunden tief geschlafen und war ganz plötzlich von einem Wildschwein aufgeschreckt worden, das sich ihm grunzend näherte. Wie ein Keulenschlag traf ihn die Erinnerung an den Verlust seiner gesamten Habe und zu den schlimmen Schmerzen am ganzen Körper gesellte sich das Gefühl der völligen Verzweiflung. Er wünschte, sie hätten ihn totgeschlagen. All seine Bemühungen der vergangenen Monate waren umsonst gewesen. Und die Groschen, die er brauchte, um das erforderliche Schlaf- und Meldegeld am Stadttor von Goslar zahlen zu können, wo sollte er die hernehmen? Als er aus der Bewusstlosigkeit erwacht war, hatte er zuerst den langen Haarzopf in seinem Nakken abgetastet, der mit einer unansehnlichen Schnur fest zugebunden war. Im Stoff der Schnur war ein winziger Diamant verborgen und erleichtert fühlte er die feste Wölbung zwischen den Fingern und tröstete sich damit, wenigstens den kostbaren Stein noch zu besitzen.

Nach dem Tod des Vaters fanden die trauernden Kinder in einem versiegelten Umschlag ein Schreiben des Vaters und mehrere sorgsam verwahrte Diamanten. Weinend verlas der älteste Bruder den Brief, in dem bestimmt wurde, dass jedes Kind und auch die Mutter einen der wertvollen Steine erhalten sollte. Wenngleich sie nicht sehr groß waren, stellten sie doch einen Notbehelf dar und beschämt nahmen die Geschwister sie in Empfang. Warum nur hatte er sie nicht schon zu Lebzeiten verkauft? Die Sorge um seine Nachkommen war ihm anscheinend wichtiger gewesen als sein eigenes dürftiges Leben, und Elias hütete den Stein wie ein kostbares Zeichen übergroßer Vaterliebe. Nur im äußersten Notfall würde er den Diamanten verkaufen, und der war nun eingetroffen.

Immer wieder nagte ein Gedanke an Elias, den er nicht verscheuchen konnte. War ihm für seinen Verrat an seinem Volk und damit an dem Ewigen und Einzigen Gott nun die gerechte Strafe zuteil geworden? War der Überfall die Bestrafung für seinen Abfall vom mosaischen Glauben? Er beschloss, sich zukünftig nicht mehr zu verstellen und mutig seinen richtigen Namen zu nennen: Elias Moses Hertz, besitzloser Jude und Hausierer ohne Schutzbrief. Wo blieb nur dieses Mädchen? Hatte sie ihn vergessen? Er schaute besorgt zum Himmel, denn die Sonne war schon hinter den Bäumen verschwunden und eine Nacht mit den schmerzenden Wunden allein im Wald, daran wagte er nicht zu denken. Der uralte Segensspruch „Baruch atah Adonai, Eloheinu melech ha-olam" kam über seine Lippen und er fühlte die Jahrtausende alte Kraft der Israeliten in sich aufsteigen. Immer wieder überleben, immer weiterleben, ach, sein Volk war groß darin.

Elias begann zu frieren, es zeigten sich bereits einige blasse Sterne, die Waldvögel waren verstummt und in der Stille vernahm man nur den fernen Klang von Kuhglocken. Er wickelte sich fester in Lenas wollenes Tuch und erstarrte, als er plötzlich Schritte hörte, die in seine Richtung kamen. Die Schritte verharrten und er hielt den Atem an.

„Wo bist du?" Es war die Stimme des Mädchens.

„Hier!", flüsterte er und richtete sich ein wenig auf, damit sie ihn im Dämmerlicht an der Bewegung erkennen konnte. Ganz unvermittelt begann er auf einmal so stark zu zittern, dass seine Kiefer aufeinander schlugen. Seit dem hastigen Aufbruch von Duisburg in den Harz war er angespannt wie eine Bogensehne und nun fühlte er sich unter der unerwarteten Fürsorge der Fremden so verletzlich wie ein Kind.

Lena blieb vor seinem Versteck stehen, kramte die Kleidungsstücke hervor, rollte sie zu einem Bündel zusammen und schob sie ihm zu. Dann drehte sie sich um und wartete, bis er sich angekleidet hatte. Elias zwängte sich stöhnend in Hose und Kittel und rief ihr leise zu, dass er fertig sei. Trotz der zur Vorsicht mahnenden Worte von Rahel kroch Lena unter den Zweigen hindurch und schleifte den Korb hinterher. Als sie sah, wie sehr er zitterte, wickelte sie schnell die wollene Decke um seine Schultern, ließ sich neben ihm auf den Waldboden nieder und in einer Aufwallung von Mitleid schmiegte sie sich an ihn und umschlang ihn solange mit den Armen, bis das Zittern nachließ.

So saßen sie eine Weile ganz still nebeneinander. Bis auf das Pökelfleisch hatte er alles verzehrt und sie bot ihm ein Stück Honigkuchen an und holte auch den Branntweinkrug hervor. Sie war zufrieden, alle Aufgaben erfüllt zu haben, die man ihr aufgetragen hatte und spürte plötzlich ihre Müdigkeit. Die Füße schmerzten, der Rücken tat weh und am liebsten hätte sie nun Zeit und Stunde vergessen und sich niedergelegt. Sie nahm selbst auch einige Schlucke aus dem Krug und war verlegen, weil sie von dem hochprozentigen Schnaps husten musste. Prustend fragte sie nach seinem Namen und ohne zu überlegen, stellte er sich als Elias vor.

Lena fühlte sich seltsam vertraut mit dem hübschen schwarzgelockten Mann und erschauerte, als sein Arm sie berührte. Auch Elias, dem der ungewohnte Trunk warm durch die Adern floss, fühlte eine seltsame Spannung in sich aufsteigen und rückte näher an sie heran. Lena schloss die Augen, es war das erste Mal in ihrem Leben, dass sie ganz allein mit einem Burschen im Wald hockte und plötzlich war sie es, die zu zittern begann. Beruhigend strichen seine Hände über ihren Rücken und es durchrieselte sie heiß, als seine Fingerspitzen wie zufällig ihre Brust streiften. Sie wehrte sich nicht, als er ihr Kopftuch und den schweren Haarknoten löste und drehte nur schamhaft ein wenig den Kopf zur Seite, als seine Hand suchend unter ihr Mieder glitt. Von widerstreitenden Empfindungen erfüllt, wagte sie kaum, sich zu rühren. Elias empfand weder Scham noch Verlegenheit, seine Lippen zupften an ihrem Ohrläppchen und Lena wand sich kichernd in seiner Umarmung, als er sie sanft zu Boden drückte.

So war sie noch nie berührt worden. Die Burschen, die sie kannte, kniffen derb in ihre Pobacken, rupften an ihren Haaren oder klammerten sich unbeholfen an ihr fest, um ihr einen Kuss abzuringen. Elias hatte die Decke über sie gelegt und ihr war ganz heiß unter der kratzenden Wolle. Manchmal stöhnte er seltsam auf und sie wusste nicht, ob es vor Wonne oder wegen seiner Schmerzen war. Allmählich lockerte sich Lenas Verkrampftheit, sie gab seinen verlangend drängenden Küssen nach und die Verlegenheit ging in köstliche Erregung über, die immer stärker wurde, je mehr seine Hände sie liebkosten. Als er das Miederband ganz geöffnet hatte und seine Hände ihre Brüste umschlossen, seufzte sie glücklich auf. Ihr Herz klopfte wild vor Erregung und als er auch ihren Unterleib in seine Erkundungen einbezog, drückte sie unwillkürlich ihre Nägel in seinen Arm. Besänftigend flüsterte er Worte in einer Sprache, die sie nicht verstand, schob ihren Rock nach oben und richtete sich trotz der Schmerzen mühsam auf.

Plötzlich fiel jede Angst von ihr ab, sie legte sich entspannt auf dem Waldboden zurecht und schob ihm sehnsüchtig ihre Hüften entgegen. Während er sanft in sie eindrang, hatte sich der schwarzblaue Nachthimmel über ihnen ausgebreitet und blinkende Sterne schimmerten zwischen den fein gezackten Baumkronen hindurch. Die Fichten verbreiteten ihren aromatischen Spätsommerduft und Lena war, als habe ihr Körper immer auf diesen Augenblick gewartet. Wohlig dehnte sie sich unter den Berührungen des erfahrenen Mannes, umschlang ihn voller Seligkeit und gemeinsam flogen sie auf einer feurigen Wolke davon.

Reglos und erschöpft lagen sie dicht beieinander in der nächtlichen Dunkelheit. Der Mond war aufgegangen und beleuchtete gespenstisch die krustige Rinde der Bäume. Lena schimpfte leise vor sich hin, die Fichtennadeln stachen beim Liegen in ihre Haut. Während sie damit beschäftigt war, ihr dichtes Haar zu Zöpfen zu flechten, um sie anschließend unter das schützende Tuch zu stopfen, betrachtete sie neugierig die Züge des schlafenden Mannes. Sein Kopf ruhte auf einem Arm und die leicht gebogene Nase schien auch im Schlaf unruhig wittern zu wollen, ob Gefahr drohte. Die feinen Nasenflügel bebten leicht und die Lippen bewegten sich, als flüstere er jemandem etwas zu. Lena schmiegte sich wieder an ihn, zupfte die Decke zurecht und Elias legte im Halbschlaf wohlig schnaufend einen Arm um ihre Schultern und drückte sie fest an sich. Noch lange lag sie wach und konnte keinen Schlaf finden, denn ihr gemeinsames ungewisses Schicksal lastete zentnerschwer auf ihr. Wenn sie nun von dieser Nacht mit Elias schwanger würde? Schwere Geldbußen und Gefängnisstrafen wurden von der Obrigkeit über Mädchen verhängt, die vor der Ehe in fleischliche Sünde verfielen.

Nach langem Grübeln war die Müdigkeit jedoch bald stärker als alle Sorgen und sie schlief tief und fest, bis der durchdringend laute Gesang der Waldvögel sie im ersten Morgengrauen weckte. Einen Augenblick lang wusste sie nicht, wo sie sich befand und blickte verwirrt umher. Der Platz neben ihr war leer, der Fremde war verschwunden und nur der gefüllte Tragekorb lehnte einsam an einem Baum. Sie rief leise seinen Namen und als sich nichts regte, starrte sie traurig auf den Waldboden, aus dem warm der Geruch von feuchter Erde und Fichtennadeln aufstieg. Enttäuscht verließ sie das Versteck und machte sich auf den Weg zur Glockenmühle. Doch je näher sie ihr kam, umso mehr fürchtete sie sich vor der Begegnung mit Suse, denn sie hatte ein schlechtes Gewissen. Was sollte nur geschehen, wenn diese Nacht nicht ohne Folgen blieb?

Kapitel 4
DIE GLOCKENMÜHLE IM GRANETAL

Im Tale grünet Hoffnungsglück;
Der alte Winter, in seiner Schwäche,
Zog sich in raue Berge zurück

Immer langsamer und zögerlicher wurden ihre Schritte und als sich zwischen den Baumstämmen das Fachwerk des Mühlengebäudes abzeichnete, blieb sie stehen. Auf das hölzerne Rad klatschte das Wasser des Mühlgrabens und drehte es unablässig in stetigem Gleichklang. Das zweigeschossige Mühlengebäude, die Ställe und eine Scheune am Ufer des Granebaches machten den gesamten Besitz der Familie Voigtländer aus. Schon von weitem sah sie die alte Suse ganz klein zusammengesunken auf einer Bank neben der Tür sitzen. Sie hatte den Rücken an die warme Hauswand gelehnt, das Gesicht den letzten Strahlen der Sonne entgegengestreckt und tanzende Lichtflecke malten unstete Punkte auf ihre Schürze. Wie schön dieser friedliche Anblick doch war!

Das ganze Anwesen befand sich auf einem Plateau am Ufer der Grane, das man vor Urzeiten aus Bachschotter, Erdreich und alten Schlacken angehäuft hatte, um in Hochwasserzeiten sicher vor Überschwemmungen zu sein. Das Fundament des Mühlengebäudes musste sich dem unebenen Untergrund anpassen und bestand aus übereinander geschichteten, grob behauenen schweren Steinblöcken, während das Obergeschoss kunstvoll aus Holzbalken gezimmert war. In die Zwischenräume des Fachwerkes war die übliche wetterfeste Mischung aus Lehm, Zweigen, Kuhfladen und Stroh eingefügt und diese Art von Mauerwerk hielt den Jahreszeiten schon seit mehr als hundert Jahren schlecht und recht stand. Unter dem ausladenden Dach des Speicherbodens ragten die Balkenköpfe hervor und bildeten einen dunklen Kontrast zu den ausgebleichten hölzernen Dachschindeln. Scheune und Ställe waren aus Holzbrettern gezimmert, die im Laufe der Jahre silbergrau verblichen waren.

Vor vielen hundert Jahren hatte an dem einsamen Ort eine Schmelzhütte gestanden. Später dann hatte die hier vorhandene Wasserkraft Anlass zur Errichtung einer Mahlmühle gegeben, um für die Menschen in den Bergorten Hahnenklee und Bockswiese das Korn zu mahlen. Selbst im Hochsommer war die Sonne schon früh aus dem engen Talgrund verschwunden und wanderte mit ihrem hellen Schein langsam hinauf zu den Berggipfeln, bis sie ganz verschwunden war. Malerische Sonnenaufgänge bekamen die Bewohner der Glockenmühle niemals zu sehen, dazu lag ihre Behausung zu tief unten. Auch die mit Getreide beladenen Karren, die sich von Hahnenklee aus mit quietschenden Rädern durch zerklüftete Hohlwege quälen mussten, erreichten den dunklen Talgrund nur mühsam. Kleinere Mengen von Korn wurden jedoch in den Kiepen der Botenfrauen oder auf Eseln gebracht.

Bevor das Mädchen mit dem leuchtend roten Rock die alte Suse erreichte, blickte sie schnell nach oben, um zu sehen, ob sie durch einen Fensterspalt von einer der Mägde beobachtet wurde. Doch sämtliche Luken waren fest verschlossen und hinter den in Blei eingefassten runden Glasscheiben, die gerade eben den Durchmesser eines Flaschenbodens hatten, war niemand zu sehen. Als Suse Schritte hörte, sprang sie auf und humpelte Lena aufgeregt entgegen. Erleichtert schloss sie das Mädchen in die Arme und rief aus: „Kind, wo bist du gewesen? Ist dir etwas zugestoßen? Ach, wie hab ich mich um dich gesorgt!" Lena drückte ihre Nase an das Kopftuch der Alten und begann zu weinen. Sie schniefte etwas von merkwürdigen Geschehnissen und einem Überfallenen und als Suse sie ein wenig von sich schob, um ihr in die Augen zu sehen, senkte Lena beschämt den Blick.

Suse, die in jungen Jahren als die *schöne Susanna* vielen Männern den Kopf verdreht hatte, deutete den verwirrten Ausdruck in Lenas Augen ganz richtig und fragte unverblümt: „Hast du einen Schatz gefunden?"

Die phantasievolle Lügengeschichte, die sich das Mädchen zurechtgelegt hatte, zerrann wie Butter in der Sonne. Eine Frau wie Suse belog man nicht und überhaupt wollte sie lieber bei der Wahrheit bleiben. Sie setzte sich neben ihre Ziehmutter und berichtete zunächst ausführlich von den guten Verkäufen, die sie erzielt und den großen Mengen Zimt und Honigkuchen, die sie erstanden hatte. Darüber vergaßen sie vorerst die seltsamen Vorkommnisse, entluden gemeinsam die Kiepe, verstauten die mitgebrachten Nahrungsmittel sorgsam in der Vorratskammer und dann berichtete Lena von den aufregenden Ereignissen, die einen Markttag für gewöhnlich begleiteten. Danach setzte sie sich an den Tisch, um heißhungrig etliche Scheiben frisch gebackenen Roggenbrotes mit Butter und Käse zu verschlingen und dazu frische Milch zu trinken.

Die Alte lächelte zufrieden vor sich hin. Nachdem sie schließlich auch die Münzen verrechnet und in einem schweren Holzkasten verborgen hatten, erzählte das Mädchen endlich von der ungewöhnlichen Begegnung mit dem verletzten Fremden. Aufmerksam lauschend betrachtete Suse das seltsam schöne Gesicht, die lange schmale Nase, die blauschwarzen Haare und den üppigen Mund. Wieder einmal fragte sie sich, wie es ihr nur gelingen sollte, Lena davor zu bewahren, so eitel, selbstgefällig und töricht zu werden wie sie selbst einst gewesen war. Was würde geschehen, wenn die Männer begannen, der jungen Frau den Kopf zu verdrehen?

Sie sorgte sich um die Zukunft ihres Ziehkindes und seit einiger Zeit hoffte sie, Lena mit dem Mühlenknecht Konrad, der vor einem Jahr in die Mühle gekommen war, verheiraten zu können. Die Getreidepreise stiegen unaufhörlich, seit der Krieg Preußen in Armut gerissen hatte und die abgelegene Glockenmühle würde dem Kind vielleicht in einigen Jahren keinen Lebensunterhalt mehr bieten können. Man wusste doch nie, was einen erwartete! Das Leben der Alten ging dem Ende entgegen und Suse hoffte, Lena würde ihre Schönheit nicht so sinnlos vergeuden, wie sie das einst getan hatte.

Lena nutzte die einkehrende Stille und bat, sich eine Weile ausruhen zu dürfen. Plötzlich fühlte sie die Anstrengungen des vergangenen Tages und die auf ungewohnte Weise verbrachte Nacht und die Augen wollten ihr zufallen vor Müdigkeit. Sie empfing einen liebevollen Klaps auf die Wange und stieg erleichtert hinauf zu ihrer Schlafkammer.

Suse befühlte die lange Narbe, die ihre Schläfe überzog, heute schmerzte sie wieder und erinnerte an all die tragischen Ereignisse. Sie lehnte sich zurück und ließ die Gedanken umherschweifen. Nur ungern dachte sie an ihre Jugend, denn dunkle Schatten lasteten darauf und noch immer schämte sie sich für das junge Mädchen, das sie früher gewesen war und das mit rücksichtsloser Kälte zwei Menschenleben zerstört hatte: ihr eigenes und das von Zacharias Koch, ihrem treuen Verlobten. Obwohl er es war, der ihr in einer verhängnisvollen Nacht mit seinen Schlägen die Schönheit genommen hatte, fühlte sie selbst sich schuldig am Lauf der Dinge und betrachtete die Lahmheit ihres Beines als eine Art Strafe für ihr frevlerisches Tun.

Die Nachtstunden im Wald, als sie verletzt und allein auf Hilfe hoffte, waren die längsten ihres Lebens gewesen! Blutend hatte sie auf dem Boden gelegen und nicht gewusst, ob sie die Gewalttat überleben würde und erst da hatte sie begriffen, was Liebe bedeutete und dass es verbrecherisch war, sie zu verraten. Schmerzverkrümmt dachte sie in der Dunkelheit über ihr bisheriges Leben nach und war sicher, sterben zu müssen. Voller Angst vor dem Tod wurde sie von Gefühlen des Hasses, der Wut und der Scham hin und her geschüttelt und dennoch richtete sich ihr Hass nicht gegen Zacharias, der ihr Knie zertrümmert hatte und von dessen Schlag ihr Gesicht seither mit einer wulstigen Narbe überzogen war, sondern sie verabscheute sich selbst und die unselige Ansammlung von selbstsüchtigen Wünschen, die sie in die Arme des kaltherzigen Fremden getrieben hatten. Ihr eigener Hochmut hatte sie zu Fall gebracht. Wie dumm waren ihre eitlen Wünsche gewesen, verzehrt hatte sie sich danach, in einer schönen Kutsche umhergefahren und zu den Mahlzeiten bedient zu werden! Nach der allerneuesten Mode wollte sie bekleidet sein und mit Schmeicheleien überhäuft zu werden.

Wenn der Auerhahnwirt sie nicht gefunden und ihr das Leben gerettet hätte, sie wäre gestorben. Claus Greene war von einem Geräusch aus dem Schlaf geschreckt worden und beobachtete erstaunt die überstürzte nächtliche Abreise seines vornehmen Gastes. Ahnungsvoll reimte er sich die Vorgänge zusammen, denn auch ihm war das Gerede über Susanna zu Ohren gekommen. Ohne die Knechte zu wecken, ließ er seinen Hund die Fährte aufnehmen und suchte mit einer Laterne die Umgebung ab. Schließlich fand er sie wie leblos daliegend, wickelte eine Decke um ihren ausgekühlten Leib und trug sie ins Haus. Noch in derselben Nacht schickte er den Knecht zu dem Arzt nach Zellerfeld und der nähte die klaffende Wunde über der Stirn, schiente das Bein und sagte mit bedauerndem Blick, dass es wohl wenig Hoffnung gäbe, das völlig zerstörte Knie zu retten. Claus Greene bezahlte ihn reichlich dafür, über alle Vorgänge Stillschweigen zu bewahren, denn er wollte Susanna nicht bloßstellen. Schweren Herzens machte er sich dann auf den Weg zu den Eltern des Mädchens in die Glockenmühle, um sie über das traurige Schicksal ihres einzigen Kindes zu unterrichten.

Als sie damals aus der Betäubung erwachte, war ihr ganzer Körper wie gelähmt und sie erinnerte sich entsetzt daran, wie Zacharias völlig verstört im Wald aufgetaucht und wütend über sie hergefallen war. Das zertrümmerte Bein und die Wunde am Kopf schmerzten unerträglich, doch mit schlimmerer Qual durchfuhr sie die Gewissheit, dass der geheimnisvolle Fremde sie hilflos auf der Waldlichtung dem sicheren Tod preisgegeben hatte. Mit grandiosen Versprechungen hatte er sie angelockt und verführt und dann mit schäbiger Feigheit im Stich gelassen! Befürchtete der Mann, selbst der bösen Tat bezichtigt zu werden? Jahrzehnte waren seither vergangen und sie hatte weder von dem geflohenen Zacharias noch von dem treulosen Geliebten jemals wieder etwas gehört. Wenn sie an ihren einstigen Verlobten dachte, an seine tiefe und bedingungslose Liebe zu ihr, dann überkam sie eine solche Verzweiflung, dass ihr schwindelte. Es war nur recht, von Gott eine so schwere Last aufgebürdet bekommen zu haben und in jener Nacht im Wald hatte sie gelobt, ihr Schicksal ohne Murren bis ans Ende zu ertragen, wenn sie nur weiterleben durfte. Susanna wollte noch nicht sterben. Sie schwor bei Gott, eine Wiedergutmachung zu leisten, indem sie schwieg und keine Anklage gegen Zacharias vorbrachte. Niemand sollte je erfahren, was damals im Wald geschehen war. Als sie später über die Vorgänge befragt wurde, behauptete sie einfach, sich an nichts mehr erinnern zu können.

Trotz unzähliger Gerüchte und böser Spekulationen gab es keine Untersuchung und auch keine Anklage und man begnügte sich damit, insgeheim den fremden Gast, der so plötzlich abgereist war, der bösen Tat zu verdächtigen. Das spurlose Verschwinden von Zacharias Koch, das auch nicht unbemerkt geblieben war, brachte man zwar mit dem Treuebruch Susannas in Zusammenhang, aber der Untat bezichtigt wurde er nicht. Nur Claus Greene kannte die Wahrheit, denn ihm hatte Susanna alles erzählt und nur mühsam konnte sie ihn in den folgenden Tagen davon abhalten, Zacharias mit der Jagdbüchse nachzustellen und zu erschießen. Sie gab nicht nach, bis er ihr versprochen hatte, ihn zu verschonen und keiner Menschenseele das düstere Geheimnis zu verraten.

Gelegentlich erinnerte sich die alte Suse voller Wehmut daran, einst das schönste Mädchen des Oberharzes gewesen zu sein. Und was war davon geblieben? Schmerzen und quälende Schuldgefühle. Manchmal fand sie eine entlastende Erklärung für ihr eigenes Verhalten und wurde von einer Welle von Mitleid erfasst, der sie sich nur schwer entziehen konnte. Schon als Mädchen hatte man sie die tiefe Verachtung ihrer Mitmenschen spüren lassen, weil ihre Eltern ein Handwerk betrieben, welches von allen gering geschätzt wurde. Selbst die Knechte und Mägde brachten gelegentlich zum Ausdruck, nur widerwillig ihren Wohnsitz in der einsam gelegenen Mühle zu nehmen, von der man munkelte, dort würden lasterhafte Dinge getrieben und die schöne Tochter würde sich gegen Bezahlung an Männer verkaufen.

Inzwischen hatten sich die Zeiten ein wenig geändert, man behandelte sie immerhin mit Respekt und wegen der allerorts verbreiteten Geldknappheit fragten viele Knechte und Mägde bei ihr nach Arbeit. Doch in jungen Jahren hatten die frechen Bemerkungen der Knaben und die Sticheleien der Mädchen dazu geführt, dass sie sich oft weinend im Wald verkrochen hatte und die Eltern sogar einmal fragte, was überhaupt eine Staubbesenhure sei. Das alles änderte sich, als Hüften und Brüste sich rundeten und ihr sowohl die Burschen als auch die älteren Männer lüsterne Blicke zuwarfen.

Susanna lernte, ihr hübsches Aussehen geschickt einsetzten, um Verehrer jeden Alters für sich zu gewinnen. Und das war ja so einfach! Hier im Gebirge hatten die meisten Männer nichts als ihre schwere Arbeit, die meisten waren viel zu arm, um heiraten zu können und daher blieb ihr sinnliches Verlangen oft ungestillt. Von nun an begann sie, sich die geschlechtliche Not der Burschen geschickt zunutze zu machen, indem sie ihnen im Tausch für allerlei Tand erlaubte, sie zu küssen oder ihren Körper zu betasten. Anfangs genügte es ihr, wenn sie etwas Hübsches wie eine Schleife oder ein bunt besticktes Band erhielt, doch bald reichte das nicht mehr aus und sie sehnte sich danach, mithilfe eines reichen Mannes die trostlose Eintönigkeit des Talgrundes für immer verlassen zu können. Die harten und langen Winter, das ereignislose Leben, die Engstirnigkeit der Waldleute – sie verabscheute es so sehr, dass selbst ein angesehener Bergbediensteter wie Zacharias sie nicht mehr beeindrucken konnte. Als der vornehme Fremde auftauchte und sie umwarb, glaubte sie, endlich am Ziel ihrer Wünsche zu sein.

Ein Lächeln umspielte die schmal gewordenen Lippen der alten Frau, wenn sie an Zacharias dachte. Nie hatte er sie herablassend behandelt, im Gegenteil, wie eine Königin wurde sie von ihm verehrt. Er war nicht wie die Männer, die sie als liederliches Weib mieden und dennoch verstohlen ihre Brüste anstarrten. Ach, wie wenig verstand sie damals von der Liebe! Anstatt für seine Aufmerksamkeiten dankbar zu sein, verriet sie seine Treue und betrog ihn mit einem Taugenichts, der sie gewissenlos getäuscht hatte. Seit damals hatte sie Zacharias nicht mehr gesehen und sich oft gefragt, was aus ihm geworden war.

Sie erinnerte sich noch genau an das heillose Entsetzen in seinem Gesicht, als er sie auf der Waldlichtung gefunden und wutentbrannt verprügelt hatte. Dann war er wohl vor seiner eigenen Wut ins Dunkel des Waldes geflohen. Lebte er noch? Wusste er, dass sie noch lebte oder hielt er sich vielleicht für einen Mörder? Manchmal, wenn sie in Lenas Augen sah, fühlte sie etwas von seiner schwungvollen Weichheit und seiner unerschütterlichen, tiefen Zuneigung zu ihr. Oft hatte sie sich gefragt, warum die geheimnisvolle Magdalene Bindseil, Lenas leibliche Mutter, ihm so ähnlich gesehen hatte. Gab es eine Verbindung zwischen den beiden? Doch die unglückliche Frau hatte all ihre Geheimnisse mit in den Tod genommen.

Traurig wanderten Suses Augen zum Himmel hinauf. Ihr Mann war vor vielen Jahren gestorben und sie musste die Mühle seitdem ganz allein bewirtschaften. Heiraten wollte sie kein zweites Mal, denn nur um die Mühle weiter betreiben zu können, hatte sie eingewilligt, einen ihrer Müllergesellen zu ehelichen und der wiederum hatte sich nur darauf eingelassen, die Frau mit der blutroten Narbe und dem steifen Bein zur Frau zu nehmen, weil ihm der Besitz des stattlichen Anwesens winkte. Glück hatte ihnen die Ehe nicht gebracht und bis zu dem Tag, an dem Claus Greene ihr das weinende Kind übergab und sie bat, es aufzuziehen, hatte sie sich danach gesehnt, fortzugehen. Mehrmals unternahm sie Anstrengungen, die Mühle zu verkaufen oder zu verpachten, doch es wollte sich kein Pächter finden, um das abgeschiedene Gebäude im nasskalten, düsteren Tal zu übernehmen. Die einsame Lage wirkte abschreckend und man munkelte, in den Schächten der alten Pingen würden sich böse Geister herumtreiben und in Gestalt des Bergmönches einsame Wanderer zu Tode erschrecken.

Suse lachte über solchen Unfug und dachte an ihre mutigen Eltern, die nichts gefürchtet hatten außer Hunger, Krankheit und Not. Mit ihren wenigen Habseligkeiten war das Ehepaar Voigtländer aus dem Erzgebirge in den Harz gekommen und hatte zufällig erfahren, dass an einem ungünstig gelegenen Ort im Wald eine Mühle zu verkaufen sei. Ein Goslarer Händler, Friedrich Fahrenholtz, hatte das Grundstück zu einem sehr geringen Preis aufgekauft und wusste doch nichts damit anzufangen. Er gewährte den unbescholtenen jungen Menschen einen Kredit und es dauerte nicht lange, da hatten sie ihn abbezahlt und durften sämtliche Gebäude als ihren Besitz betrachten.

Der Bergbau um Hahnenklee und Bockswiese lieferte zu der Zeit gute Erträge und viele Bergleute brachten ihr Korn zum Mahlen in die Glockenmühle. Dennoch munkelten böse Zungen, die Voigtländers würden von dem angelieferten Korn heimlich die gute Saat abzweigen und später mit minderwertigem Mehl auffüllen. Noch lange blieb das Siegel des Anrüchigen an der Mühle haften und die heranwachsende Susanna bekam es am deutlichsten zu spüren, weil sie wegen ihrer Schönheit zusätzlich den Neid der Frauen entfachte. Wieder seufzte sie tief auf. Das alles lag inzwischen weit zurück und Suse, die allen Gewalten getrotzt hatte, durfte sich rühmen, eine der wenigen weiblichen Mühlenbetreiberinnen des ganzen Harzes zu sein. Nein, die stolze Herrin der Glockenmühle fürchtete weder Tod noch Teufel.

Ihre Gedanken kehrten in die Gegenwart zurück und erfreuten sich an der Gewissheit, in eine gut gepolsterte Zukunft blicken zu dürfen. Auch für Lena war gesorgt, denn sie bezweifelte, dass das Mädchen eine gute Müllerin abgeben würde. Darüber mochte Suse jedoch nicht weiter nachdenken und beschäftigte sich lieber mit den Vorräten, die sie für den Winter angehäuft hatten. Die Schweinezucht füllte ihnen auch in schlechten Zeiten die Kammern mit geräuchertem Fleisch und zahlreichen Würsten, die Kühe gaben Milch, Käse und Butter und als

Nebenerwerb besaßen sie die Berechtigung zum Brannt-weinbrennen und Bierbrauen. Schwierig gestaltete sich nur das mühselige Suchen nach geeigneten Knechten und Mägden, denn den meisten Frauen war das Tal zu abgelegen, sie fürchteten den Spuk und wieder anderen war die Arbeit zu schwer.

Suse zahlte allwöchentlich einen guten Lohn, doch erst als sie noch ein paar Groschen draufgelegt hatte, war es endlich gelungen, zwei Frauen aus Lautenthal zum Blei-ben zu bewegen und zwei weitere für gelegentliche Ar-beiten zu verdingen. Jetzt bestand das Gesinde aus einem Knecht, der sich mit den schweren Verrichtungen ab-plagte, zwei Mägden und den Helferinnen, die nur in die Mühle kamen, wenn gebraut, geschlachtet oder Öl ge-mahlen wurde. Suse lachte auf. Wie dumm waren doch die Leute, die das Müllergewerbe noch immer für uneh-renhaft hielten und sich weigerten, ihnen den Zutritt zu Gilden und Zünften zu gewähren. Sie lehnte sich zurück und sog die Luft ein. Sie mochte den Geruch von frisch gemahlenem Getreide, lauschte gern dem Klappern des Mühlrades nach einem hektischen Tag und genoss die Kühle des Waldes, die in den heißen Sommermonaten so erfrischend war. Hier draußen im Wald war sie glück-lich und so lange sie lebte, wollte sie die Glockenmühle nicht mehr verlassen.

Kapitel 5
GASTHAUS AUERHAHN

Ein starkes Bier, ein beizender Tobak
Und eine Magd im Putz, das ist nun mein Geschmack

Claus Greene schlurfte durch die Wirtsstube und schimpfte laut vor sich hin. Er trat mit dem Fuß absichtlich gegen jedes Stuhlbein, das ihm den Weg versperrte und schielte dabei verstohlen zu den wenigen Gästen hinüber. Polternd hatten zwei Männer die düstere Diele betreten, nachdem die Pferde abgeschirrt waren und nach einem Nachtlager und einer kräftigenden Mahlzeit verlangt, denn bis Goslar war es noch ein gutes Stück Weges. Er hatte mit ihnen geschwatzt, Branntwein ausgeschenkt und von dem geräucherten Fleisch angeboten, das in der Rauchkammer von der Decke baumelte. Die beiden Fuhrknechte in leuchtend blauen Kitteln, die auf dem Weg von Osterode nach Goslar waren, schlürften nun ihr schäumendes Bier und zerkauten schmatzend den würzigen *Schweizer Käse*, der auf der herzoglichen Alm sim Harz eit kurzem hergestellt wurde.

Sie waren für diese Nacht im Auerhahnkrug eingekehrt, weil die Pferde eine Verschnaufpause brauchten, nachdem sie ein mit hölzernen Fässern schwer beladenes Fuhrwerk über die weite Strecke von Goslar nach Zellerfeld gezogen hatten. Seit dem Morgengrauen waren sie unterwegs und am folgenden Tag würden sie Kupferplatten von der Frau-Sophien-Seigerhütte in Oker holen, um sie zum Osteröder Kupferhammer zu bringen. Greene war froh, dass es um den Auerhahn herum keinen Bergbau gab, denn er hasste den Lärm und den beißenden Gestank der Schmelzhütten und das Dröhnen der Pochwerke, die Tag und Nacht in Betrieb waren. Aus ihrer Nähe war bald alles Getier vertrieben und inmitten der öden Halden konnte kein Pflänzchen gedeihen. Deshalb stimmte es ihn zufrieden, dass sein Urgroßvater, der Pächter der alten Schänke, kein Bergmann, sondern der Grenzschütze des Kronsfelder Reviers gewesen war.

Durch gelbgrüne Butzenscheiben fiel warmes Licht auf die zerkratzten Holztische. Zu jedem Bissen Brot tranken die Fuhrleute einen Schluck Bier und beobachteten schweigend die Wutausbrüche des polternden Wirtes. Inzwischen hatte er die beiden Männer ausgiebig beobachtet und als verschwiegene Zuhörer befunden und nachdem er bisher nur höflich geplaudert hatte, ließ er sie nun auch an seinem Unglück teilhaben: „Wie konnten sie es wagen! Mich mitten im Sommer mit zwanzig Stück Vieh im Stich zu lassen! Gott hilf, wie soll ich am Abend die Kühe melken und die ganze Milch zu Butter und Käse verarbeiten!? Schuld daran ist Ihre Hochfürstliche Durchlaucht und ihre merkwürdigen „Schweizereien" - als ob wir uns hier oben nicht mit der Milchwirtschaft auskennen würden, nein, da müssen es Sennhirten aus der Schweiz sein, die man herbeischafft in den Harz!"

Die staunenden Gäste erfuhren, dass die Herzogin aus dem Braunschweiger Adelsgeschlecht während einer Reise in die Alpen die romantische Eingebung hatte, auch das raue Harzgebirge mit Schweizer Hirtenfamilien und Almhütten zu verzieren. Die Herden sollten im Sommer auf den benachbarten Wiesen bleiben und die Schweizer Familien würden emsig Butter und Käse herstellen, wie sie es aus der Heimat kannten. In leuchtenden Farben habe die Herzogin alles so lange ausgemalt, bis man ihr endlich erlaubte, auf dem Auerhahn eine schweizerische Alm einzurichten. Der schöne Wald, der schützend den Gasthof umgab, wurde bis hinüber zum Auerhahnteich gerodet und die ehemals kleine Wiese dadurch um mehrere Morgen vergrößert. Auch der Viehbestand wurde um etliche Milchkühe und einen Zuchtstier aufgestockt und die Ställe erweitert.

Zu guter Letzt hatte man ihm eine siebenköpfige Familie aus der Schweiz mit flachsblonden Haaren vor die Nase gesetzt und den Sennern ein Almhäuschen im Schweizer Baustil errichtet. Greene wagte nicht, sich alledem zu widersetzen, denn seine gesamte Existenz verdankte er dem Braunschweiger Herzogshaus und so erduldete er in schweigendem Zorn die nach seiner Ansicht unsinnigen Maßnahmen. Die Herzogin, die anfangs mit einem kleinen Gefolge eingetroffen war, um die Alpenidylle im Harz zu genießen, verlor schon bald die Lust an dem von ihr angeregten Experiment und überließ Claus Greene die Verantwortung für dessen Gelingen.

Besonders lästig war dem Alten die Anwesenheit der Sennerfamilie, denn sie störten seine heimlichen Geschäfte. Die langen Jahre in der Waldeinsamkeit hatten seine Neigung zur Wilddieberei, der er trotz seines Alters noch immer gern nachging und die er wohl seinem Vorfahren, dem Schützen des Braunschweiger Herzogs verdankte, verstärkt und das konnte er vor den aufmerksamen Blicken der fünf Kinder kaum verbergen. Außerdem missfiel ihm, dass ihretwegen jederzeit ein neugieriger Besucher vor der Tür stehen und ihn dabei beobachten konnte, wie er gerade mit einem erlegten Auerhahn, einem Hasen in der Schlinge oder einem Stück Rehwild auf dem Rücken heimkehrte.

Besonders empfindlich störten die gestrengen Calvinisten jedoch seine heimlichen Kupplerdienste, denen die Hinterkammer der Gaststube vorbehalten war und um derentwillen besonders die Fuhrknechte gern bei ihm einkehrten. Seit vielen Jahren schon benutzten Mägde den Gasthof als zusätzlichen Broterwerb, um sich gelegentlich den Durchreisenden anzubieten. Diese Dienste gehörten zu den verschwiegenen Alltäglichkeiten des Waldlebens und es wäre ein Unglück, wenn der Braunschweiger Hof durch die Sennbauern darüber unterrichtet würde. Die am Tisch sitzenden Männer blickten sich verschwörerisch an und nickten grinsend ein paar Mal, während sie schweigend zuhörten.

Die Schwierigkeiten der Almwirtschaft hätten schon im kalten Herbst des vergangenen Jahres begonnen, als das Wiesenfutter stets knapper wurde, weil man die Tiere davon abhielt, wie gewohnt hinaus auf ihre Waldweiden zu ziehen. Statt dessen mussten sie sich auf der viel zu kleinen umzäunten Almwiese aufhalten, um jederzeit den Anblick einer ländlichen Idylle mit weidenden braunen Kühen samt Geläut bieten zu können.

Den Winter über drängten sich die Tiere schon unzufrieden in den engen Stallungen zusammen und nun fehlte ihnen auch in der warmen Jahreszeit der freie Auslauf. Die Qualität der Milch ließ zu wünschen übrig! Still und geduldig ließen die Fuhrleute den Redeschwall über sich ergehen und die Stimme des Wirtes überschlug sich vor Aufregung, als er davon sprach, wie man es seit Jahrhunderten mit dem Vieh im Harz gehalten hatte. Die Kühe verbrachten den Sommer doch sonst nie auf der Weide, sondern streiften in den Wäldern umher. Immer höher hinauf folgten sie dem Hirten, ruhten an Bächen und Quellen, zerkauten würzige Kräuter, Gräser und Blätter und zogen umher, bis sie endlich das ihnen zugehörige Weidegebiet auf den kräuterreichen Bergwiesen erreicht hatten. Jahr für Jahr suchten sie ihre Stammplätze auf und jedes Tier lagerte unter ganz bestimmten uralten Bäumen, deren ausladende Äste bei schweren Unwettern oder vor der brennenden Sonne Schutz boten. Friedlich verteilte sich die Herde unter harmonischem Geläut, bis ein jedes Tier in der Dunkelheit seinen Platz gefunden hatte, an dem es sich zur Ruhe begab.

Die dürren Rippen der Gastkühe aus den tiefer gelegenen Dörfern rundeten sich allmählich und wenn sie im Herbst zu ihren ärmlichen Besitzern zurückkehrten, waren sie wenigsten den Sommer über satt geworden. Für das Mietvieh bedeutete die Zeit im Gebirge eine kostengünstige Futterzeit, denn der Hirte bekam statt einer Entlohnung ihre gesamte Milch, die er für sich und seine Familie verbrauchen oder zum Verkauf nutzen durfte. Runde, dicke Kälber wurden geboren, wuchsen heran, bekamen einen Namen und kehrten im Spätherbst zusammen mit der Herde heim zu ihren Besitzern. Während dieser Zeit trug der Hirt ganz allein die Verantwortung für das Vieh, er musste Verletzungen behandeln, verirrte Rinder suchen, den Muttertieren beim Kalben beistehen und bei Unwetter die verängstigten Tiere beruhigen. Zur Seite standen ihm nur die gelbbraunen, zottigen Hütehunde, ohne die er seinen Dienst nicht hätte tun können.

Während die Fuhrleute schon begannen, unruhig mit den Füßen zu scharren, schweifte Claus Greene weiter in seinen Erinnerungen umher. Für den Erhalt der Waldweiden waren ja die Frauen zuständig und die stiegen jedes Jahr mit Tragekörben voller Mist über Triften und Klippen auf die Anhöhen, um die zahlreichen Wiesen zu düngen, zu mähen und von Baumbestand freizuhalten. Ein jeder kannte die Plätze, an denen der Wald zurückgedrängt worden und eine Wiese entstanden war, so wie ein jeder Waldbewohner die Namen der Berge, Täler, Bäche, Gruben und Waldwege kannte. Das Gras transportierten die Frauen dann im Spätsommer als Winterfutter in die Siedlungen hinab und nur ihr fröhlicher Gesang ließ erkennen, dass sich unter den schwankenden Stapeln von duftendem Heu ein Menschlein verbarg.

Das war die schönste Zeit des Jahres, fand Claus Greene, und wenn er an heißen Tagen auf der Bank vor seinem Haus saß und die Heufrauen an seiner Schänke vorbeiwanderten, dann fühlte er, dass zu einem Mann doch eigentlich eine Frau gehörte und dann erinnerte er sich an SIE, an die Frau, die er, der unbeweibte und kinderlose alte Kauz, einmal so geliebt hatte. Aber daran wollte er nicht denken, nahm schnell einen kräftigen Schluck aus dem Tonkrug und richtete seine Gedanken zurück auf die rotbraunen Harzkühe. Wegen der verflixten Schweizer hatte er sogar den guten alten Hirten Johann wegschicken müssen und konnte in diesem Jahr auf dessen Hilfe nicht mehr hoffen. Johann weidete jetzt die Herde eines reichen Müllermeisters am Granebach, der sich der Papierherstellung gewidmet hatte.

Mit einem Seitenblick vergewisserte sich Greene, dass seine Gäste noch zuhörten und bemerkte dabei die wachsende Ungeduld der beiden Männer. Um ihre Anwesenheit noch etwas hinauszuzögern, bedeutete er der Magd, auf seine Rechnung Branntwein einzuschenken. Das ließen sich die Männer gerne gefallen und verschoben den

Gang zu ihrer Gastkammer noch eine Weile. Ihre Haltung entspannte sich und sie widmeten dem Wirt ihre ungeteilte Aufmerksamkeit. Seufzend jammerte er, die Pläne der Herzogin hätten alles durcheinander geworfen. Sie verlangte, bei ihren Besuchen grasende Kühe in der Nähe des Gasthauses zu sehen, um sich am melodischen Klang der Schellen zu ergötzen und so trieb man um die ausgedehnten Bergwiesen herum Holzpflöcke in den Boden und reihte mit großem Aufwand Hunderte von Zaunlatten aneinander. Eigens für sie wurde die vom Pfeifentabak verrußte, stinkende Wirtsstube gelüftet, die verkrusteten Tische geschrubbt und mit bestickten Deckchen und feinem Geschirr verziert. Sogar die silbernen Kerzenlüster und handgeklöppelten Spitzen mussten aus einer alten Truhe hervorgeholt werden, die noch aus der Zeit seines Urahns stammte.

Missmutig hoffte Greene inmitten der vornehm glitzernden, befremdlichen Pracht, der gesamte Hofstaat möge bald wieder verschwinden und sehnte den Tag herbei, an dem er wieder ungestört mit seinen Knechten und Mägden den Auerhahnkrug bewirtschaften konnte. Doch solange zum üppigen Abendessen gemietete Musikanten aufspielten und der Berghauptmann von Reden an der festlichen Tafel erschien, war die vornehme Gesellschaft zufrieden und blieb. Doch eines Tages erkrankten zwei der Hofdamen an unerklärlichem Bauchgrimmen und beunruhigt verließ die Herzogin umgehend mit ihrem Gefolge die Bergidylle des Auerhahnes.

Der verärgerte Wirt hieb die Faust so fest auf den Tisch, dass das Bier in den Krügen schwappte. Das langwierige Herrichten des Hauses für die anspruchsvollen Bedürfnisse der Adligen brachte jedes Mal sein gesamtes

Lebensgefüge durcheinander! Die Zahl der Dienstboten musste aufgestockt und nach der Abreise der Herrschaften wieder verringert werden, denn niemand zahlte ihren Lohn. Auch rückten beinahe täglich unzählige neugierige Zaungäste aus Hahnenklee, Zellerfeld, Clausthal und Goslar in der Hoffnung an, einen Blick auf die noble Gesellschaft zu werfen und er konnte überhaupt keinen einzigen unbeobachteten Schritt mehr tun.

In diesem Jahr war es der Mai gewesen, in dem die Herzogin sich von der Natur verzaubern ließ. Die Schweizer, denen das Heimweh immer stärker zusetzte, hatten sie ebenso demütig wie hartnäckig gebeten, ihnen wie versprochen die Rückkehr in die Alpen zu ermöglichen. Ihre Aufgabe war erfüllt, sie hatten dem Harzer Bergvolk die Käserei beigebracht und begriffen nicht, warum man sie nicht ziehen lassen wollte. Der Herzogin gefiel der Anblick der blondschöpfigen Kinder jedoch besser als der des mürrischen alten Wirtes und so gab sie ausweichende Antworten und vertröstete die Unglücklichen auf den nächsten Sommer. Da war die Verzweiflung wohl so stark über die Sennerfamilie hereingebrochen, dass sie sich aus Sehnsucht nach den heimatlichen Alpentälern über Nacht mit Hab und Gut aus dem Staub gemacht hatten.

Und nun stand er ohne Hilfe mit den vielen Milchkühen auf der umzäunten Almwiese. Er wirtschaftete zwar gern mit der treuen Magd Hanne, die ihm seit mehr als fünfunddreißig Jahren diente, doch sie war schon alt und nicht mehr in der Lage, eine Kuh nach der anderen zu melken. Der gebückten Haltung unter dem Bauch der Tiere hielt ihr Rücken nicht lange stand und die Milch ging daneben. Dennoch hing er an der Frau und legte gewissenhaft für ihre gebrechlichen Jahre das nötige Geld beiseite, damit sie im Großen Heiligen Kreuz, dem Goslarer Armenhaus, ein sicheres Plätzchen bekam. Doch Hanne dachte nicht daran, sich zur Ruhe zu setzen. Einst hatte sie gehofft, die Wirtin vom Auerhahn zu werden und als ihr das nicht glückte, war sie auch mit dem Platz als erste Magd zufrieden gewesen. Sie war zäh und fleißig, kochte, briet und buk genauso, wie er es gern hatte und hielt seit Jahren zudringliche Frauen von ihm fern. Hätten die Schweizer doch noch bis zum Winter gewartet! Wütend hieb er noch einmal mit der Faust auf den Tisch und die Fuhrmänner erhoben sich wie auf ein Zeichen und fragten nach der Zeche.

Im selben Augenblick erklang draußen plötzlich lautes Hufgetrappel und der Wirt schlurfte unwillig zum Fenster. Neue Gäste hatten ihm gerade noch gefehlt! Durch die runden Butzenscheiben sah er verschwommen, dass erneut ein schwer beladener Wagen über den Hof kam. Bevor er sich um diesen kümmerte, schärfte er den Fuhrleuten nochmals ein, bei ihrer Rückkehr in Goslar zu verbreiten, dass er zuverlässige Frauen benötigte, die sich mit der Milchwirtschaft auskannten. Nach Zellerfeld und Clausthal hatte er schon einen Knecht geschickt und hoffte auf das baldige Eintreffen der ersten Helferinnen.

Am Ende des Tages mussten die Kühe geschwind gemolken und die Milch verarbeitet worden sein. Er fluchte noch einmal laut und trat dann hinaus auf den Hof, auf dem soeben ein mit Hanfsäcken voller Korn beladenes Fuhrwerk eingetroffen war. Die Leiber der Pferde dampften vor Schweiß, unruhig stampften sie mit den Hufen und mit geblähten Nüstern warteten die Tiere erschöpft schnaubend auf Wasser und die mit Hafer gefüllten Futtersäcke. Zwei Männer sprangen vom Wagen und riefen dem Wirt zu, er solle das Bier ausschenken, sie kämen sogleich in die Gaststube, wenn die Pferde versorgt seien. Ein Knecht schlurfte herbei und gemeinsam versorgten sie die kräftigen Hengste, die mit größter Anstrengung den tief ins Schiefergestein eingegrabenen Furchen alter Karrenwege gefolgt waren.

Die Fahrten mit schwer beladenen Zwei- oder Vierspännern waren eine Tortur, Geröll, Felsgestein oder dicke Baumwurzeln versperrten den Weg und die Steigungen erreichten mitunter eine solche Schräglage, dass die Tiere mit hervorquellenden Augen und schaumtriefenden Mäulern ihren Dienst versagen mussten. Dann sprang einer der Fuhrknechte vom Bock, zersägte den sperrigen Ast, zog das Leitpferd am Zaumzeug nach vorn und redete beruhigend auf die Tiere ein. Half auch das nicht, sauste die Peitsche auf deren Rücken oder auf die empfindlichen Nüstern und in schmerzvoller Angst spannten sich die Muskeln und grell wiehernd befreiten sie die Wagenräder aus schlammigen Bodensenken.

Der Wirt kannte die meisten Fuhrleute und wenn das Tagewerk vollendet war und sie in der Schänke übernachteten, holte er seine Würfel hervor und spielte mit ihnen um Münzen oder andere Gegenstände. Wenn im Sommer die Aushilfsmägde bei ihm wohnten, war es üblich, dass die Männer mit der einen oder anderen Frau in der Hinterstube verschwanden und dieses gut gehütete Geheimnis seiner Schankwirtschaft hatte bewirkt, dass sich viele dunkle Geschichten um den Auerhahnkrug rankten. Trotz aller Verschwiegenheit bekam das Haus den anrüchigen Hauch einer Lasterhöhle und um ihren guten Ruf besorgte Gäste zogen es vor, in der „Golde-

197

nen Krone" oder im Hotel zum „Weißen Ross" oben in Clausthal zu logieren. Doch Greene störte sich nicht an dem zweifelhaften Ruf seines Hauses und behielt diese „Gepflogenheit" bei, die sich während der schlimmen Hungersnöte des Siebenjährigen Krieges ergeben hatte. Die Bevölkerung war damals so verarmt, dass viele Frauen aus Verzweiflung für ein Stück Brot lieber einem unehrlichen Gewerbe nachgingen, als mitsamt ihren Kindern zu verhungern. Ja, und SIE hatte es auch getan, aber SIE war daran zerbrochen.

Wenn SIE noch am Leben wäre! Dann hätte er sich um einen guten Leumund bemüht und die Schänke vielleicht in eine schmucke Herberge verwandelt. Schnell verscheuchte er die trüben Gedanken und fuhr sich mit der Hand über die geröteten Augen. Hin und wieder tauchten auch vornehme Herren ohne Begleitung in der Wirtsstube auf und gaben zu verstehen, dass sie die Dienste einer willigen Magd gegen guten Lohn gern in Anspruch nehmen würden. Später verschwanden sie dann auf ihren Pferden in der Dämmerung, ohne an Kost und Logis interessiert zu sein. Das war ihm nur recht, denn er hatte mit den einfachen Fuhrleuten sein Auskommen, mit dem Verkauf von Käse, Branntwein, Wurst und Milch, die seine Knechte mit dem Einspänner auf die Wochenmärkte in Clausthal oder Zellerfeld schafften. Seinen Branntwein tranken einfache Leute wie vornehme Bürger gleichermaßen gern, doch das Bierbrauen gehörte nicht mehr zu seinem Metier und seit einigen Jahren holte er für seinen Ausschank etliche Fässer frisch gebrauten Bieres aus der Zellerfelder Brauerei.

Nur das Branntweinbrennen, das ließ er sich nicht nehmen, denn er trank gern selber einen guten Schluck des hochprozentigen Schnapses und rümpfte die Nase über das Gesöff, das vielerorts im Handel war und den Namen Branntwein nicht mehr verdiente. Wegen der hohen Kornpreise war das Brennen zunehmend schwieriger geworden, die ärmeren Leute konnten das Geld für die Steuern nicht mehr aufbringen und zahlreiche Schwarzbrennereien verdarben den guten Ruf der Schnapshersteller. Der Branntwein vom Auerhahn hatte jedoch bei der Bevölkerung des Oberharzes und sogar bis weit hinab ins Braunschweiger Umland immer mehr an Beliebtheit gewonnen und von dem eingenommen Geld legte Claus Greene nicht nur für die Magd etwas beiseite, sondern auch für ein junges Mädchen, das er liebte wie eine Tochter. IHRE Tochter.

Inzwischen hatten sich die verschwitzten Neuankömmlinge auf die schweren Holzbänke fallen gelassen und betrachteten wohlgefällig Brot, Käse, Schinken und Bier, die eine Magd ihnen vorsetzte. Durch die kleinen bleiverglasten Scheiben schimmerte gelbliches Tageslicht auf den steinernen Dielenboden und tanzte über das eingekerbte Holz der Tische und die vom Rauch geschwärzten Wände.

Die Männer tauschten Neuigkeiten aus, schimpften über die niedrigen Fuhrlöhne und schilderten ein grausames Unglück, das sich am Vortage zwischen Zellerfeld und der Okerhütte zugetragen hatte. Zwei Gäule des Fuhrherren Sebastian Bleischmied aus Buntenbock waren, erschreckt von einem herabfallenden schweren Ast, plötzlich los gerannt und weder dem alten Hermann noch Heinrich, dem unerfahrenen jungen Fuhrknecht, gelang es, sie wieder an die Kandare zu nehmen. Immer schneller rasten die Pferde hangabwärts, immer lauter brüllten die Knechte, doch das Unglück ließ sich nicht aufhalten. An der abschüssigen Weggabelung kurz vor der Schulenberger Hütte, stürzte der schwer beladene Wagen um, riss die Tiere mit sich in die Tiefe und sämtliche Fässer mit Zellerfelder Bier kollerten die Böschung hinunter und lagen dann zwischen Felsspalten, Brombeerhecken und jungen Fichten verstreut umher. Ein Pferd brach sich sogleich das Genick, dem anderen musste später aus Barmherzigkeit die Kehle durchschnitten werden. Der Knecht war mit gebrochenen Gliedmaßen im Dickicht gelandet, heulte und schrie vor Schmerz und dem alten Hermann hatte ein Baumstamm den Schädel zertrümmert. Von solch einem Unglück mochte jeder Fuhrmann verschont bleiben! Die Männer schüttelten ernst und besorgt die Köpfe und tranken sich zu, denn ein jeder wusste, wie gefährlich und kurz das Leben im Harz sein konnte.

Nachdenkliches Schweigen breitete sich aus. Claus Greene dachte an die Zukunft. Der Sommer war bald vorüber und auch wenn die Milchwirtschaft in diesem Jahr 1783 wegen der Herzogin eine einzige Plage gewesen war, so freute er sich über das Verschwinden der Senner und die damit verbundenen guten Aussichten. Er glaubte nicht, dass man der Herzogin noch einmal eine solche Torheit finanzieren würde. Vorerst würde er wohl von Schweizer Familien und herrschaftlichen Besuchen verschont bleiben und seine heimlichen Jagdgänge ohne lästige Zeugen fortsetzen können. Die Fuhrknechte hofften, dass die fröhlichen Zechgelage bald ihren Fortgang finden würden und etliche Weiber, die enttäuscht darauf verzichten mussten, die Hinterkammer zu betreten, hatten sich erkundigt, wann sie sich endlich wieder ihr kleines Zubrot verdienen konnten. Nach all den Torturen, denen die Männer auf dem Kutschbock ausgesetzt waren, brauchten sie doch einen warmen Bauch, an dem sie sich reiben konnten. Denn wenn einer stundenlang auf eisenbeschlagenen Holzrädern hocken muss, die ständig gegen felsiges Gestein stoßen und die Eingeweide zu Brei rütteln, dann konnte nur ein Weib den malträtierten Leib wieder zusammenfügen.

Claus Greene spuckte verächtlich auf den Boden. Sollten sie sich doch die Mäuler über ihn zerreißen! Er hatte sein Leben gelebt und Weiber interessierten ihn nicht mehr. Nur seine Ruhe wollte er haben, keine Nachbarn, keine neugierigen Besucher, keinen Braunschweiger Hofstaat und vor allem keine Schweizer! Der frommen und sittsamen Familie missfiel der unstete Wandel der Harzer, ihr aufbrausendes Wesen und ihre vorlauten Frauen, die alles andere als still und untertänig waren. Doch Claus Greene liebte die schlitzohrigen, Pfeife rauchenden Kerle, die widerborstigen, zänkischen Weiber, die hageren Waldköhler, die unerschrockenen flinken Bergmänner und die ungezähmten bärtigen Wilddiebe, von deren heimlichem Tun ein jeder wusste, aber treu darüber schwieg.

Auch sein Vorfahr Kurt Greene, dem er den Pachtbesitz des Auerhahnkruges verdankte, liebte die Jagd. Er entstammte einer angesehenen Braunschweiger Familie und durfte sich glücklich schätzen, in den Genuss einer Ausbildung zum Forstmeister gekommen zu sein. Herzog Rudolf August von Braunschweig, der ein leidenschaftlicher Wildschütze war und dem man nachsagte, er sei den Burschen mehr zugetan als den Mädchen, wurde bei einem Jagdausflug auf den braun gelockten jungen Mann aufmerksam. Kurze Zeit später machte er

Kurt Greene zum Grenzschützen und Jägermeister des Kronsfelder Reviers und richtete es so oft wie möglich ein, mit dem gut gewachsenen Burschen im Gebirge umherzustreifen. Mehr und mehr entfachte der Anblick des Jägers seine Begierde und um mit ihm nicht nur die Tage, sondern auch die Nächte verbringen zu können, verfiel er auf den Gedanken, an einem entlegenen Ort im tiefen Wald einen herrschaftlichen Jagdsitz erbauen zu lassen.

So kam es, dass im Jahre 1675 auf der Anhöhe am Kaugental ein stattliches Gebäude entstand. Gleich neben dem Alten Harzweg, dort wo das kleine Flüsschen Gose entspringt, welches der Stadt Goslar den Namen gab, wurden Waldungen gerodet, Felsbrocken aus einem Steinbruch herausgeschlagen und ein zweigeschossiges Steinhaus errichtet, das Wind und Wetter mühelos trotzen konnte. Mit dem benötigten Trinkwasser konnte das Anwesen durch die Kunstteiche des Hahnenkleer Bergbaus, die sich in unmittelbarer Nähe befanden, versorgt werden und für die wachsende Viehherde wurde ein Stück Wald gerodet. Der Blick aus den oberen Fenstern des Gebäudes war atemberaubend schön und, so befand der Herzog, wie geschaffen für zwei sich in der Waldeinsamkeit liebende Menschen.

Umso schmerzlicher traf ihn die beharrlich abweisende Haltung, die Kurt Greene seinem Werben gegenüber an den Tag legte. Seine Hoffnungen, hier in unberührter Natur, weit entfernt vom höfischen Treiben, endlich jene Zärtlichkeiten austauschen zu können, die er anderswo zu verbergen pflegte, zerfielen zu Staub. Niemand weiß, ob er nur vom Verlauf der Aufenthalte im Harz enttäuscht oder auch des einsamen Waldlebens überdrüssig war, jedenfalls besann sich der Herzog wieder auf die kurzweiligen Freuden in Braunschweig und Wolfenbüttel, verließ die lauschige Harzer Eremitage und gestattete dem Grenzschützen, den Jagdsitz künftig als Waldschänke zu bewirtschaften.

Anfangs hauste Kurt Greene ganz allein in der verödeten Herberge, nur in den Sommermonaten kam gelegentlich in der Dämmerung eine Kutsche vorgefahren, die man schon aus der Ferne ächzend den Berg erklimmen hörte. Hinter den verhängten Fenstern war nicht auszumachen, wer drinnen saß und geschützt vom Dunkel der Nacht entstiegen dem Gefährt nur der Herzog und ein verlegen und abweisend dreinblickender junger Mann. Dann musste Greene schnell eine verschwiegene Dienerschaft zusammenstellen und in dem stillen Haus schimmerte ein wenig höfischer Glanz. Der Herzog und sein Kammerdiener, wie er den Begleiter zu bezeichnen pflegte, tafelten üppig und hinter der schwarzbraunen Eichenholztür erklangen fröhliche Stimmen und herzhaftes Gelächter.

Bald jedoch blieben auch diese Besuche aus und der Grenzschütze wurde zum Alleinherrscher des kleinen Reiches am Auerhahn. Er wirtschaftete treu und redlich, ließ alljährlich nach der Herbstjagd das Fleisch des erlegten Rot- und Schwarzwildes nach Braunschweig bringen und erhielt fünf Jahre später als Pächter des Auerhahnkruges urkundlich verbrieft die Konzession zum Brauen und Ausschenken von Bier. Um seine Versorgung sicherzustellen, erteilte man ihm die Berechtigung zur Viehhaltung und Weidewirtschaft, denn zu seinen Aufgaben gehörte es auch, die nahe gelegenen Bergwerke zu bewachen. Fortan residierte er mit Frau und Kindern in dem wetterfesten Haus, das von immer weitläufigeren Bergwiesen umgeben war und neben dem inzwischen die Ställe und ein windgeschützter, wohlbestellter Küchengarten lagen.

Ihn störte es schon lange nicht mehr, wenn Mitglieder der herzoglichen Familie gelegentlich die Waldeinsamkeit der Harzer Berge aufsuchten, zur Jagd gingen und sich abends im Schein kristallener Lüster dem Brettspiel hingaben. Geduldig wartete er auf ihre Abreise, denn er wusste, sie hielten es hier oben niemals lange aus. Besonders die langen strengen Winter waren die Garanten seines uneingeschränkten Anspruches auf den hoch gelegenen Auerhahnkrug.

Claus Greene schreckte auf. Seine Gedanken hatten sich ins vergangene Jahrhundert verirrt, kehrten aber sofort wieder zum Verschwinden der ernsten Familie des calvinistischen Senners zurück. Die Schweiz, ha! Das wäre nichts für ihn, seine Heimat war der Harz. Erleichtert wurde ihm bewusst, dass sein Leben nun wieder in den gewohnten Bahnen verlaufen würde und frohgemut rief er den Gästen zu: „Nehmt einen guten Schluck und trinkt auf den alten Wirt!" Schwungvoll griff er nach dem Krug und schenkte den Männern großzügig ein, randvoll füllte er die Gläser mit seinem Branntwein von bester Qualität. Brave Kerle waren diese Harzer Fuhrleute, immer aufs neue bereit, Gesundheit und Leben aufs Spiel zu setzen.

Und erst die Bergleute, die wie von einer Magnetnadel getrieben Tag für Tag zielstrebig in den Berg eindrangen und ihn auf der Suche nach Erzen aushöhlten. Auch sie gehörten gelegentlich zu seinen Gästen und vertranken manchmal ihren kargen Wochenlohn an einem einzigen Abend. Laut singend vertrieben sie mit lustigen oder wehmütigen Liedern die Dunkelheit der Grubenschächte aus ihren Köpfen und es geschah nicht selten, dass eine aufgebrachte Ehefrau in der Tür stand und weinend forderte, ihr noch genügend Geld übrig zu lassen, um die hungrigen Mäuler ihrer Kinder zu füttern.

Einst hatte die inzwischen stillgelegte Grube „Friedberg" im Oberen Kaugental große Hoffnungen auf reichen Silbersegen geweckt, doch die Armut der Familien im nahe gelegenen Hahnenklee zeugte von der Vergeblichkeit der meisten bergbaulichen Versuche im Kronsfelder Revier. Obwohl ihm die Schwarzkittel als Gäste immer willkommen waren, mochte Claus Greene ihnen nicht zuviel Glück wünschen. Denn neue Erzfunde zogen die höheren Bergbediensteten nach sich, die gern in seiner Schankstube zechten und fürstlich bedient werden wollten. Mit neugierigen Blicken musterten sie jeden Winkel des Hauses und erspähten vielleicht ein Hasenfell, ein Hirschgeweih oder die herumfliegenden Federn eines gerupften Auerhuhnes und ahnten, dass er gern der Wilddieberei frönte.

Durch Mark und Bein hatte sich die Vergangenheit bei ihm hindurchgefressen und plötzlich musste er an den letzten Krieg denken. Zerlumpte, dreckige Haufen versprengter Söldner, hohläugig, verroht und halb verhungert, hatten seine Kühe geschlachtet, und nach und nach waren auch Schweine, Pferde, Ziegen und Hühner den durchziehenden Truppen zum Opfer gefallen. Sieben lange Jahre währte das grauenvolle Gemetzel der verfeindeten Armeen und abwechselnd waren preußische und französische Soldaten über die Reichsstadt Goslar und den gesamten Harz hergefallen, um sich hier und da einzunisten und mit Lebensmitteln versorgen zu lassen.

Claus Greene schämte sich, wenn er an die Zeit dachte, als das Leben vollkommen aus den Fugen geraten war und die Pforten der Hölle sich auftaten. Gewalt und Zügellosigkeit hatten sich ausgebreitet, ein jeder trachtete nur danach, zu überleben und das war nicht leicht bei all den abgebrannten Feldern und plündernden Rotten. Verhungerte Kinder lagen am Wegrand und in den letzten Kriegsjahren verbreiteten die Greueltaten einer gefährlichen Räuberbande Angst und Schrecken im ganzen Harz. Ein Mann namens August Ambrosi hatte sich zum Anführer eines verwahrlosten Haufens desertierter Söldner aufgeschwungen und überfiel mit seinen Leuten Fuhrwerke, Kutschen, Bauernhöfe und wehrlose Frauen. Auch die einsam gelegene Schänke am Auerhahn blieb nicht verschont und eines Tages stand er vor der Tür und beschlagnahmte das Steinhaus mit Waffengewalt als Versammlungsort seiner Räuberbande.

Und weil es ihnen in der großen Diele mit der schmukken dunklen Holztäfelung und den mit Stuck verzierten weißen Decken so gut gefiel, beschlossen sie, während des ganzen Winters zu bleiben. Wüste Zechgelage mit laut dröhnendem Gesang, schreienden, betrunkenen Weibern und zügellos saufenden Männern verwandelten das Wirtshaus in einen Ort, der ängstlich gemieden wurde. Um das Anwesen zu sichern, hatten die Wegelagerer einen primitiven Palisadenwall aufgeschüttet, der aus Steinen und Gerümpel bestand und an dessen Eingang die zerlumpten Gestalten mit Gewehren und Degen patrouillierten. Obwohl ihm der Besitz gehörte, stand Claus Greene dem Treiben der Bande machtlos gegenüber.

Eines Nachts krachten plötzlich Schüsse in der Dunkelheit und ein Trupp Soldaten des Braunschweiger Herzogs bereitete dem Räuberdomizil ein Ende, sie umzingelten das Haus, traten die Tür ein und überwältigten die ohnehin betrunkenen Männer. Mit Ketten und Stricken gebunden überführte man ein Dutzend bärtiger Gesellen nach Zellerfeld ins Gefängnis und Claus Greene und seinen Knechten gelang es nur, sich vor der Verhaftung zu retten, weil sie glaubhaft machen konnten, von Ambrosi und seinen Kumpanen bedroht und genötigt worden zu sein.

Ungefähr zur selben Zeit hatte ihn ein amtliches Schreiben aus Goslar erreicht und er erfuhr, dass man ihn zu den Waffen gerufen hatte, weil er ein Bürger der Freien Reichsstadt Goslar und ein guter Schütze war. Mit dreiunddreißig anderen Goslarer Männern sollte er in die Reichsarmee des Prinzen Joseph von Sachsen eingegliedert werden, um gegen den preußischen König zu Felde zu ziehen. Glücklicherweise kam es nicht dazu, denn das eigentliche Kriegsgeschehen war so weit von Goslar entfernt, dass zu befürchten war, der versprengte kleine Trupp würde das Schlachtfeld gar nicht lebend erreichen können. So verzichtete man auf die militärische Aktion und forderte stattdessen die Zahlung eines hohen Tributes. Claus Greene war erleichtert, als im Jahre 1763 der Siebenjährige Krieg endlich ein Ende fand und es gab keinen Menschen, der darüber nicht vor Freude laut gejauchzt hätte.

Sinnend strich er über sein borstiges Haar. Zwanzig Jahre zurück lag diese schreckliche Zeit und damals war SIE hier aufgetaucht, zerlumpt, abgemagert und verängstigt, doch sein Herz hatte bei ihrem Anblick sogleich heftig zu schlagen begonnen. Ihr feuerrotes gelocktes Haar drängte sich wild unter einem fest verknoteten, schmutzigen Kopftuch hervor und im Arm hielt sie ihre kleine Tochter, deren pechschwarze Locken zu zwei dünnen Zöpfchen geflochten waren. Sie bat um Arbeit und Quartier und er, der die vornehmen Sitten und Gebräuche der Stadtbewohner von Braunschweig kannte, wusste sofort, dass sie aus einem vornehmen Haus stammte und von besserem Stand war als die anderen Mägde auf seinem Anwesen. Er befahl den Knechten, die obere Kammer, in der früher die Zofen der Herzogin untergebracht wurden, herzurichten, und zum Ärger der Dienstmägde bekam sie eines der schönsten Zimmer im ganzen Haus, während sie selbst sich zu mehreren die engen Gesindestuben teilen mussten.

Anderntags kam sie herunter in die Schankstube und fragte bescheiden, was es für sie zu tun gäbe. Am liebsten hätte er sie in seine Arme geschlossen und ihr den leeren Platz an seiner Seite angeboten, sie gefreit und zu seiner Waldkönigin erhoben. Aber er fürchtete, sie könnte seine Zuneigung nicht erwidern, denn ihr Gesicht war ernst und verschlossen und ihre Stimme klang abweisend. Er wies ihr immer nur leichte Arbeiten zu und achtete darauf, dass die anderen Frauen sie nicht zu hänseln begannen. Die Magd Hanne, die damals noch jung war und gerade von den Eltern aus Wildemann in den Gasthof gebracht worden war, erkannte enttäuscht, dass nicht sie es war, die er mit Blicken verschlang und zur Herrin machen wollte.

Claus Greene trieben die Sehnsüchte eines kräftigen jungen Mannes, und eine romantisch verklärte Zuneigung zu der geheimnisvollen Fremden erfüllte sein Herz.

Das blieb nicht unbemerkt und bald bildete sich bei den anderen Mägden eine Art von hasserfüllter Niedertracht, die sich gegen die Neue richtete. Einmal hörte er, wie jemand hinter ihrem Rücken zischte: „Da kommt die dreckige Hure, die Bindseil-Magdalene!" Er war dumm genug, zu glauben, die Gemüter der Mägde würden sich allmählich wieder beruhigen, wenn er mit Margarete an seiner Seite die Herberge bewirtschaften würde.

Kapitel 6
MAGDALENE BINDSEILS VERMÄCHTNIS

Wehmut reißt durch die Seiten der Brust,
die nächtlichen Tränen fließen

An einem warmen Sommertag, als alle zur Mittags-
mahlzeit zusammen am großen Tisch im Hintergrund der
Schankstube saßen, blieb ihr Platz leer. Unruhig hatte er
immer wieder zur Tür geblickt, aber nicht gewagt, laut
nach ihr zu fragen. Schließlich hielt er es nicht mehr aus
und stand auf. Still wurde es in der Gaststube, unheilvoll
still und wortlos stürmte er wie ein junger Stier nach draußen, um dem anklagenden Schweigen zu entrinnen. Nach
einigem Suchen fand er sie hinter dem Stall am dunkelgrünen Waldrand. Er hatte noch heute, zwanzig Jahre später,
alles ganz deutlich vor Augen. Sie war damit beschäftigt, ihr
geöffnetes Mieder zu verschnüren und Schürze und Rockbänder hingen lose bis auf den Boden herab. Jost Heinrich,
ein Tagelöhner aus Hahnenklee, stand neben ihr und sie
entwand sich lachend seinen gierigen Fingern. Als sie den
Blick hob und Claus Greene von Ferne erkannte, schlug sie
energisch die Hand des Mannes weg und verknotete hastig
Mieder und Rockbänder. Dann richtete sie sich auf und
ging mit erhobenem Haupt auf ihn zu. Sie blieb dicht vor
ihm stehen und sagte:

„Eine wie mich kannst du nicht wollen, ich hab meine
Ehre schon früh verkaufen müssen! Entlässt du mich aus
deinen Diensten, so gehe ich noch heute, nur um des Kindes
willen bitte ich, lass mich bis morgen bleiben!" Sie sah ihm
fest in die Augen und wartete auf seine Antwort. Ihr Blick
traf ihn mitten ins Herz, aber plötzlich ergriff ihn ein so

*wildes Verlangen nach ihrem Körper, dass er alles um sich
her vergaß, die Mägde, die durch die Fenster spähten und
die Knechte, die neugierig an der Stalltür herumlungerten.
Er packte wortlos ihre Hand, zerrte sie hinter sich her ins
Haus, drängte sie in seine Stube und gab der Tür hinter
sich einen Fußtritt, von dem sie knallend ins Schloss fiel.
Dann warf er sie auf sein Bett und fiel mit dem wütenden
Hunger über sie her, den er bisher unterdrückt hatte und
der ihn nun seines Verstandes beraubte. Immer und immer
wieder drang er stöhnend in sie ein, liebkoste ihre Brüste,
ihren Leib, ihr Gesicht, ihre weiß schimmernde Haut, ihren
Mund und er trank sich so satt an ihrem Körper, wie es nur
ein Verdurstender tun kann. Sie wehrte sich nicht, sondern
lag still und weich unter ihm und zeigte die ganze Zeit ein
seltsames Lächeln, das ihm später wie ein Abschiedslächeln
erschienen war. Als er sich gesättigt hatte, entdeckte er die
Tränen auf ihrem Gesicht und erst da bemerkte er, dass sie
die ganze Zeit still geweint hatte. Sofort schämte er sich seiner Gier und stammelte Entschuldigungen und dümmliche
Liebesbeteuerungen.*

*Er umschlang ihren Körper und quetschte dabei so fest
ihre Rippen, dass sie ihm wütend mit den Fingernägeln am
Rücken die Haut einritzte. Dann lagen sie nebeneinander
und er dachte an all das Unheil, das angerichtet worden
war und sie dachte wohl an ihr Kind und an die hasserfüllten, eifersüchtigen Weiber da draußen. Plötzlich fing sie an,
in die Stille hinein zu sprechen und jedes Wort brannte sich
ihm auf ewig ins Gedächtnis ein, weil er die Worte später
so oft wiederholt hatte, immer und immer wieder, um sie
nicht zu vergessen. So erfuhr er langsam ihre Geschichte
und er verstand sogar, warum sie das alles getan hatte und
an welcher Not sie entzweigebrochen war. Magdalene hatte
dann geschwiegen und traurig zu Boden geblickt, nackt saß*

sie neben ihm auf dem schönen gedrechselten Holzbett.

Ihr Atem ging schnell und er fragte enttäuscht: „Und das Kind, ist das auch so dazugekommen?" „Ja", sagte sie „Das Kind kennt seinen Vater nicht, aber ich liebe es mehr als mein Leben." Er fasste nach ihrer Hand, die trotz des warmen Sommerwetters ganz kalt war, drückte sie zart, berührte mit seinen Lippen ihre Stirn und sagte: „Damit hat es nun ein Ende, du wirst ein gutes Leben haben und hier mit mir in meinem Haus wohnen und das Kind werde ich wie mein eigenes aufziehen!" Das hatte er ehrlich und aufrichtig gemeint, er wollte sogar gleich am anderen Morgen das Aufgebot bestellen und sie unverzüglich ehelichen, obwohl er befürchtete, dass es nicht leicht sein würde, die Genehmigung zu erhalten. Er bezweifelte nämlich, dass sie nach all ihren Irrwegen noch irgendeine handschriftliche Legitimation besaß. Claus Greene war schon seit vielen Jahren im Besitz der Bürgerrechte, die er in der Reichsstadt Goslar erworben hatte und hoffnungsvoll fragte er, ob sie denn wenigstens einen Taufschein vorweisen könne?

Da erschrak sie und starrte ihn ganz ängstlich an. Was hatte sie denn noch zu verbergen, wunderte er sich, und alles schien ihm plötzlich so schwer und unheilvoll. Sie bemerkte die Enttäuschung in seinem Gesicht und begann, sich wieder anzukleiden. Sie murmelte, dass sie nach ihrem Kind sehen müsse, er drückte noch einmal verlegen ihre Hände und versprach, am anderen Tag für alles zu sorgen. Er wünschte, sie nicht mit dem Tagelöhner gesehen zu haben und fragte sich, wie oft das schon geschehen war, ohne dass er es bemerkt hatte. Wie konnte er jemals sicher sein, dass sie eine anständige Frau und kein liederliches Weib war!?

Verwirrt blickte Claus Greene um sich und erkannte erst

nach langem Blinzeln die vertraute Umgebung. Hier saß er nun, es war dieselbe Gaststube, es standen noch immer die alten Bänke darin, aber SIE war fort. Wie immer durchfuhr ihn ein stechender Schmerz, wenn er an den Morgen zurückdachte, an dem er den Wagen anspannen und sich mit ihr auf den Weg nach Goslar machen wollte. Sie hatte sich am Abend mit einem ernsten, aber auch ein wenig spöttischen Lächeln von ihm verabschiedet und nicht zugelassen, dass er sie auf ihre Kammer begleitete. Dann sprach sie die rätselhaften Worte aus: „Wenn ich einmal nicht mehr bin, wirst du dann für mein Kind sorgen wie für dein eigenes?" Dabei hatte sie ihn so eindringlich angeblickt, dass ihm eine große Kälte über die Haut gekrochen war und sein Herz sich angstvoll zusammenzog.

Sprachlos hatte er nur nicken können, als sie langsam die Treppe hochging. In der Nacht fand er keinen Schlaf, lief in der Kammer auf und ab, klopfte schließlich in der Morgendämmerung an ihre Tür und bekam keine Antwort. Er hörte leises Wimmern und drückte sofort die Klinke nach unten. Das große Bett war leer bis auf die kleine Lena, ihre Tochter, die sich ängstlich zusammen gekauert hatte und ihn mit weit aufgerissenen Augen anblickte. Er fragte immer wieder, wo die Mutter sei, aber sie wusste es nicht. Da befiel ihn eine schreckliche Ahnung und er lief aus der Kammer, die Treppe hinunter, aus dem Haus hinaus und in den Wald hinein. Als riefe sie ihn, so wurde er gelenkt von einer unsichtbaren Kraft und nach wenigen Schritten sah er sie und er wusste sofort, dass er zu spät kam. Sie hing an einem Ast, die Schlinge um ihren Hals war fest zugezogen und ihr schönes Haar schimmerte wie rote Rosenblüten. Er umfasste ihren Körper, schrie laut um Hilfe, brüllte ihren Namen und hoffte gegen alles, was er sah, sie ins Leben zurückholen zu können. Doch ihr Kopf hing in einer so unnatürlichen Biegung des Halses auf ihrer Brust, dass er wusste, ihr Genick war gebrochen und sie war tot.

Magdalene Bindseil schluchzte. Sie war aus dem Haus geflüchtet und hatte sich tief im Wald verkrochen. Hier krümmte sie sich zusammen wie ein Tier und ihre Tränen versickerten in der feuchten Erde. Warum hatte er ihr das angetan? Mit allem konnte sie fertig werden, jede Not überstehen und selbst den Verlust ihrer Ehrbarkeit verschmerzte sie inzwischen ohne jede Trauer. Sie hatte gelernt, Böses und Schlechtes an sich herabrinnen zu lassen wie schmutziges Wasser und sich zu schütteln wie ein nasser Hund. Aber diese Zuneigung und seine anbetende Bewunderung drangen tief in ihr Herz wie ein tödlicher Dorn. Sie wünschte, ihm nie begegnet zu sein. Hochzeit wollte er mit ihr halten! Doch dazu brauchte sie ihren Geburtsbrief und auf dem stand der Name ihres Vaters und dann würde Claus Greene sich erinnern und wissen, dass sie die Tochter des Mannes war, der einst die schöne Susanna von der Glockenmühle misshandelt hatte und den er deshalb noch immer hasste. Und dann würde sie gehen müssen, doch sie besaß einfach nicht mehr genug Kraft, um erneut mit dem Kind durch die Lande zu ziehen.

Plötzlich fühlte sie, dass all die Fäden, die den zerrissenen Teppich ihrer Seele mühsam zusammengehalten hatten, wie von einem schwelenden Feuer zerfressen wurden. Und so war es wohl auch, denn wenn sie daran dachte, wie alles gekommen war, seit sie ihr Elternhaus verlassen hatte, dann fühlte sie sich wie eine leere vertrocknete Hülle. In weiter Ferne tauchten verschwommen die Umrisse der kleinen Straßberger Kirche auf und sie sah das Gesicht des Vaters. Sie sah sich als ein kleines Kind auf der Wiese vor ihrem Garten stehen und hörte die Gesänge der Mutter.

Der warme Wind des heimatlichen Frühlings und der Duft von Laub, Erde und Gras umwehten sie wie ein verlockender Ruf, der sie drängte, endlich heimzukehren. Obwohl sie erst vor wenigen Jahren fortgegangen war, schienen die unbeschwerten Kindertage und die schicksalsschweren Geständnisse des Vaters ewig zurückzuliegen. Sie hörte ihn flüstern: „Du hast es gut gemacht, mein Kind, komm jetzt heim!"

Nur schwer gelang es Claus Greene, aus den Erinnerungen wieder aufzutauchen und verstohlen wischte er sich die Tränen aus den Augen. Magdalene Bindseil hatte ihrem Leben ein Ende gesetzt und ihre kleine Tochter bei ihm zurückgelassen. Er konnte es bis heute nicht verstehen. Damals war er vor Trauer ganz irrsinnig gewesen, fühlte sich schuldig und musste die Verzweiflung mit Branntwein ertränken, um nicht auch zugrunde zu gehen. Tage und Nächte waren wie vernebelt dahingeflossen und Monate in Jahre übergegangen. Es hatte lange gedauert, bis er endlich wieder sein eigenes Lachen ertragen konnte und seit damals hatte er keine Frau mehr angerührt. SIE war seine Frau, tot oder lebendig, und sein Herz war für immer gefangen in ihrem zerbrochenen Glück. Er brachte ihr Kind, das nun auch sein Kind war, zu Suse in die Glockenmühle, denn Suse war die einzige Frau, der er diesen kostbaren Schatz anvertrauen mochte. In der einsamen Schänke konnte das Mädchen nicht bleiben, denn sie war erst ein Jahr alt.

Bis auf den heutigen Tag hatte Claus Greene aus der Ferne für ihr Wohlbefinden gesorgt und war glücklich, das Mädchen gesund und fröhlich heranwachsen zu sehen. Sie hatte damals eine ordentliche Taufe bekommen, wurde von Suse an Kindes statt angenommen und es gelang ihnen, auch für Lena die Bürgerrechte zu erkaufen. Als habe das

Kind nur darauf gewartet, endlich sorglos heranwachsen zu dürfen, gedieh sie so prächtig, dass Suse vor Stolz und Glück beinahe zu platzen schien. Und auch das väterliche Herz des alten Schankwirtes erwärmte sich jedes Mal bei ihrem Anblick. Aus dem kleinen dünnen Mädchen war inzwischen eine junge Frau geworden und sie hätte den tragischen Tod der Mutter gar nicht bemerkt, wenn nicht die hässlichen Sticheleien der Leute sie daran erinnert hätten. Er hoffte sehr, dass sich bald ein guter Mann finden würde, denn bisher wurde sie zwar von den Burschen mit gierigen Blicken verschlungen, aber keiner wäre ihm für Lena passend erschienen.

Mehrmals in der Woche kam sie von unten aus dem Granetal hinauf zum Auerhahn gewandert und er hoffte, sie auch heute noch zu sehen. Von der Weide her ertönte ein langgezogenes eindringliches Muhen und holte den Wirt in die Gegenwart zurück. Er hoffte, dass genügend Frauen seinen Hilferuf hörten und eiligst zu ihm gewandert kamen, um am Abend die Kühe zu melken. Bei dieser Gelegenheit wollte er ihnen auch auftragen, das verschwiegene Hinterzimmer zu entstauben. Als Claus Greenes Blick auf die nun unbewohnte Almhütte oberhalb des kleinen Auerhahnteiches fiel, umspielte ein hämisches Grinsen seinen Mund. Wie wäre es, wenn man das Domizil der tugendhaften Senner in ein fröhliches Dirnenhaus verwandelte?

Kapitel 7
GOETHES FLUCHT AUS WEIMAR

Da sieh mir nur die schönen Knaben!
Es ist wahrhaftig eine Schmach;
Gesellschaft könnten sie die allerbeste haben
Und laufen diesen Mägden nach!

Da ritt der Dichter nun mit seinem kleinen Gefolge durch den eintönigen Nadelwald und musste immer wieder an die Branconi denken. Schmale Hände, lockige Haare, feste Hüften und von durchsichtiger Spitze kaum verhüllte, noch immer feste Brüste. Zuerst hatte er sie nur in Gedanken und dann in Wirklichkeit mit Händen und Mund berührt. Welch eine prächtige Frau! Mit Temperament, Witz und Klugheit ausgestattet, beherrschte sie die Kunst der Verführung nach dem Vorbild antiker Hetären und verstand es, bis ins tiefste Herz eines Mannes vorzudringen. Wie leidenschaftlich und dunkel sie war! Welch ein Unterschied zu der Mäzenin in Weimar, die im Verborgenen seine Briefe an ihren Busen drückte!

Vor ihrem sehnsüchtigen Drängen immer ein wenig auf der Flucht und wiederum bauend auf ihr unentbehrliches Wohlwollen, das sich niemals selbstverständlich ergab, bemühte sich Goethe seit seiner Berufung nach Weimar, zu schenken, zu geben, zu bedenken und in der vorsichtigen Achtsamkeit eines Herzensgeliebten der Fürstin dauernden Verzicht zu üben.

In den letzten acht Jahren war er zum gottgleichen Günstling des Weimarer Hofes aufgestiegen, doch niemand wusste, wie sehr er sich dabei abgeplagt und verausgabt hatte! *Faites Vos jeux!* rief man ihm von Weimar aus nach Frankfurt zu und der Einsatz, den man forderte, war er selbst.

Im wirbelnden Roulette des Hofes rollte die Kugel bei Tag und Nacht und weder der Herzog noch seine Mutter oder sonst ein Angehöriger des beinahe dreihundert Personen zählenden Hofstaates, hatte ihm je ein Quäntchen ihres Besitzes gratis überlassen. Für alles musste der Künstler bezahlen, mit brillanter Konversation, selbst verfassten Satiren, Komödien, Theaterstücken, Gedichten und Singspielen, deren musikalische Untermalung die komponierende Herzogin sich vorbehielt und dann mit ihm in der Hauptrolle aufführen ließ.

Schon die Herausgabe ihres „Journals" und die unzähligen Proben ihrer kleinen Liebhaberbühne verschlangen einen Großteil seiner Zeit, doch ungerührt forderte sie weiterhin seine Fähigkeiten als Schauspieler, Pantomime, Regisseur, Dichter und nicht zuletzt als Organisator ihrer Maskenbälle ein.

Auch die umfangreichen Planungen der literarischen „Tafelrunden" und Soireen im Witwenpalais der Herzogin forderten unbedingt seine ungeteilte Aufmerksamkeit und mit seiner werten Anwesenheit sollte der begehrte Dichter zahllose Soupées, Theater, Besprechungen, Empfänge, Konzerte, winterliche Schlittenpartien oder sommerliche Gartenpicknicks veredeln. Unablässig musste er sie im Fokus seiner Aufmerksamkeit behalten, denn schnell fühlte sie sich zurückgesetzt, vernachlässigt, und kaum hoffte er, sich eine Verschnaufpause gönnen zu dürfen, da wurde ihm durch Graf Putbus, ihren Hofmarschall, aufgetragen, eine weitere Festlichkeit auszugestalten. Unaufhörlich forderte sie seine Anwesenheit und streifte ihren Schützling, halb verborgen von den Federn ihres Fächers, stolz mit zärtlichen Blicken. Konzerte, Redouten, Bälle, die regelmäßige Teilnahme an den fürstlichen Mahlzeiten und tausend andere Verpflichtungen ließen ihm kaum mehr Zeit für seine ureigensten Interessen. Schadenfroh überbrachte ihm der Graf immer neue Anweisungen, denn er war von jeher gegen Goethes Berufung nach Weimar gewesen und beobachtete nun voller Neid die innigen freundschaftlichen Beziehungen des Konkurrenten zur Fürstenfamilie. Mit schadenfroh grimmiger Miene sah er dabei zu, wenn er, der Narr, der Hofpoet, wie ein Hase durch das mit repräsentativen Verpflichtungen voll gespickte Jahr hindurch gejagt wurde.

Wenn ihn die Herzogin einbestellte, verlangte sie seine ungeteilte Aufmerksamkeit. Man redete über die Künste, tafelte ausgiebig und erst im Morgengrauen ließ sie ihn wieder ziehen. Manchmal machte sich einen Spaß daraus, als unscheinbare Hofdame verkleidet einer unauffälligen Kutsche zu entsteigen und an seiner Türglocke zu läuten. Nicht ohne Grund hatte man ihm das für seinen Geschmack viel zu einsam gelegene Gartenhäuschen an der Ilm als Domizil angeboten. Von Buschwerk und dichten Bäumen umstanden, verschmolz es bei Dunkelheit pechschwarz mit der Umgebung.

Einerseits fühlte er sich in seiner Rolle als „Gottvater" der Weimarer Fürstenfamilie schon ganz leer und ausgepumpt, jedoch, seltsam genug, entsprach ihm die Rolle andererseits wie ein auf den Leib geschriebenes zeitgenössisches Bühnenstück. Doch die gewaltige Kraftanstrengung seiner Doppelbelastung als Hofkünstler und Vertreter der Staatsgeschäfte ließ ihn ausbluten. Anfangs hatte er die schwärmerische Verehrung der Herzogin

Anna Amalia und die damit verbundenen Privilegien als ihr Günstling in vollen Zügen genossen und sich wie in einem Paradies der Künste gefühlt. Doch es währte nicht lange, da genügte ihr sein Einsatz nicht mehr und auch die Erwartungen des Herzogs Carl August wurden mit größter Selbstverständlichkeit an ihn herangetragen. Man besann sich auf seine juristische Laufbahn und forderte eine immer anspruchsvollere Mitwirkung an den Regierungsgeschäften ein. Der Dichter wurde zum Geheimen Legationsrat berufen und war nun verpflichtet, regelmäßig an den Beratungen des Geheimen Consiliums im Roten Schloss teilzunehmen. Ebenso bekam er die Aufsicht über die Straßen- und Wegebaukommission und die Militärökonomie übertragen und musste sich tatkräftig für die vielfältigen Interessen des Fürstentums und seine umfangreiche staatliche Verwaltung einsetzen. Seither fiel es ihm zunehmend schwerer, die Rolle des nüchternen Staatsbeamten mit der des ideenreichen Künstlers zu vereinen und er begann, sich heimlich zu grämen.

Nun wäre ihm beinahe die Flucht vor den anspruchsvollen Gönnern gelungen, doch ehe er sich mit dem treuen Diener davonstehlen konnte, hatte die Herzoginmutter ganz nebenbei den kleinen Fritz in seine Obhut gegeben. Mit dieser pädagogischen Obliegenheit, der er sich schlecht entziehen konnte, wurde ihm in einem geschickten Schachzug ein höfischer Beobachter an die Seite gestellt, der sich seiner Aufgabe nicht im mindesten bewusst war und den Geheimrat dennoch ununterbrochen im Auge behalten würde. Beinahe wäre ihm die ersehnte Reise dadurch verleidet worden! Als sich vor fünf Jahren herumsprach, dass er in den Harz reisen wollte, erteilte die besitzergreifende Mäzenin ihrem Hofmaler den Auftrag, ihn zeichnend zu begleiten und mit Melchior Kraus schwebte ihr wachsames Auge die ganze Zeit über ihm. Wieder schweiften seine Gedanken zu Maria von Branconi und der genossenen erotischen Erfüllung und er seufzte laut.

Ohne Hoffnung zu begehren, das war schwer für einen Mann seines Alters, zu schwer. Aber - bedeutete der Verzicht im Kampf mit sich selbst nicht auch den Aufstieg zum Gipfel des Ruhmes? In Wahrheit, so gestand er sich resigniert ein, bestand sein Liebesleben jedoch nur aus streng geheimgehaltenen schwärmerischen Zusammenkünften mit der Herzogin, die ihm genauso wenig Erfüllung schenkten wie das Verfassen der verstohlen ausgetauschten Liebesbriefe, die zur Tarnung den Anschein erwecken mussten, sie seien für die dünne Hofdame Charlotte bestimmt. Die wiederum im Auftrag der eifersüchtigen Anna Amalia jeden seiner Schritte überwachte. Die Jahre waren dahingegangen und sie hatte ihm nicht die kleinste Liaison gegönnt, sondern erwartet, dass er entsagungsvoll ihr frommes Witwendasein mit ihr teilte. Als Gegenleistung war ihm ein Aufstieg ohnegleichen zuteil geworden, um den ihn viele beneideten und den er niemals ohne das Zutun gerade dieses fürstlichen Hauses hätte erreichen können.

Die ehemalige Landesfürstin hatte die Regierungsgeschäfte, die sie seit dem Tod ihres Mannes vormundschaftlich wahrnahm, seit dem Amtsantritt ihres Sohnes offiziell niedergelegt, aber keineswegs abgegeben! Im Verborgenen regierte sie unbemerkt von der Öffentlichkeit weiter und vertrat dabei nicht nur die Interessen des Großherzogtums Sachsen-Weimar-Eisenach, sondern auch die des Braunschweiger Fürstentums, dem sie entstammte. Eine geborene Prinzessin von Braunschweig-Wolfenbüttel, die obendrein eng mit dem Preußischen König verwandt war, ließ sich nicht einfach absetzen!

Goethe wusste aus eigener Erfahrung, dass die willensstarke Frau aus der Deckung ihres Witwendaseins geschickt mithilfe von Gunstbeweisen ihre Umgebung manipulierte und ohne ihr Einverständnis wurde selbst dem jungen Herzog kein Fingerbreit an Macht zugestanden. Carl August war seiner Mutter sehr ergeben und folgte treu ihrem Willen, wie sie es ihn von Anfang an gelehrt hatte. Schließlich war sie es gewesen, die das unbedeutende Provinznest Weimar in eine berühmte Kunstmetropole verwandelt hatte. Die ehrgeizige Nichte von Friedrich dem Großen hatte es verstanden, berühmte Männer wie Herder, Wieland, Bode, Oeser, Böttiger und Georg Melchior Kraus an den Hof zu locken und mit Goethe war es ihr sogar gelungen, den Weimarer Olymp mit einem Zeus zu vollenden.

Wahrhaftig, wie ein lang erwarteter Gott, so wurde er bereits bei seiner Ankunft im Jahre 1776 empfangen! Umgehend verlieh man ihm die Bürgerrechte, ließ ihn für wenig Geld ein verschwiegenes Häuschen im Park erwerben und vor wenigen Wochen war er sogar in den Adelsstand erhoben worden. Das blieb nicht ohne Folgen, denn bei soviel Gunst und Götternähe musste er stets auf der Hut sein. Die wachsamen Augen der Minister und Höflinge begegneten jedoch nicht nur ihm mit Neid und Missgunst, sondern auch Anna Amalia erfreute sich wegen ihrer aufwändigen Hofhaltung nicht allzu großer Beliebtheit. Eindringlich hatte sie ihn gemahnt, den Inhalt ihrer vertraulichen Gespräche niemals ans Licht der Öffentlichkeit dringen zu lassen! Sie liebte es, in seiner Gegenwart vollkommen unbekümmert über ihre Empfindungen, Befürchtungen und Herzensangelegenheiten zu sprechen, doch er war sich jederzeit bewusst, mit wem er die Ehre hatte.

Die ausgesprochen standesbewusste Herzogin würde mit einem Bürgerlichen, selbst wenn er wie Goethe in den Adelsstand erhoben war, keine intime Bindung eingehen. Bei aller Bescheidenheit, der sie sich als gute Protestantin gern befleißigte, blieb sie stolz und unnahbar und erinnerte gern daran, dass ihre Vorfahren bis zu dem legendären Welfenherzog Heinrich dem Löwen zurückreichten und der Bruder ihrer Mutter einer der mächtigsten Könige war.

Einmal gestand sie ihm weinend, dass sie sich als Kind immer sehr zurückgesetzt und vernachlässigt gefühlt habe. Niemand habe bemerkt, mit welch inniger Hingabe sie den Klängen eines Konzertes lauschte und wenn nicht der Bruder ihrer Mutter, König Friedrich II. von Preußen, sie einmal gebeten hätte, sein Flötenspiel am Klavier zu begleiten, wäre wohl bis heute niemandem ihre große Begabung darin aufgefallen. Nach dem Gespräch schrieb er schnell ein paar Verse nieder, die er ihr widmete und in einem der Briefe an Charlotte überbringen ließ:

Wenn du mir sagst, du habest als Kind, Geliebte, den Menschen Nicht gefallen, und dich habe die Mutter verschmäht, Bis du größer geworden und still dich entwickelt – ich glaub es. Gerne denk ich mir dich als ein besonderes Kind. Fehlet Bildung und Farbe doch auch der Blüte des Weinstocks, Wenn die Beere gereift, Menschen und Götter entzückt.

Sie zeigte sich überglücklich und dankte ihm mit einem eigens für ihn komponierten kleinen Sonett. Sie gestand ihm, sich oft gewünscht zu haben, als Knabe in diese Welt gekommen zu sein. Mit tränenerstickter Stimme beschrieb sie die große Tragik ihres Frauenlebens und fragte, ob es einer so begabten und exzellent ausgebildeten Frau wie ihr nicht wohl angestanden hätte, ebenbürtig wie ein Herzog das Fürstentum regieren zu dürfen? Stattdessen zwang man sie, versteckt hinter ihren Söhnen das kümmerliche Leben einer Schattenpflanze zu führen. Sie war wohl imstande, Männern zu Ruhm und Ehre zu verhelfen, doch ihr selbst wurde kein Platz in der Öffentlichkeit zugestanden.

Obwohl er ihr beipflichtete, dachte er immer wieder daran, wie wenig auch er bisher zu Ruhm und Ehre gelangt war und wie schön es wäre, wenn er endlich ohne Rücksichtnahme aufwärts und hinauf streben könnte! Für die Herzogin empfand er Bedauern. Inmitten einer ehrgeizigen Manneswelt zum bedeutungslosen Dulden verdammt, ins Korsett des Protestantismus eingeschnürt, war sie im selben Alter wie die Branconi früh verwitwet und hatte sich für den Verzicht auf die Freuden der Sinnlichkeit entschieden. Wenn Goethe die beiden Frauen miteinander verglich, so wollte ihm scheinen, dass die Branconi das bessere Teil gewählt hatte.

Gedankenverloren betrachtete er den unebenen felsigen Hohlweg, der recht steil in die Höhe führte. Vor ihm ritten der kräftig gebaute Diener Sutor und das magere Bürschchen Fritz von Stein, das seiner braven Mutter Charlotte so viel ähnlicher war als der ältere Bruder Karl, der seinem wohlgestalteten Vater glich wie ein junger Zwilling. Meterhohe Wände aus Schiefer und Wurzelwerk ragten an den Seiten des Weges empor und zwischen den von zahllosen Karren eingegrabenen Furchen fanden die Pferdehufe nur mühsam festen Halt. Der Boden war nicht nur uneben, sondern auch schlüpfrig, denn gerade war ein kurzer Regenschauer niedergegangen. Über den Harz hatte er einmal gedichtet: „Kein Berg zu hoch, kein Schacht zu tief, kein Stollen zu niedrig und keine Höhle labyrinthisch genug!" und als er die Verse jetzt laut vor sich hin sagte, überkam ihn endlich wieder die unbändige Lust auf abenteuerliche Erlebnisse im Inneren und Äußeren des geheimnisumwitterten Mittelgebirges.

Das erste Abenteuer lag schon hinter ihm, trug den Namen Branconi und war mit Bravour überstanden! Niemand hatte seine nächtlichen Ausritte bemerkt und er hatte der einsamen Schönen ein paar selige Stunden zu schenken vermocht. Doch nun, nach einer Tagesreise auf dem Pferdesattel, war sein Hintern komplett durchgescheuert und fühlte sich brennend heiß an. Zusätzlich begann es zwischen seinen Lenden zu schwelen, so oft er den geschmeidigen Körper der erfahrenen Frau im Geiste vor sich sah. Das kokette Weib hatte sich nicht prüde gezeigt, sondern ihn ganz unverblümt ermuntert, am Abend zu ihr zurückzukehren. Und das ließ er sich nicht zweimal sagen!

Unerkannt erreichte er von Halberstadt aus das Gut Langenstein und wurde dort im Schein flackernder Kerzenleuchter empfangen. Sie trug ein berauschend schönes durchsichtiges Gewand aus fliederfarbener Spitze, auf einem Tisch warteten erlesene Weine, Champagner und kalte Speisen und im ganzen Haus war kein Diener zu sehen. Endlich fand sein unterdrücktes Begehren das entsprechende Gegenüber, doch ein schmerzhaftes Ziehen in der Gegend seines Herzens gemahnte ihn an den der Herzogin so leichtfertig gegebenen Treueschwur. Das Dilemma der geheimgehaltenen Liebschaft war nicht nur seine Treulosigkeit, sondern die schwierige Aufgabe, einer einsamen und empfindsamen Frau Gefühle vorzutäuschen, die er nur unzureichend empfand. Darum hatte er sich im Verlauf der letzten Jahre bemüht, ihrer Umklammerung zu entfliehen, und sich mehr und mehr den leidigen Staatsgeschäften ihres Sohnes gewidmet. Er wollte seine künstlerischen Talente nicht länger in den Aufführungen ihres Provinztheaters vergeuden und es gab nur einen Ausweg. Er musste in den sauren Apfel beißen und den ungeliebten Staatsdienst zu seinem Metier erheben. Damit steigerte er seine Bedeutung und besaß die nötigen Befugnisse, um Bedingungen und Forderungen stellen zu können.

Die Rechnung ging auf. Erst als er in seinen politischen Ämtern unentbehrlich geworden war, wurde ihm zugestanden, eine eigene Privatsphäre zu haben, die er ständig vergrößerte und in die er sich schließlich nach Belieben zurückziehen und seinen eigenen Plänen widmen konnte. Das ausgeklügelte Unterfangen war ihm jedoch nicht ganz gelungen. Die Herzogin hielt mit anhänglicher Treue an ihm fest und bat sich aus, ihn regelmäßig mit ihren Hofdamen aufzusuchen. Sie verbrachte ihre Zeit gern damit, die von ihr komponierten Musikstücke an seine Texte anzupassen und das kleine Gartenhäuschen war erfüllt vom Spiel des Klaviers und ihrem Gesang. Beglückt trat sie schließlich den Heimweg an, nicht ohne, wie gewohnt, an einem verborgenen Platz einen ihrer ausführlichen Briefe hinterlegt zu haben. Ach, wenn sie erführe, dass er der Branconi gewährt hatte, was ihrem vernachlässigten Körper stets versagt geblieben war! Wenn sie nur ahnte, wie wenig er ihrer Anbetung würdig war! Sämtlicher Ämter würde er verlustig gehen, könnte sie nur einen einzigen Blick in die schwärzliche Tiefe seines Herzens werfen!

Trotz einer gewissen Beschämung kehrten seine Gedanken in wilder Sehnsucht schnell wieder zu den Nächten zurück, die er auf Gut Langenstein verbracht hatte. Bis in die späten Abendstunden hinein hatten ihn gesellschaftliche Verpflichtungen in Halberstadt gefangen gehalten, doch während Empfänge und Theatervorführungen gleichgültig an ihm vorüberflogen, zitterte er wie im Rausch den Nächten entgegen, die ihn in die Arme der Branconi führen würden. Wie ein ausbrechender Vulkan hatte ihr Körper auf seine Berührungen reagiert und mit leidenschaftlicher Glut und gieriger Unersättlichkeit suchte sie wieder und wieder sein Verlangen neu zu entfachen. Später war ihm allerdings die Tatsache sauer aufgestoßen, dass er auf zweifelhafte Weise in der Nachfolge des Herzogs Carl Wilhelm Ferdinand von Braunschweig stand, dessen ehemalige Geliebte die Branconi war. Das schmälerte die genussvollen Erinnerungen ein wenig und streng presste er die Lippen aufeinander. Besser, man hielt sich an die weniger anspruchsvollen Frauen der niederen Stände, die seinem männlichen Begehren schon während des vorigen Aufenthaltes im Harz so unbekümmert entgegengekommen waren.

Mühselig schleppten sich die Pferde der kleinen Reisegesellschaft immer höher hinauf in die herbstliche Bergwelt, die sie sichtbar mit Schiefer und Granit und unsichtbar mit Erzadern und glitzernden Kristallen umgab. Dem Dichter schmerzte das Kreuz, der mangelnde Schlaf der letzten Tage machte sich bemerkbar und die Augen begannen zu tränen, so heftig wurde er von einem plötzlich einsetzenden Kopfweh geplagt. Die Nachmittagssonne schien noch immer hell und blendete den kleinen Fritz, sodass sein Pferd beinahe mit einem Weiblein zusammenstieß, das unvermittelt aus einer Fichtenschonung herausgetreten kam. Tief gebückt und halb verborgen war sie durch hohes schilfiges Gras gestapft und ging vor Schreck in die Knie, als das Pferd sich wiehernd aufbäumte. Besorgt sprang der Diener aus dem Sattel und streckte ihr eine Hand entgegen, doch die Alte war trotz des mit Ästen und Zweigen schwer beladenen Korbes erstaunlich schnell in die Höhe gefahren und hatte ihn mit einer unwirschen Geste abgewehrt.

Ihr mit Falten übersätes Gesicht war das einer betagten Frau, doch ihr sehniger Körper schien noch nicht so viele Jahre zu zählen und mit gesenktem Blick fragte sie verschämt, ob die Herren eine kleine Gabe für ein armes Mütterchen hätten und ob sie zum Krug oben am Auerhahn unterwegs seien? Was das für ein Krug sei, fragte Goethe neugierig und Sutor schlug vor, dem einsam gelegenen Gasthof einen Besuch abzustatten, dort ein wenig Speise und Trank zu genießen, die Pferde zu schonen und sich dann erfrischt dem letzten Stück Weges nach Zellerfeld zu widmen. Goethe war es recht, denn es behagte ihm nicht, zerzaust, erschöpft und durchgehangen seinem Gastgeber gegenüberzutreten.

Bewundernd dachte er an die vornehme Erscheinung und das ausgezeichnete Benehmen des Vizeberghauptmanns in Zellerfeld, Friedrich Wilhelm Heinrich von Trebra, zweiter Sohn eines Hofjunkers aus Allstedt in Thüringen unweit von Weimar. Ihm hatte es der Dichter zu verdanken, dass einzigartige mineralogische Seltenheiten aus dem Harz und auch aus dem Erzgebirge in seinen Besitz gelangt waren. Beide Männer verband das Interesse an der Geognosie und wie Goethe, so hatte auch von Trebra sich anfangs in der Juristerei versucht und das Gebiet der naturwissenschaftlichen Forschung bald vielversprechender gefunden. 1765 hatte er sich als erster Student der neugegründeten Bergakademie in Freiberg eingeschrieben.

Von Ferne drang die Stimme des Knaben zu ihm durch, der eindringlich darum bat, dem Weiblein eine Münze geben zu dürfen. Erst als die Frau unter überschwänglichen Dankesworten das Geldstück geprüft hatte, bequemte sie sich, den Weg freizumachen. „Kein Berg zu hoch, kein Schacht zu tief, kein Stollen zu niedrig und keine Höhle labyrinthisch genug!", schoss es dem Dichter wieder durch den Kopf, während er die dunklen Fichten und das Felsgestein betrachtete. Er nahm sich vor, die Verse sogleich im Wirtshaus aufzuschreiben, um sie nicht zu vergessen.

Sanft vom Rücken des Pferdes hin- und hergeschaukelt, versank Goethe erneut in Träumereien. Gerade stellte er sich die Branconi ganz nackt auf dem Waldboden vor und beugte sich zärtlich zu ihr hinab, strich über Hals und Busen und fühlte ihre weiche Haut unter seinen Händen. Mit einem Aufschrei umklammerte er den Hals des Tieres und wäre beinahe zu Boden gestürzt, weil es unvermittelt stehen geblieben war. Sutor eilte sofort herbei und Goethe verscheuchte das schöne Bild schuldbewusst aus seinem Kopf.

Mit aller Entschiedenheit richtete er die Gedanken auf die bevorstehende Begegnung mit Friedrich von Trebra. Zunächst galt es, sich die Bewunderung, die ihm der Freund seit Jahrzehnten entgegenbrachte, auch diesmal wieder geschickt zunutze zu machen. Unbedingt musste das Weimarer Mineralienkabinett um ein paar schöne Stücke erweitert werden und der Dichter war gewiss, viele seltene Mineralien, die nur im Harz zu finden waren, überreicht zu bekommen.

Nachdem sie von einigen umgestürzten Bäumen zu akrobatischen Reitkunststücken gezwungen worden waren, stiegen die drei Reiter vom Pferd und gingen zu Fuß weiter. Endlich erreichten sie den Höhenrücken, auf dem sich der Gasthof befand. Die Nachmittagssonne schien hell auf das weitläufige Anwesen und Goethe war erstaunt, an entlegener Stelle ein so stattliches Gebäude vorzufinden. Schon während sie sich näherten, trat ein Knecht aus dem Haus, um sie freundlich zu begrüßen und die Pferde zu versorgen. Neugierig begaben sie sich in die geräumige Gaststube, legten Umhänge und Hüte ab und ließen sich wohlig seufzend auf den breiten Holzbänken nieder.

Als der herbeigeeilte Wirt weitschweifig erläutern wollte, dass dieses Wirtshaus etwas ganz Besonderes sei und im vorigen Jahrhundert durch den Braunschweiger Herzog Rudolf August erbaut worden war, entschied Goethe wohlweislich, seine Weimarer Herkunft zu verschweigen. Zwischen den beiden Fürstenhäusern bestanden sehr enge verwandtschaftliche Verbindungen, denn die Mutter des Großherzogs war ja von Braunschweig aus nach Sachsen-Weimar-Eisenach verheiratet worden und der Geheimrat wusste nur zu gut, wie schnell sich Gerüchte verbreiteten.

Diese Vorsichtsmaßnahme war aber ganz unnötig, denn Claus Greene interessierte sich keinen Deut für dynastische und höfische Verknüpfungen. Ihn drückte noch immer die Sorge um seine Milchkühe, doch inzwischen hatte sich die Lage entspannt. Am gestrigen Nachmittag waren die ersten Helferinnen eingetroffen, hatten mit geübten Handgriffen gemolken, gebuttert und den Käse vorbereitet und ihre fröhlichen Lieder vertrieben den gestrengen Geist der Calvinistischen Schweizer. Endlich kehrte die ruppige Herzlichkeit der knorrigen Harzer in die Waldschänke zurück. Zur großen Freude des Auerhahnwirtes war heute obendrein ganz unerwartet sein Ziehkind Lena erschienen und vergnügte sich nun damit, der alten Magd zur Hand zu gehen. Seit Stunden schon arbeiteten die beiden Frauen in der Küche und sein Herz machte jedes Mal einen Sprung, wenn er das fröhliche Lachen des Mädchens hörte. Weil sich seine missliche Lage so zufriedenstellend geändert hatte, war er sogar zum Scherzen aufgelegt.

Claus Greene machte sich eifrig daran, die Fremden zu bewirten und setzte Goethe alsbald einen Krug mit schäumendem Bier vor. Schon nach wenigen Zügen fühlte der Dichter sich berauscht und auch die gewaltige Vorfreude auf die kommenden Tage in der Bergwildnis stellte sich wieder ein. Erst jetzt wurde ihm bewusst, in welche Bedrängnis er sich begeben hatte, seit sein Leben mit dem des Großherzogs Carl-August von Sachsen-Weimar-Eisenach und seiner Mutter, der Herzogin Anna Amalia, verquickt war. Zum wiederholten Male wünschte er, den erdrückenden Zwängen des Hofes für immer entfliehen und sich frei von Verpflichtungen ganz dem Schreiben widmen zu dürfen.

Der Wirt ließ sich auf der gegenüberliegenden Bank nieder und hörte nicht auf, seine gute Küche anzupreisen und alle möglichen schmackhaften Kräuter aufzuzählen, von denen Goethe bisher noch nichts gehört hatte. Schließlich willigte er ein, den Wildschweinbraten zu kosten und auch den vorzüglichen Branntwein zu probieren. Mit lauter Stimme rief der alte Kauz den Namen einer Frau und in Erwartung einer Küchenmatrone fuhr der Dichter zerstreut fort, zu plaudern.

Plötzlich tauchte aus dem Dunkel der geräumigen, mit riesigen hölzernen Balken abgestützten Diele jedoch ein junges Mädchen mit schwarzen Locken auf, die kaum von einem strengen Kopftuch zu bändigen waren und überall hervorlugten. Goethe verschlug der Anblick ihrer ausdrucksvollen Schönheit dermaßen den Atem, dass er mit dem Krug in der Hand wie erstarrt inne hielt. Die Anwesenheit der Magd schien auch auf den greisen Wirt eine seltsame Wirkung auszuüben und den eher ruppigen Kerl ganz milde zu stimmen.

Mit erstaunlich sanfter Stimme bat er das Mädchen, die Gäste doch mit diesem und jenem appetitlichen Happen zu beköstigen. Schnell war sie wieder verschwunden und der Reisende aus Weimar musste an sich halten, ihr nicht sogleich zu folgen, einen solchen Aufruhr entfachte das seltsame Wesen in seinem Inneren. Wie war es möglich, dass in dieser Einöde eine Jungfrau mit so edlen Zügen lebte? Die Harzerinnen waren doch sonst so unansehnlich wie die verblichenen Hütten, in denen sie hausten und die überall im Gebirge aufragten wie sprödes Feuerholz.

Goethe sog genießerisch die Luft ein, die das Vakuum ihres Körpers hinterlassen hatte und rief sich ihr Erscheinungsbild ins Gedächtnis zurück. Die ungewöhnlich lange, schmale Nase mit den flatternden Nüstern gehörte eigentlich zur Ausstattung einer hochmütigen

Marquise und die dunkelroten schmachtenden Lippen schienen einzig danach zu verlangen, sich mit den seinen zu paaren. Samtene Wimpern umhüllten zwei grüne Smaragde, die Sternen gleich funkelten und ihr freier Blick, ihr aufrechter Gang, ihre edle Anmut, wie eine – er zögerte in Gedanken und sprach es dann flüsternd aus: wie eine Fürstin des Waldes! Schon fand die Begegnung ihren dichterischen Ausdruck in den Versen:

„Beim Himmel, dieses Kind ist schön!

So etwas hab´ ich noch nie gesehn.

Sie ist so sitt- und tugendreich,

Und etwas schnippisch doch zugleich.

Der Lippe Rot, der Wange Licht,

Die Tage der Welt vergess ich´s nicht!

Wie sie die Augen niederschlägt,

Hat tief sich in mein Herz geprägt;

Wie sie kurz angebunden war,

Das ist nun zum Entzücken gar!

Die Müdigkeit war wie weggewischt, der zerdrückte Hintern und das lahme Kreuz vergessen und schnell kramte der Dichter Feder, Papier und Tinte hervor und schrieb auf, was ihm soeben in den Sinn gekommen war. Gespannt ihre Rückkehr abwartend, lehnte er sich dann auf der klobigen Bank zurück und musterte unauffällig den zehnjährigen Fritz, der mit weit aufgerissenen Augen das schaurige Inventar der düsteren Schänke betrachtete. Unzählige Hirschgeweihe, ausgestopfte Tiere und andere Jagdtrophäen hingen an den mit Eichenholz dunkel getäfelten Wänden oder starrten mit glasigen Augen von den Regalbrettern auf sie herab. Goethe war beruhigt, der Junge hatte nichts bemerkt, dennoch wünschte er, den jüngsten Sohn des Oberstallmeisters Josias von Stein in Weimar gelassen zu haben. Auf Sutor, den Diener, war Verlass, aber so ein Kind, das beobachtete einiges und würde später der Mutter von Dingen berichten, die besser niemand erfahren sollte.

Schon vor sechs Jahren, als er vor den spähenden Augen der Höflinge ins ferne Gebirge geflohen war, hatte der Dichter die Begegnungen mit der Harzer Bevölkerung als wohltuend und bereichernd empfunden. Seitdem suchte er nicht nur nach Gesteinen und Mineralien, sondern auch nach der kraftvoll dampfenden Energie der niederen Volksschichten, in deren Nähe sich sein Kopf in ein alchimistisches Laboratorium verwandelte und Verse ausspie wie ein Vulkan. Der Harz! Seine geheimnisvollen magnetisierenden Kräfte hatten den Faust in ihm wachsen lassen und wenn er an die kräftigen Brüste des jungen Waldmädchens dachte, dann wünschte er sich, ein solch unverdorbenes Geschöpf möge das häusliche Leben mit ihm teilen. Gewiss, die anfangs heimlichen, sorgfältig arrangierten Verabredungen mit der Herzogin und der beinahe zärtliche Austausch von Gedichten, Versen und Briefen entbehrte nicht einer gewissen Spannung und Erotik.

Doch während er nicht aufhören konnte, auf ihre hervorquellenden Brüste zu starren, saß sie nur da und überschüttete ihn mit begeisterten Monologen über ihre künstlerischen Pläne. Anna Amalia war, bevor sie die Regierungsgeschäfte an ihren Sohn abgegeben hatte, über viele Jahre eine sehr mächtige Frau gewesen und verfügte noch immer über beträchtlichen Einfluss und ausgezeichnete Beziehungen. Auch das konnte auf einen unbedarften jungen Mann anziehend und erregend wirken und wenn sie ihm je erlaubt hätte, in ihre Nähe zu kommen, er hätte sich nicht geweigert, sie mit seiner ganzen Manneskraft zu erfreuen. Ihre gestrenge Auffassung von lutherischer Religiosität und ein überdeutlicher Unwillen gegenüber den Verlockungen des Fleisches hatten ihn gelehrt, sich ausschließlich ihrer ganz und gar seelenverwandten Zuneigung zu erfreuen.

Ein einziges Mal hatte er aus Unkenntnis einen unverzeihlichen Fauxpas begangen und sich über den genau festgelegten Abstand während ihrer heimlichen Treffen hinweggesetzt. Sie erwartete ihn zum ersten Mal ganz allein und ohne die Anwesenheit ihre Hofdamen und Goethe machte die Situation unsicher. Sie liebte es, sich zu verkleiden, war im Kostüm einer Schäferin erschienen und auch ihm war gesagt worden, er möge an diesem Abend ein Hirte sein. Der Tisch war gedeckt mit kalten Speisen und ohne einen einzigen Diener saßen sie sich gegenüber. Er hatte gerade sein siebenundzwanzigstes Jahr vollendet und deutete ihr Verhalten vollkommen verkehrt.

Unter seinem luftigen Kittel regte sich das Verlangen und während er ihr einschenkte, roch er den schweren Duft ihres Körpers und ehe ihm bewusst wurde, was geschah, hatte er sie an sich gepresst. Die zierliche Frau stieß entsetzt einen unterdrückten Schrei aus, schob ihn echauffiert hinweg und beinahe hätte er mit dieser Aufdringlichkeit seine gesamte Laufbahn ruiniert. Noch während er sich unglücklich und zerknirscht entschuldigte, verzieh sie ihm, nochmals auf seine rüpelhafte Gier hinweisend. Verständnisvoll erlaubte sie ihm sogar, zum Abschied den Duft ihres Parfüms einzuatmen und sie wortreich seiner unvergänglichen und reinen Liebe zu versichern. Welch unglaubliche Manneszucht verlangte sie von seinem ungestümen, noch jungen Leib!

Nach diesem Vorfall bestellte sie ihn nie wieder allein zu sich und bei ihren Zusammenkünften saß im Hintergrund des Raumes stets die Hofdame Louise von Goechhausen. Nach den Treffen lag er schlaflos wie ein einsames Kind in der endlosen Nacht und seine Hände mussten ihm die Erfüllung schenken, die sie ihm versagte. Die protestantische Prüderie hielt schon seit vielen Jahren an und hatte ihn in einen Zustand der Austrocknung versetzt. Zwischen all den gepuderten Perücken und eingeschnürten Korsagen sehnte er sich danach, endlich eine Frau von Kopf bis Fuß betasten zu dürfen. Und nun sollte sich das Sehnen zum zweiten Mal in ganz kurzer Zeit erfüllen! Ganz unerwartet hatte dieses wunderbare Weib vor ihm gestanden, deren kugelrunde Brüste mit einer geradezu herzoglichen Anmut wippten und deren hoheitsvolles Lächeln jede Hofdame vor Neid um den Verstand bringen würde.

Von den unnatürlichen Gepflogenheiten der höheren Stände unberührt geblieben, wohltuend unverdorben und zum Greifen nah! Aufreizende Hitze strömte durch seine Lenden und er starrte ungeduldig auf die Tür, hinter der sie verschwunden war. Verheißung glaubte er bereits in ihren Blicken gelesen zu haben und Goethe verkürzte sich die Zeit bis zu ihrer Rückkehr, indem er sie in Gedanken entkleidete und schamlose Bilder seligen Entzückens an sich vorüberziehen ließ, ohne dabei das höflich lächelnde Gesicht zu verändern.

Während Lena in der Küche hantierte, schüttete der gut gelaunte Wirt einen Schwall von Erzählungen über seinem Gast aus, sodass er nicht nur mit Bier, sondern auch mit vielerlei Nachrichten über die hiesige Gegend gelabt wurde. Unwillig verließ Goethe seine erotischen Tagträumereien, war aber bald von den unterhaltsamen Anekdoten so amüsiert, dass er übermütig lachend mit der Hand auf den Holztisch schlug. Claus Greene wunderte sich über die vornehmen Leute, denn für gewöhnlich bediente er nur Fuhrmänner oder Postkutscher, deren Pferde ausgespannt und versorgt werden mussten. Nach einer Verschnaufpause zogen sie dann weiter nach Osterode oder Goslar. Nachgerade fiel es Goethe immer schwerer, der kurzweiligen Unterhaltung seine Aufmerksamkeit zu schenken. Es gelang ihm kaum zu verbergen, wie sehr er der Rückkehr der Schankmagd entgegenfieberte. Zerstreut nickend hatte er gerade irgendeine Frage des Wirtes mit Zustimmung beantwortet.

Kurze Zeit später wurde dem erstaunten kleinen Fritz ein großer Krug Bier vorgesetzt. „Verflixt", dachte Goethe, „nun muss ich aufpassen!" Schnell ergriff er den Krug, setzte ihn selbst an die Lippen und fing den enttäuschten Blick des Knaben auf. Der ahnte nicht, wie sehr der väterliche Freund ihn gerade jetzt nach Weimar zurück wünschte. Als seien ihm die Augen der Herzogin gefolgt, befürchtete Goethe selbst hier in der fernen Bergwildnis bei einer amourösen Entgleisung ertappt zu werden.

Sutor, der Diener des Weimarer Dichters, der im Hintergrund an einem Tisch saß, stützte müde die Ellbogen auf und schwatzte gelangweilt mit einem Knecht. Auch ihm war die rätselhafte Schönheit der Magd nicht entgangen und verstohlen hatte er die ganze Zeit seinen Herrn beobachtet. Dessen plötzliche Erregung und auch die verlangenden Blicke hatte er wohl bemerkt. Ihm sollte es nur recht sein, wenn sie länger blieben als geplant, denn es gefiel ihm, ein wenig zu rasten, bevor er dem herrschaftlichen Haushalt des Vizeberghauptmanns einverleibt wurde. Der Geheimrat drängte immer rastlos zur Weiterreise, wenn nichts sein Interesse erregte und gönnte den schmerzenden Gesäßen keine Ruhe. Der um fünf Jahre jüngere Sutor war ein gut aussehender Mann, der sich bei den weiblichen Dienstboten in Weimar großer Beliebtheit erfreute und der arme Goethe, der unablässig auf seinen guten Ruf Acht geben musste, tat ihm manchmal leid. Er gönnte ihm seine kleinen Techtelmechtel von ganzem Herzen und war hochzufrieden, als der vom Hofgetriebe ermüdete Dichter sich in den Armen der feurigen Branconi beinahe in einen Jüngling zurückverwandelte.

Außerdem verabscheute er die Gattin des Oberstallmeisters, Charlotte von Stein, die vorgab, ein Verhältnis mit seinem Herrn zu haben. Er allein wusste, dass diese Gerüchte nur der Verschleierung dienten, um von der liaison dangereuse mit der Herzogin abzulenken, doch die Stein plusterte sich auf wie eine frierende Henne. Er mochte es nicht, wenn sie ihn anstarrte wie einen Hengst und nervös mit der Zunge über ihre Oberlippe fuhr. Mit einem impertinenten Lächeln winkte sie ihn gern herbei und befahl ihm, ihr mit abstrusen Gefälligkeiten zu dienen, als sei er nicht Goethes, sondern ihrem Kommando unterstellt.

Als das Mädchen mit einer dampfenden Schüssel in den kräftigen Händen endlich wieder erschien, starrte Goethe sie an und überlegte fieberhaft, wie er es bewerkstelligen konnte, eine Weile mit ihr allein zu sein. „Hat

Er wirklich eine gute Küche, so will ich mich doch gern selbst davon überzeugen! Die Magd soll mir zeigen, wie sie hier kochen auf dem Harz!", rief er aufspringend aus und gewohnt, bei den Angehörigen niederer Stände auf keinen Widerspruch zu stoßen, schlang er wie ein Galan den Arm um Lenas Hüften und drängte sie mit festem Griff durch die Tür, aus der sie soeben mit den Schüsseln gekommen war. Der Wirt, dessen Gesicht sich verfinsterte, als der fremde Gast das Mädchen so unverfroren umfasste, wollte schon aufspringen, doch Goethes Diener, der das Anliegen seines Herrn verstand, grinste listig, trat neben den Alten und verwickelte ihn in ein Gespräch über die Jagd. Ihm war nicht entgangen, dass der Wirt eine überaus große Leidenschaft für das Waidwerk zu haben schien, das bezeugten schon die reihum aufgehängten Geweihe und ausgestopften Tiere. Tatsächlich verfehlte sein Eingreifen nicht seine Wirkung, geschmeichelt schilderte Claus Greene ausführlich, wie er zu den Trophäen gekommen war und vergaß darüber das freche Gebaren des Gastes.

In der Küche lockerte der abenteuerlustige Künstler seinen Griff und blickte das Mädchen verzehrend an. Er drückte sie gegen die Wand, umfasste ihre Handgelenke und presste sich fest gegen ihren Körper. Sie blieb unerwartet still stehen und ließ sich alles gefallen. Stumm und ohne Angst erwiderte sie seinen Blick und der Kuss, den er ihr nun eigentlich auf den Mund hatte drücken wollen, blieb verlegen in ihm stecken. Ihre spöttisch nach unten gezogenen Mundwinkel und ihre abwartende Gelassenheit bewirkten, dass er statt dessen schmeichelnd auf sie einzureden begann und als sie weiterhin schwieg, fragte er schließlich nach ihrem Namen. Sie starrte ihn nur an und der schwer zu deutende Gesichtsausdruck ließ ihn vor Spannung erbeben. Welch eine unerwartete Begegnung! Selbst das raffiniert verlockende Werben der Branconi nahm sich neben dieser Geheimnisvollen ganz und gar gewöhnlich aus. Wie sie ihn ansah, ihm ihre Augen nicht verschloss, die wie zwei grüne Mooskissen leuchteten. Seine Fantasie flog in höchste Höhen und landete unsanft in der Tiefe, als seine Hände auf einmal entschlossen abgestreift wurden und sie mit fester Stimme sagte: „Ihr irrt, mein Herr, wenn Ihr glaubt, ich sei eine Dienstmagd, die leicht zu verführen ist!"

Sein Übermut war verflogen. Das Verhalten des Mädchens erinnerte eher an die aristokratische Arroganz einer Herzogin als an halbherzige Prüderie einer derben Magd und wie gelähmt stierte er sie an. Sein Gesichtsausdruck musste wohl dümmlich genug gewesen sein, um das spitzbübische, abwartende Lächeln in sprudelndes Gelächter übergehen zu lassen und er spürte, wie sich sein Gesicht verlegen rötete. Einen Goethe sprachlos zu machen, das war noch niemandem gelungen und er verehrte sie für diesen ganz besonderen Akt der Verführung noch mehr. Traurig dachte er an seine stolze und kluge Schwester Cornelia. Sie war die einzige Frau, die es wagen durfte, sich mit ihm zu messen und die plötzliche Erinnerung an ihren frühen Tod riefen in ihm Gefühle der Hoffnungslosigkeit wach.

Er fühlte sich verloren, ausgeliefert und verletzlich wie ein Knabe, fuhr unsicher mit der Hand übers Gesicht und wand sich die spärlichen Haare seines Zopfes um die Finger. Nach dem weiten Ritt war alles so zerdrückt und die schöne Lockenperücke, die ihm ein wenig Würde verliehen hätte, lag in einer der Gepäcktaschen. Als seine Sprachlosigkeit anhielt, verebbte ihr Lachen, sie legte den Kopf zur Seite und blickte ihn ratlos an. Schnell hatte er sich wieder gefangen und sein Wunsch, sie andernorts wiederzusehen, wuchs ins Unermessliche. War diese rätselhafte Fremde der Urgrund für diese Reise gewesen, Bestimmung, Schicksal?

Sie eindringlich anblickend, legte er eine Hand unter ihr Kinn und fragte, wie, wann und wo er sie wiedersehen könne. Schwer atmend drückte er ihre nachgiebigen Hüften gegen die Wand und das Mädchen ließ weiterhin alles willig mit sich geschehen. Dicht aneinander gedrängt beschrieb sie ihm flüsternd einen Platz in der Nähe des Harzweges und sie verabredeten ein Zeichen, mit dem er sich dort am Sonnabend im Wald bemerkbar machen sollte, denn niemand durfte sie zusammen sehen. „Geht jetzt, schnell, und fragt den Wirt nicht nach mir! Lobt die gute Küche und den feinen Käse!", befahl sie leise und Goethe verließ eilig den Raum und trat betont langsam und scheinbar gleichgültig zurück in die Gaststube.

Gerade zur rechten Zeit, denn obwohl der treue Sutor mit seinen eifrigen und beharrlichen Fragen nach dem Jagdwild des Harzes dafür gesorgt hatte, dass der misstrauisch gewordenen Greene nicht in die Küche gerannt kam, wollte dieser soeben aufspringen, um nach dem Rechten zu sehen. Argwöhnisch betrachtete er den seltsamen Gast und erst als der sich endlich vor die aufgetischten Schüsseln setzte und mit gebratenen Würsten bedienen ließ, fuhr der Alte mit seinen Erzählungen fort. Goethe schlang zerstreut sein Mahl herunter und bemerkte kaum, dass der Diener ihn aufmerksam beobachtete. Glücklicherweise hatte der kleine Fritz alles um sich her vergessen und lauschte atemlos, wie der letzte

Bär im Dickicht des Waldes mit Speeren, Knüppeln und der Jagdbüchse erlegt worden war. Dann bestaunte er entzückt ein riesiges ausgestopftes Tier mit erhobenen Tatzen, das wie ein Ungeheuer im Halbdunkel der Gaststube lauerte.

Goethe langweilten die dick aufgetragenen Schauergeschichten, er versuchte seine aufgepeitschten Sinne zu besänftigten, indem er sich dem Genuss des Essens hingab, große Bissen frischen Brotes in die würzige Soße tunkte, die Würste zerbiss und schäumendes Bier die Kehle hinunter gluckern ließ. Der Wirt stellte erleichtert fest, dass der vornehme Herr das Mädchen anscheinend schnell vergessen hatte und zum baldigen Aufbruch drängte. Nachdem die Zeche beglichen war, führte ein Knecht die gesattelten Pferde vor und die drei Fremden ritten gen Süden davon.

Kapitel 8
GOETHE IN ZELLERFELD

Denn jeder, der sein innres Selbst nicht zu regieren weiß,

Regierte gar zu gern des Nachbars Willen

In Zellerfeld erwartete man die Reisenden schon voller Ungeduld, jede Stunde, die Goethe in der Nähe war und doch anderswo verbrachte, verbuchte Vizeberghauptmann Friedrich Wilhelm Heinrich von Trebra als einen großen Verlust. In der Eintönigkeit des Harzes sehnte er sich geradezu schmerzlich nach dem Freund und seiner kurzweiligen Unterhaltung. Noch immer fühlte sich der junge Adelige fremd im Harz, denn die hiesige Bergbeamtenschaft, die er nur schwer für sich gewinnen konnte, konfrontierte ihn mit viel Unverständnis und Missgunst. Auch das nasskalte Klima des Mittelgebirges setzte ihm zu und sein liebes Eheweib fürchtete oft um seine Gesundheit, um die es nicht zum besten bestellt war.

Vor sieben Jahren, als er noch unverheiratet im Erzgebirge die Geschicke des Marienberger Bergbaus lenkte, war ihm der Dichter aus Weimar vorgestellt worden und dank ihres gemeinsamen Interesses für Gesteinskunde, standen sie seitdem in regem Briefwechsel. Inspiriert von den überragenden literarischen Fähigkeiten Goethes hatte auch der bodenständige von Trebra begonnen, seine „Erfahrungen im Innern der Gebirge" niederzuschreiben. Nach und nach hatte er dem Freund in geradezu kindlichem Stolz sämtliche handgeschriebenen Passagen der biographischen Betrachtungen per Briefpost nach Weimar geschickt und um Korrektur gebeten. Für den eifrigen Naturforscher Goethe waren die vielen handgeschriebenen Seiten eine spannende Lektüre und außerdem war er bemüht, sich den nützlichen Kontakt zu erhalten, besonders seit von Trebra die Stelle im Communion-Bergamt von Zellerfeld angetreten hatte.

Goethe zog es beinahe magnetisch in das uralte Mittelgebirge, das, so wollte ihm scheinen, mit seinen einzigartigen geologischen Phänomenen keinem anderen auf diesem Planeten gleichkam. Während seiner letzten Reise hatten die Männer mehrere Exkursionen durch die Gesteinswelt des Harzes unternommen und anschließend im flackernden Schein der Kerzen herrliche nächtliche Gespräche geführt. Doch der fachkundige von Trebra wusste nur zu gut, dass er für den erfolgsverwöhnten Geheimrat vor allem deshalb von Bedeutung war, weil er ihm den Zugang zu geologischen Besonderheiten des Harzes ermöglichte.

Je weiter er sich vom Auerhahn entfernte, desto heftiger stellten sich Goethes erotische Tagträumereien wieder ein. Der Gedanke an die dunkel gelockte Schöne lag wie ein magischer Zauberbann auf seinem Gemüt und nun erblickte er nicht mehr den weichen Leib der Branconi auf jedem Mooskissen, sondern den festen Körper des Mädchens. Mit halb geschlossenen Augen malte er sich aus, wie er neben ihr auf den Boden sank, Knöpfe, Schnallen und Bänder öffnete, um die liebliche Blüte mit zarter Hand wie ein knospendes Veilchen zu pflücken. Aufseufzend vergrub er sein Gesicht zwischen ihren Brüsten und wie der Adler im Fluge sich herabsenkt auf grünendes Land, so furchten seine Lenden wie ein Pflug ihre weichen Schenkel. Gerade wollte die Leidenschaft ihn wie ein Blitz durchzucken, da zerriss das Stolpern des Pferdes sein Traumbild und erschrocken blinzelnd musste Goethe feststellen, dass er vornüber gesackt war und sein Kopf schlaff neben dem Hals des Tieres herabbaumelte.

Glücklicherweise hatte niemand seine Schwäche bemerkt, da er am Schluss der Dreiergemeinschaft ritt und Sutor ein fröhliches Lied zum Besten gab. Die Gäule trotteten gemächlich über einen ziemlich ebenen Bergrücken, doch in zweihundert Metern Entfernung begann das Gelände schon wieder schroff anzusteigen. „So flattert denn mein Herz dem Herzen der Geliebten zu, wie gern möcht´ ich das Herz der Liebsten Willkür überlassen!", dachte er und zwang sich, aufrecht sitzend gegen die Schwäche seines Fleisches anzukämpfen. Was war es nur, das ihn in den Bann der Magd gezogen hatte? Wie eine flüchtige Erinnerung durchfuhr ihn das Bild einer Frau, deren Gesicht dem des Mädchens ähnelte. Eine Marquise aus Paris war vor einigen Wochen in Weimar zu Gast bei Hofe gewesen und sie glich dieser seltsamen Schankmagd wie ein Zwilling dem anderen, obwohl sie viel älter und von adligem Geblüt war. Sie rühmte sich, eine entfernte Verwandte des Marquis de Sade zu sein, dessen seltsame Schriften den Adel in ganz Frankreich erschüttert hatten.

Am frühen Abend trafen die ermüdeten Reiter endlich in Zellerfeld ein und zugleich mit ihrer Ankunft floss ein blutroter Sonnenuntergang über die Weite der sattgrünen Hochebene und überzog die Häuser und Hütten der Bergstadt Zellerfeld mit einem warmen, kupfernen Glanz. Das Naturschauspiel wurde von Goethe mit überraschter Freude begrüßt. Er stieg vom Pferd und bewunderte still die in rotes Licht getauchte Landschaft, die von unzähligen bergbaulichen Anlagen übersät war.

Schweigend legten sie das letzte Stück der Straße zu Fuß zurück, bis ihnen eine lärmende Kinderschar und ein Mann in livrierter Tracht entgegengeeilt kamen.

Das Erscheinen der Fremden auf der Anhöhe, deren Silhouetten sich scharf vom Horizont abhoben, war nicht unbemerkt geblieben. Der Diener hatte sich schon seit Stunden vor dem Haus des Vizeberghauptmanns positioniert, doch trotz vieler Drohungen war es ihm nicht gelungen, die dreisten Betteljungen aus der Nachbarschaft zu verscheuchen, die jeden Neuankömmling ungeduldig erwarteten. Die dürren Kinder starrten wie gebannt auf den kleinen Fritz, der stolz sein Pferd an der Leine führte und mit hoch erhobenem Haupt über sie hinwegblickte. Wie ein surrender Fliegenschwarm verstellten sie den Neuankömmlingen den Weg. Goethe waren die eindringlichen, aus zwanzig kleinen Kehlen geschrienen Forderungen nach ein paar Münzen offenbar sehr unangenehm und um den Geheimen Rat zu beschützen, musste der Diener die Meute schließlich mit der Reitgerte verscheuchen.

Der ungewohnte Lärm hatte den Hausherrn vor die Tür gelockt, er breitete die Arme aus und rief dem Freund schon aus der Ferne ein herzliches „Glück auf!" zu. Das traurige Häuflein zerlumpter Kinder zerstob beim Anblick des gewichtigen Vizeberghauptmanns, dessen Haus sich die Kleinen nicht zu nähern wagten. Die beiden Männer schüttelten sich die Hände, umarmten sich und erleichtert auflachend, klopfte Goethe dem Gastgeber auf den Rücken. Als der ihm entschuldigend erklären wollte, dass die Not der Bergleute im Harz ein großes Problem sei, zuckte er nur gleichgültig die Schultern und versicherte, über das lang ersehnte Wiedersehen hocherfreut zu sein. Immer mehr Diener und Knechte waren herbeigeeilt, hatten die Pferde weggeführt und das Gepäck ins Haus gebracht. Der kleine Fritz beugte artig den Rumpf vor der Gattin des Vizeberghauptmanns, die auch inzwischen aus dem Haus getreten war und sich fürsorglich lächelnd um den Knaben bemühte. Im Inneren des respektablen, dreigeschossigen Gebäudes glänzte die prachtvolle Diele vom Schein unzähliger Leuchter und Goethe stellte fest, dass er mit seinem zerdrückten Reisemantel und den verquollenen Augen in den hohen Spiegeln keine allzu gute Figur machte. Während er sich in seiner Kammer umkleidete und der Diener die Perücke frisierte und puderte, schweiften seine Gedanken müßig umher.

Friedrich und Friederike von Trebra waren erst seit wenigen Jahren verheiratet und ihr herzlicher, respektvoller Umgang miteinander erinnerte den Dichter schmerzlich an seine bisher vergebliche Sehnsucht nach einer Ehegemeinschaft. Erneut stieg die Erinnerung an die schöne Unbekannte aus dem Auerhahnkrug in ihm auf und ärgerlich stellte er fest, dass er viel zu oft gezwungen war, seine Verabredungen geheim zu halten. Der Gedanke an die Mäzenin im fernen Weimar bescherte ihm erneut brennende Schuldgefühle.

Diese verdammte Heuchelei! Er war ein erwachsener Mann und musste doch wie ein dummer Knabe angstvoll befürchten, dass man ihn vielleicht bei einer verbotenen Handlung ertappte. So sehr er sich über die Ankunft im stattlichen Hause des Vizeberghauptmanns und über die bevorstehenden Ausflüge in die Welt der Bergwerke freute, so gern hätte er die wenigen Tage ungestört mit dem schönen Naturkind verbracht. Auch musste er sich für die Begegnung mit ihr noch eine passable Ausrede einfallen lassen, um unbemerkt entfliehen zu können. Nun, Friederike würde den kleinen Fritz glücklich umsorgen und von Trebra, der getreue Freund, würde ihm nicht verübeln, wenn er einmal einen geognostischen Streifzug in die Bergwelt ohne ihn unternahm.

Auch während des Aufenthaltes vor fünf Jahren war Goethe gelegentlich ohne Begleitung ausgeritten. Schon jetzt fieberte er der Verabredung mit ihr ungeduldig entgegen. Am Waldesrand, neben dem Harzweg, hatten sie sich verabredet, und sie sollte sich so lange verborgen halten, bis er den Pfad hinabgeritten kam. Erst wenn er unbemerkt zwischen den Bäumen verschwunden und von der Schänke aus nicht mehr zu sehen war, sollte sie sich zeigen und dann würde er einen ganzen Abend, vielleicht die halbe Nacht, mit der schwarz gelockten Schönen verbringen.

Die Vorfreude verursachte ihm einen leichten Schwindel und rasch drängte er den Gedanken an sie beiseite, schob die Perücke zurecht und straffte seinen Leib. Der heutige Abend gehörte dem Freund und dessen Eheweib und von nun an wollte er sich keine Schwäche mehr erlauben, sondern den Gastgebern seine ungeteilte Aufmerksamkeit widmen. Er war müde und hätte sich am liebsten auf das breite, appetitlich frisch bezogene Bett geworfen, doch erst nachdem den Höflichkeiten genüge getan war, sollte der aufgereizte Körper den verdienten Schlaf und der erschöpfte Geist die benötigte Ruhe finden. Aber dann, in zwei Tagen, dann kam endlich die Erfüllung!

Schließlich saßen die Männer in einem prunkvollen Salon entspannt auf weich gepolsterten Stühlen beim

Abendessen und plauderten über den erschreckenden Wandel der Sitten des ausgehenden 18. Jahrhunderts. Nach einer erlesenen Speisefolge, von der die meisten Bewohner des Bergbaugebietes im Oberharz nur träumen konnten, reichten die Diener Likör, Branntwein und kandierte Walnussplätzchen, und Friederike von Trebra, deren Wangen von dem ungewohnt reichlichen Genuss eines ausgezeichneten Weines gerötet waren, berichtete mit leiser Stimme über einen bedrückenden Vorfall. Vor wenigen Wochen sei eine noch ganz junge Frau in Goslar enthauptet worden, weil sie ihr Neugeborenes getötet hatte.

Goethe horchte auf und fädelte sich schnell in die Unterhaltung ein. „Allerwerteste Frau von Trebra, nicht Sie allein werden von dieser Sache gequält! Auch mir bereitet ein solcher Gegenstand größtes Unbehagen!", erwiderte er und erzählte, dass der Herzog von Weimar vor seiner Abreise mit einer äußerst unangenehmen Bitte an ihn herangetreten war. Er, der Verfasser des Werther-Buches, müsse mit der gebotenen Empfindsamkeit prüfen, ob man für oder wider die Todesstrafe entscheiden solle, die bisher im Reichsgebiet über Kindsmörderinnen verhängt wurde.

Verärgert fügte er hinzu, er wisse nicht, warum sein Brotherr ihm diese Gewissensnöte ausgerechnet vor seiner Harzreise auferlegte habe, konnte sich dem jedoch nicht entziehen und war in seiner Eigenschaft als Geheimer Rat aufgefordert worden, sein Votum abzugeben. Das Gesicht des Dichters hatte sich rötlich verfärbt und aufgewühlt wie er war, hörte er nur wenig von dem, was Friederike über die Ereignisse in Goslar erzählte. Seine Gedanken gingen eigene Wege, denn mit der Abgabe dieses vermaledeiten Votums hatte man ihn in die schrecklichste Zwangslage gestürzt. Sein Brotgeber hieß Anna Amalia und er war ihre heimliche große Liebe! Niemals durfte er sie enttäuschen, sie, die tugendhafte Landesherrin, die es ganz richtig fand, Kindstötungen aufs schärfste sogar mit einer Enthauptung zu ahnden. Wie konnte er da seinem eigenen Wunsch nach milder Bestrafung der jungen Mutter Folge leisten?

Seit seiner Berufung nach Weimar versuchte Goethe, all die fein gesponnenen Netze und versteckt gehaltenen Hintergründe des kleinen Fürstentums zu durchschauen, um sich in einem grandiosen Balanceakt sowohl die Gunst der Mutter als auch die des Sohnes zu bewahren. Dabei schwebte er wie ein Seiltänzer in der Luft und zimmerte an einem Ausweg aus diesem Dilemma.

Den jungen Fürsten würde er aus der Umklammerung seiner Mutter lösen und in die ersehnte Freiheit mitnehmen müssen, denn die Macht des Großherzogs zu stärken war unbedingt nötig. Nur einem souveränen Fürsten an der Spitze des Herzogtums würde es gelingen, den Handlungsbefugnissen der Mutter klare Grenzen zu setzen. Wenn Carl August seinen Geheimen Rat vermehrt in der Staatspolitik brauchte, hatte Goethe einen Grund, sich den Forderungen Anna Amalias zu widersetzen, den Dienstherrn zu wechseln und mehr Freiheit zu erlangen. Dem Herzog war jede Unterstützung recht, die Eingriffe seiner Mutter in seine Regierungsgeschäfte zu unterbinden und in einer vertrauensvollen Aussprache hatte sich Goethe als Belohnung für diesen Kraftakt ausgebeten, eines Tages ganz ohne Ämter und Aufgaben nach Italien reisen zu dürfen. Doch der ersehnte Tag lag noch in weiter Ferne und im Haus des Vizeberghauptmanns grübelte er wieder über das abzugebende Votum nach.

Ihm war bewusst, dass die schon zu Lebzeiten des vorherigen Großfürsten bestellten, konservativen Geheimräte bedingungslos hinter Anna Amalia stehen würden. Sie konnten nur für die Beibehaltung der Todesstrafe plädieren. Noch immer hielt die Herzogin die Zügel zur Lenkung der beiden mächtigsten Männer des Fürstentums fest in der Hand und noch vor seiner Abreise hatte sie Goethe einbestellt. Mit ihrer feinen, beinahe kindlichen Stimme, in der ihr ganzer disziplinierter Manierismus zum Ausdruck kam, hatte sie lauernd gefragt, wie denn sein Votum zu der Angelegenheit mit dem Kindsmord ausfallen würde? Er wisse ja, dass es Ihrer Durchlaucht niemals in den Sinn käme, die absonderlichen Ideen ihres Sohnes zu unterstützen, wenn sie ganz eindeutig gegen die Regeln der protestantischen Ethik verstießen. Unterstrichen von einem dünnen Lächeln fügte sie eisig hinzu, der Geheime Rat möge auch nicht vergessen, dass man ihn nicht zuletzt deshalb nach Weimar geholt hatte, um dem jungen Fürsten einen sittlich gefestigten väterlichen Freund an die Seite zu stellen.

Trotz ihrer zerbrechlich wirkenden kleinen Statur enthielten ihre Worte unzweifelhaft drohende Untertöne und erinnerten den um einige Köpfe größeren Dichter schmerzlich daran, wie weit er noch immer von der ersehnten Unabhängigkeit entfernt war. Trotz seines diplomatischen Geschicks befand er sich nun in der unmittelbaren Schusslinie zwischen Mutter und Sohn und war damit auch in den untergründig schwelenden Interessenkonflikt zwischen Kaiserreich und den unzähligen Territorialstaaten geraten. Der junge Herzog gab sich gern als ein loyaler Freund des Kaisers und musste sich zugleich als Regent eines unabhängigen Territorialstaates behaupten. Anna Amalia schien sich noch immer den Interessen des Herzogtums Braunschweig-Wolfenbüttel und damit auch dessen Verbündetem, dem Preußischen König, verpflichtet zu fühlen.

Bei dieser unglücklichen Gesamtlage würde Goethe wohl gezwungen sein, sich im Sinne der alten Herzogin und gegen sein Gewissen für die Beibehaltung der Todesstrafe zu entscheiden. Eine Frau wie Anna Amalia, die sich mühelos den Verlockungen der Lust widersetzte wie eine eiserne Nonne, würde niemals eine Gesetzesänderung gutheißen, die sträfliche Sünden in verzeihliche Schwächen umwandelte.

Die Hausherrin Friederike von Trebra senkte betreten den Blick und versuchte, mit einer Bemerkung über Regentropfen, die wie Geschosse gegen die Scheiben knallten, das Thema zu wechseln. Ihr schien, als habe sie etwas Falsches gesagt, denn Goethe schwieg und zerkaute nachdenklich ein Plätzchen nach dem anderen. Von Ferne drangen ihre Worte zu ihm durch und die schweren Gedanken abwerfend, schreckte er hoch und schüttelte entschieden den Kopf. Nein, nein, versicherte er, es sei äußerst anregend, in Anwesenheit einer so gebildeten Dame diesen heiklen Gegenstand erörtern zu dürfen und er wünsche, sie möge ihre Bedenken unverblümt äußern.

In Wahrheit erschien es ihm jedoch irgendwie unpassend, die Ansichten einer Frau, deren Kinderlosigkeit sein Mitleid erregte, in eine Entscheidungsfindung einfließen zu lassen, die doch nur Männer etwas anging. Aber die bedrückende Gewissenssache in seinem Reisegepäck schien leichter zu werden, wenn ihm gestattet wurde, sie vor anderen auszubreiten, denn sofort nach seiner Rückkehr musste er ein Ergebnis vorweisen!

Zerstreut hörte er zu, wie Friederike die Armut des Mädchens aus Goslar beschrieb und auf die unerträglichen Zustände in der Freien Reichsstadt hinwies. Dort betreibe schon seit mehreren Jahren ein gänzlich unfähiger Syndikus eine gar schlechte Politik und man könne kaum mehr mit ansehen, wie die einst so stolze Stadt immer mehr verfiele. Goethe pflichtete ihr bei und bemerkte, dass er bei seinem Ritt durch die engen Straßen den Eindruck hatte, Goslar würde langsam mit seinen Privilegien vermodern. Überall zeigten sich deutliche Zeichen des Verfalls und noch immer, drei Jahre nach dem schweren Brand, lägen verkohlte Holzbalken und Steinquader zwischen den Häusern herum.

Es sei ihm daher sehr angenehm vorgekommen, in die belebenden Höhen von Zellerfeld und Clausthal aufzusteigen! Doch wenn er nochmals zum vorherigen Gegenstand zurückkehren dürfe? Er räusperte sich, schwieg einen Augenblick und sagte: „Auch in Weimar handelt es sich um ein unlängst begangenes Verbrechen. Im Kerker sieht eine Magd aus Tannroda, die ihr eigenes Kind getötet hat, ihrer Hinrichtung entgegen und spätestens im November muss der Herzog das Urteil *Enthaupten durch das Schwert* vollstrecken lassen. Es sei denn, er findet genügend Unterstützer, um das Gesetz zu ändern und die Strafe abzumildern!"

Bestürzung breitete sich auf dem Gesicht der Hausherrin aus und Goethe berichtete ganz freizügig, dass der Herzog in Dingen der fleischlichen Moral ziemlich unempfindlich sei. Man habe seine Bereitschaft zur Milde wohl eher seiner Geliebten, der Schauspielerin Henriette

Jagemann, zu verdanken, die ihn beschwatzt habe, eine barmherzigere Haltung gegenüber der Verurteilten einzunehmen. Die schöne Muse hatte sich unlängst selber in eine schwierige Lage gebracht, als sie von Carl August ein Kind erwartete. Die Aufregung war groß und Goethe wurde als väterlicher Freund in absoluter Geheimhaltung zu Rate gezogen.

Zur Erleichterung des Herzogs erklärte sich die Jagemann bereit, das Kind unverzüglich im Ausland wegmachen zu lassen und bisher hatte die gestrenge Herzoginmutter nichts davon erfahren. Denn schon der fortwährende Ehebruch des verheirateten Sohnes mit der anrüchigen Schauspielerin war ihr ein Dorn, mehr noch ein Stachel, im Auge und die talentierte Jagemann durfte niemals auch nur hoffen, irgendeine Rolle auf Anna Amalias Liebhaberbühne zu erhaschen. Aus den Augenwinkeln nahm Goethe wahr, wie von Trebra ihn irritiert musterte und stellte fest, dass er gegen seine Gewohnheit viel zu offen über den Weimarer Hof gesprochen hatte! Sofort schwieg er und nur das Geräusch des Regens und das Prasseln der Holzscheite unterbrachen die Stille.

Viel lieber hätte er mit dem Naturforscher und Gelehrten von Trebra über die Ursprünge der leblosen Schöpfung nachgesonnen, über den Ursprung des Granitgesteins und über das hochinteressante Übergangsgestein des Brockengebirges, anstatt sich über die Schuldfrage gefallener Mädchen den Kopf zu zerbrechen. Steine, das war Millionen Jahre altes Leben! Wie unwichtig wirkte daneben so eine kleine menschliche Kreatur! Beglückt erinnerte er sich an die aufregenden Funde der vergangenen Tage nahe bei der Rosstrappe. Das eingesammelte schwere Gestein setzte schon jetzt den Packpferden zu.

Während ein Diener neuen Wein einschenkte, gesellte sich auch Fritz wieder zu ihnen. Tief versunken hatte er auf dem Boden gelegen und ein riesiges Buch mit bunten Abbildungen betrachtet. Der Knabe schenkte ihrer Unterhaltung zwar nicht die mindeste Aufmerksamkeit, doch Goethe hatte ihn die ganze Zeit wachsam im Auge behalten und wollte die intimen Angelegenheiten der fürstlichen Familie keinesfalls vor dem Jungen erörtern. Friederike jedoch, noch immer mit der Schuldfrage beschäftigt, wandte zaghaft ein, dass oftmals nur die bittere Not ein junges Weib dazu trieb, sich der ungewollten Frucht ihres Leibes auf grausame Weise zu entledigen. Fritz horchte sofort auf und Goethe schloss resigniert die Augen. Plötzlich sehnte er sich nur noch nach der Einsamkeit des Waldes und das Bild des jungen Mädchens stieg groß und verlockend vor ihm auf. Seine gespannten Nerven bedurften dringend der höfischen Abstinenz und heftiger als gewollt entgegnete er, dass selbst die schlimmste Not eine böse Tat niemals rechtfertigen könne. Danach verstummte er mit einem beredten Seitenblick auf Fritz.

Der Hausherr räusperte sich mahnend und sofort erhob sich seine Gattin hastig und rief gekünstelt fröhlich aus, man solle derartige Differenzen doch besser auf den anderen Tag verschieben! Nun sei es für einen Knaben unbedingt Zeit, zu Bett zu gehen! Entschlossen fasste sie Fritz bei der Hand, zog das protestierende Kind mit einem verschmitzten Lächeln hoch und die beiden verschwanden durch eine breite Glastür. Kurze Zeit später traten zwei Diener ein und trugen auf einem kleinen Tischchen das Nachtmahl, kalten Fasanenbraten und Rebhuhnbrüstchen, herein. Die Männer nahmen beim Essen das heikle Thema nicht wieder auf und gestalteten den weiteren Verlauf des Beisammenseins nach ihrem eigenen Gutdünken. Sie begaben sich in unverfängliche Gefilde und schwelgten in der Vorfreude auf das baldige Abenteuer der Brockenbesteigung. Nachdem der Gast dann mehrere Male hintereinander herzhaft gegähnt hatte, erörterten sie die morgigen Wetteraussichten und entschieden, wegen des zu erwartenden Regens dem Clausthaler Berghauptmann Claus Friedrich von Reden einen offiziellen Besuch abzustatten.

Kapitel 9

WALDEINSAMKEIT

Wenn über schroffen Fichtenhöhen
Der Adler ausgebreitet schwebt,
Und über Flächen über Seen
Der Kranich nach der Heimat strebt

Lena seufzte auf, als sie den Fremden mit dem ergrauenden Zopf in der dunklen Wirtsstube verschwinden sah. Langsam fuhr sie fort, Gläser, Teller, Pfannen und Kochgeschirre abzuspülen, die sich im Laufe des Tages angesammelt hatten. Seit ihrer Ankunft am frühen Morgen rannte sie schon mit Hanne in der Küche umher, briet Eier, schnitt Fleisch und tischte den Leuten Milch, Kaffee, Bier oder Branntwein auf. Ungeduldig hatte sie darauf gewartet, endlich mit Claus Greene reden zu können und als der Strom der Gäste abriss, erwies er sich wie immer als verständnisvoller, geduldiger Zuhörer, dem sie bedenkenlos alles anvertrauen konnte. Allerdings spürte sie deutlich seine aufmerksamen und besorgten Blicke, als sie die Begegnung mit dem hilflosen Elias schilderte und ehe sie es wagen konnte, von der gemeinsam verbrachten Nacht zu erzählen, trafen neue hungrige und durchgerüttelte Reisende mit der Postkutsche ein und verlangten dringend nach einer Stärkung.

Nach ihnen holperten gleich mehrere Fuhrwerke über den Hof und als die Knechte Lena erkannten, riefen sie erfreut ihren Namen, klatschten ihr johlend auf den Hintern und verschlangen sie mit ebenso gierigen Blicken wie die Brote mit dem Wildschinken, der eine Spezialität des Auerhahns war. Wenn es ihr zu viel wurde, versetzte

sie ihnen einen freundlichen Hieb aufs Ohr und dann
benahmen sich die Kerle wieder ganz manierlich. Während sie eifrig hin- und her rannte, kehrten ihre Gedanken immer wieder zu Elias zurück. Er war so ganz anders gewesen als diese ungehobelten Burschen. Betrübt
schabte sie verkrustete Reste von einem Pfannenboden
und dachte an seinen sehnigen Körper und die schönen
Empfindungen, die er bei ihr ausgelöst hatte. Wo war
er nur geblieben? Angst breitete sich in ihr aus, wenn
sie daran dachte, welche Folgen die Begegnung haben
könnte. Auch die alte Suse hatte gestern immer wieder
eine Hand aufs Herz gepresst, schwer geseufzt und gemurmelt, sie habe befürchtet, dass eines Tages so etwas
geschehen würde.

Inzwischen war Lena nicht nur traurig, sondern auch
wütend auf diesen Fremden, der sie erst so herzlich liebkost und dann im Stich gelassen hatte. Sie war für ihn
herumgelaufen, hatte ihn versorgt und er dankte ihr, indem er einfach verschwand. Aber so leicht konnte man
sie nicht an der Nase herumführen, nein, rächen würde
sie sich, indem sie mit einem anderen genau dasselbe
machte wie mit ihm! Er sollte nicht der einzige sein, der
sie berühren durfte. Bald schon würde sie dem vornehmen Gast, der sogar mit einem Diener gereist kam, erlauben, sie zu umarmen und zu küssen und wenn dann
ein Kind kam, dann wäre es wenigstens nicht von einem
dahergelaufenen Vagabunden! Wütend wischte sie ein
paar Tränen aus ihren Augen, schniefte herzzerreißend
und dachte voller Sehnsucht an Elias, der sich ihr nicht
einmal richtig vorgestellt hatte. Ihn liebte sie doch und
so schön wie mit ihm würde es mit dem Kerl aus der
Gaststube niemals sein können! Ach, wo war er nur, ihr
Liebster, von dem sie sich wünschte, dass er sie freien

und für immer bei ihr bleiben würde! Mit ihm zusammen wollte sie auf der Mühle leben und viele Kinder bekommen. Die alte Suse würde sich schon fügen und davon überzeugen lassen, dass Elias ein guter und geschickter Knecht war und genau der richtige für das Müllergewerbe. Und Claus Greene, den konnte sie um den Finger wickeln, der hatte ihr noch nie einen Wunsch abgeschlagen.

Manchmal fragte sie sich, warum der Auerhahnwirt, den sie als ihren Ziehvater betrachtete, ganz allein und ohne Frau und Kinder geblieben war. Trotz seines hohen Alters gab es etliche junge Mägde, die um eine Anstellung baten, ihn verlangend ansahen und gern mit ihm zusammen den Krug bewirtschaftet hätten. Doch er duldete nur ungern fremdes Gesinde, einzig die schon ganz krumm und gebeugt gehende Hanne durfte in der abgelegenen Schänke walten und bis auf die Knechte und einige Hilfsmägde, die gelegentlich kamen und gingen, war es nur noch Lena gestattet, das Anwesen zu betreten. Er mochte es, wenn sie in seiner Nähe war, und damit er einen Grund hatte, um nach ihr zu schicken, hob er immer ein klein wenig Arbeit für sie auf. Dann kletterte Lena den schmalen Pfad hinauf und verbrachte manchmal mehrere Tage hintereinander in der Schänke, denn dort war kein Tag wie der andere.

Die Fuhrleute sorgten für abwechslungsreiche Gespräche, verbreiteten Neuigkeiten und auch Postkutschen passierten regelmäßig den Auerhahn, um die Pferde nach den strapaziösen Fahrten durch felsige Hohlwege ausruhen zu lassen. Besonders die Fuhrknechte erregten ihre Bewunderung, denn es war eine schwere Kunst, die Ruhe zu bewahren, wenn die schweren, riesigen Holzräder im Schlamm versackten oder im Geröll feststeckten. Den Berg hoch von Goslar kommend, beladen mit Holz oder Eisenwaren, mit Säcken voller Getreide oder mit gluckernden Bierfässern, kämpften sich die Männer mit Peitschengeknalle und lautem Gejohle den Weg frei. Nicht immer kamen sie heil oben an und für die Gäule bedeutete ein gebrochener Fuß das Ende eines oft jämmerlichen Lebens. Wie sie es zuwege brachten, trotz der tief eingefurchten Hohlwege, meist ohne fremde Hilfe, ihre schweren Frachten treu abzuliefern, war kaum zu begreifen. Das Gesetz des Waldes war oft grausam und nur wer genug Härte zeigte, durfte überleben. Weichheit wurde selbst gegenüber den Kindern nur ungern gesehen, doch sie, Lena, sie wurde behandelt wie eine Prinzessin.

Was wäre aus ihr geworden, wenn Suse ihr nicht beigestanden hätte? Ohne zu zögern hatte die Glockenmüllerin das verwaiste Mädchen bei sich aufgenommen. Dabei war das Leben von Suse schon schwer genug. Sie sprach nicht darüber, aber irgendetwas Schreckliches musste ihr einst widerfahren sein. Sie konnte das linke Bein nur mit Mühe bewegen, es gehorchte ihr nicht mehr richtig und quer über die Stirn zog sich eine feuerrote gezackte Narbe. Lena hatte sich an den Anblick der roten Linie zwischen den Augenbrauen so gewöhnt, dass sie als kleines Kind sogar dachte, anderen Frauen würde etwas fehlen.

Aus Andeutungen, die Claus Greene gelegentlich machte, hatte sie begriffen, dass ihre Ziehmutter Suse vor dem geheimnisvollen Geschehnis eine sehr schöne Frau gewesen war und er erzählte oft, dass ihr alle Burschen des Oberharzes nachgestellt seien. Nach dem Tod der Eltern musste sie dann notgedrungen einen der

Mühlenknechte heiraten, um weiterhin die Mahlmühle bewirtschaften zu können. Dabei ließ sie keinen Zweifel darüber aufkommen, wer das Regiment im Hause führte. Alt war der arme Mann unter der Herrschaft seiner resoluten Ehegattin nicht geworden und als Lena einzog, war er schon tot.

Ihr Witwendasein wurde von der neuen Aufgabe als Ziehmutter der kleinen Lena verschönert, denn sie liebte das schwarzhaarige Mädchen wie ein eigenes Kind. Eine Zeit lang hatte man sie sogar in die Schule nach Hahnenklee geschickt, jedenfalls im Sommer, und einen Knecht eigens dafür abgestellt, sie mit dem alten Einspänner dorthin zu bringen und wieder abzuholen. So hatte Lena eine gewisse Bildung genossen, konnte schreiben, lesen und rechnen und ihr Wesen verfeinerte sich durch einen, für die derbe Waldbevölkerung ungewöhnlichen Liebreiz. Aber genauso war es richtig, fand Suse, denn ein Kind wohlhabender Müller sollte eines Tages aufsteigen können in die feine Gesellschaft der Stadtbürger.

Das war auch der Wusch ihrer Jugend gewesen und obwohl sie ihre törichten Sehnsüchte inzwischen nur noch verdammte, weil sie ihr Unglück gebracht hatten, hegte sie doch ganz im Inneren die Hoffnung, wenigstens Lena möge es eines Tages vergönnt sein, den Wald zu verlassen und in einer richtigen Stadt mit Straßen, stattlichen Häusern und wohlhabenden, gebildeten Bürgern zu leben. Dieses kalte, dunkle Tal, in dem nur für wenige Wochen der Sommer Einzug hielt, war eigentlich überhaupt kein Ort, an dem ein Mädchen leben sollte.

Im Gegensatz zu Suse dachte Lena selten über ihre Zukunft nach, viel häufiger beschäftigte sie sich mit dem Schicksal ihrer Mutter, die schon lange tot war. Dabei geriet sie manchmal in eine melancholische Stimmung und stellte Suse bohrende Fragen, doch von ihr erfuhr sie beinahe nichts, denn ihre Ziehmutter vermied es, den Namen Magdalene Bindseil überhaupt auszusprechen. Nur Claus Greene sprach gern von ihr, er hatte sie anscheinend sehr verehrt und beschrieb geduldig, wie sie ausgesehen und gesprochen hatte. Nach der Herkunft ihrer Mutter durfte sie ihn aber auch nicht fragen und so wusste sie nur, dass sie ihr kein bisschen ähnlich sah und fragte sich oft, wer wohl ihr Vater gewesen sein mochte.

In dunklen Winternächten erzählte Suse oft die Sage von der unglücklichen weißen Frau, die in der Dämmerung am Waldrand den Menschen als Geist erschien. Dann stellte Lena sich vor, dass es die verstorbene Magdalene Bindseil sei und weinte um die verlorene Mutter. Insgeheim betrachtete sie jedoch Claus Greene als ihren Vater, denn sie spürte seine unverbrüchliche Treue, fühlte sich beschützt und wusste, dass er sie beständig liebte, wie sein eigenes Kind.

Doch immer, wenn Lena von trüben Gedanken befallen wurde, die nicht von ihr weichen wollten, flüchtete sie sich aus dem engen Tal hinauf zum Auerhahn. Dort empfing man sie stets aufs herzlichste, denn Claus Greene sah es nur zu gern, wenn sie ihn aufsuchte. Sie wurde bewirtet und bedient, doch als sie kein Kind mehr war, gefiel es ihr nicht, mit den Händen im Schoß herumzusitzen und er erlaubte ihr, mit den anderen Mägden die Schänke zu bewirtschaften. Und wenn sie einmal dort oben war, versorgte sie auch das Vieh und den Gemüsegarten, aber am meisten gefiel es ihr, sich um die Gäste zu kümmern. Im Tal traf sie nicht viele Menschen und sie empfand die flüchtigen Begegnungen und Gespräche mit den lärmenden Fuhrknechten und anderen Reisenden als sehr abwechslungsreich.

Wenn die Männer ihr lüstern hinterher starrten und sie ganz unberührt davon ihre Arbeit verrichtete, wachte Greene mit einer Mischung aus väterlichem Stolz und eifersüchtiger Kontrolle über ihren Ein- und Ausgang. Der Harz hatte seine eigenen Gesetze und eine Frau, die man allein im Wald antraf, war vor Zudringlichkeiten nicht immer geschützt. Es gab viele Mädchen, die nach einer erzwungenen oder freiwilligen Begegnung im Dickicht der einsamen Forsten schwanger wurden, ohne zu wissen, wie sie das Kind aufziehen sollten und die alte Suse hatte manchmal seufzend festgestellt, die Weiber hätten es so viel schwerer als die Männer. Doch niemand würde es jemals wagen, Lena etwas zuleide zu tun, denn Claus Greene war der männliche Schutz, den eine Frau im Wald dringend brauchte und man wusste, dass er mit seiner Jagdflinte jeden erschießen würde, der ihr nur ein Haar krümmte.

Nicht alle Frauen hatten das Glück, eine schützende männliche Hand über sich zu wissen. Schaudernd erinnerte sich Lena an eine unheimliche Prozession, der sie einmal in Goslar begegnet war. Eine unübersehbare Menschenmenge verstopfte sämtliche Gassen und machte es unmöglich, das Haus der Familie Moses zu erreichen. Begleitet vom schaurig monotonen Klang der Kirchenglocken wurde ein zum Tode verurteiltes Mädchen auf dem Schandkarren zur Hinrichtungsstätte gebracht, die sich vor den Toren der Stadt befand. Mit dem Schwert sollte sie enthauptet werden! Zahllose Gaffer säumten die Fahrwege, als der Zug sich langsam die Breite Straße hinab bewegte und Lena, die auf dem Weg zu Rahel war, drückte sich entsetzt in eine Hausecke. Das Waisenmädchen sollte sterben, weil sie ihr neugeborenes Kind getötet hatte, aber man munkelte so einiges über den wahren Hintergrund dieser scheußlichen Tat. Lena musste die halbe Stadt umrunden, um dem Zug auszuweichen und stand mit großer Verspätung, verschwitzt und zitternd, vor der Tür des Synagogenvorstehers.

Auch Rahel hatte von der Hinrichtung gehört und die Freundinnen hielten sich weinend umschlungen und verdammten das harte Urteil. Später versammelte sich die Familie bedrückt zur Mahlzeit um den großen Tisch und die Kinder lauschten furchtsam zusammengekauert den hebräischen Worten, die Isaac, Rahels Ehemann, bedächtig aussprach. Seine Hände schwebten segnend über einem Licht und den Köpfen der Anwesenden und die zwei ergrauten Locken an seinen Schläfen schienen weise zu nicken. Liebevoll lächelnd betrachtete er seine Kinder, seine Frau und den Gast.

Zum jüdischen Neujahrsfest hatte man Lena einmal eingeladen, bei den Frauen zu sitzen und nie würde sie vergessen, wie seltsam es damals zugegangen war! Seit dem verheerenden Stadtbrand im Jahr 1780 besaßen die Juden kein Gotteshaus mehr und mussten als Notbehelf mit einem Hinterzimmer im Hause der Familie Moses vorlieb nehmen. Der Neubau der Synagoge hatte sich unerwartet verzögert, denn trotz großzügiger Hilfsgelder, die sogar von Juden aus Göttingen, Halberstadt, Kassel und Hamburg, aus Prag, Wien und Amsterdam eintrafen, gelang es nicht ganz, die benötigten tausend Taler aufzubringen.

Der Versammlungsraum, der sich im Untergeschoss des vorübergehend gemieteten Wohnhauses in der

Bäckerstraße befand, ähnelte in nichts den üppig geschmückten Kirchen und Kapellen, die Lena aus Goslar kannte. Lediglich einige Kerzenleuchter, eine vielarmige Messinglampe und ein geschnitzter Schrank mit einem bestickten blauen Seidenvorhang verzierten den ansonsten kahlen Raum. Lena suchte vergebens nach einem Abbild des Gekreuzigten und Rahel erklärte ihr eindringlich, dass es unschicklich sei, sich in einem jüdischen Tempel zu bekreuzigen.

Während des Gottesdienstes beobachtete sie unauffällig die wenigen alten Männer mit langen Schläfenlocken. Unter feierlichem Gemurmel schritt Moses Isaac nach vorn, schloss den Schrank auf und entnahm ihm eine in samtene Tücher eingeschlagene große Rolle, die er so behutsam auspackte und entrollte, als sei es ein lebendiges Wesen. Dann kamen die Männer und Knaben nacheinander an das Pult, deuteten mit einem silbernen Zeigefinger auf die Schriftrolle und lasen in einer fremden Sprache daraus vor. Neugierig versuchte Lena, durch das Holzgitter, hinter dem die Frauen saßen, einen Blick auf die andere Seite des Raumes zu erhaschen. Während die Frauen kaum wagten, sich zu rühren, wiegten alte und junge Männer ihre Oberkörper wie Grashalme hin und her und murmelten dabei monotone Gebete.

Ihre Köpfe waren von gewebten Fransentüchern bedeckt, dennoch suchte ein vorwitziger Bursche immer wieder keck ihren Blick und zwinkerte ihr einmal sogar verschmitzt zu. Lena schaute verlegen in eine andere Richtung, doch bald verfolgte sie wieder gebannt das hingebungsvolle Schaukeln der Männer. Erst als Rahel sie tadelnd anstieß, senkte sie beschämt den Blick. Mehrere Stunden dauerte der Gottesdienst und am besten gefiel es Lena, wenn die feierlichen Gebete von fröhlichem Gesang unterbrochen wurden. Die engen Wände des Raumes schienen sich zu weiten, sie wurde von einer heiteren Zuversicht erfüllt und ihre Seele schwebte zufrieden losgelöst über den Stühlen. Mit dem durchdringenden Tuten eines Widderhorns endete das Zusammensein und im Raum entstand ein großes Durcheinander. Das neue Jahr wurde enthusiastisch begrüßt, jedermann sprang auf, um den Nachbarn zu umarmen und auch die Frauen in ihrem kleinen Abteil wünschten sich gegenseitig Glück und Segen. Lena stand unsicher dazwischen, sie war es nicht gewohnt, in der Öffentlichkeit geherzt zu werden und als Rahel sie auf beide Wangen küsste, hätte sie beinahe geschluchzt.

Nachdem sämtliche Besucher sich verabschiedet hatten, kehrten sie zurück in die geräumige Diele und Lena verschlug der Anblick der festlich gedeckten Tafel mit kostbarem Geschirr den Atem. Schüchtern zwängte sie sich zwischen den Stühlen hindurch und bestaunte die glitzernden Gläser, die silbernen Bestecke und die Vielfalt der Speisen. Erst jetzt wurde ihr bewusst, dass Rahel, die sogar über Hausangestellte verfügte, eine reiche Frau war. Und man hätte Isaac Moses in der Tat als vermögend bezeichnen können, wäre die kleine Schar der Juden in der Stadt und dem Umland von Goslar nicht so sehr von seiner Unterstützung abhängig gewesen.

Und hätte er nicht schon für seinen Schutzbrief hundert Taler zahlen müssen und hätte der Stadtbrand vor drei Jahren nicht seinen gesamten Hausrat zerstört. Die Übersiedlung nach Goslar hatte von Anfang an unter keinem guten Stern gestanden und seit einiger Zeit schon dachte er daran, nach Kassel zurückzukehren. Doch da er sah, wie hilflos seine Glaubensgenossen der Interessenpolitik des Rates und dem selbstsüchtigen Handelsgebaren der Gilden ausgesetzt waren, zögerte er die Abreise immer wieder hinaus. Überall behandelte man die Juden wie kleine Kinder und tatsächlich verwandelten sie sich als Folge der ständigen Bevormundung auch oft in zänkische und streitsüchtige Wesen, die nur durch den schlichtenden Arm der Obrigkeit zur Ordnung zu bringen waren.

Auch Rahel wäre gern nach Kassel zurückgekehrt. Sie vermisste die großzügigen Grünanlagen, das hübsche Schloss unten im Park, die Sternwarte und das prachtvolle kurfürstliche Museum. Nicht dass die Juden im Hessischen mehr Rechte besaßen, aber wenigstens gab es mehr Abwechslung als hier in den engen, verstopften Gassen der mittelalterlichen Reichsstadt. Rahel sehnte sich nach breiten, herrschaftlichen Alleen, auf denen die Equipagen vornehmer Leute elegant aneinander vorbeifuhren, ohne ausweichen zu müssen.

Am meisten aber litt sie unter dem selbstauferlegten Gebot, ihren Reichtum zu verbergen, um nicht den Neid der Nachbarn zu wecken. Sie war in Goslar immer unauffällig gekleidet und die kostspieligen Reifröcke, auffälligen Bordüren und eleganten Hüte nach der Mode wohlhabender Bürgerinnen, hingen unbenutzt im Schrank. Allerdings hätte sie in einem derart prunkvollen Aufzug wohl kaum Zugang zu Lena gefunden, denn das unscheinbare Müllerkind schämte sich der Einfachheit des eigenen Standes und war schnell eingeschüchtert. Rahel liebte Lena sehr und einmal hatte sie der Freundin zuliebe sogar einen unendlich weiten Fußmarsch auf sich genommen, obwohl sie lange Spaziergänge verabscheute.

Die Familie besaß ein Pferdegespann und wenn die Ehefrau des Synagogenvorstehers sich schon in bescheidene Gewänder hüllen musste, so wollte sie wenigstens wie ein feine Dame kutschiert werden. Doch aus Zuneigung zu Lena ließ sie es sich gefallen, wie eine Magd mit Schürze, Rock und Kopftuch bekleidet, den steilen Weg bis hinauf zum Auerhahn durch den Wald zu laufen. Aber es war auch schön gewesen und die beiden jungen Frauen hatten, begleitet von Josuah, dem Knecht, geschwätzig allerlei Erfahrungen ausgetauscht.

Anfangs sprachen sie über die neueste Kleidermode, verglichen auf halbem Wege das christliche Osterfest mit dem jüdischen Passahmahl und Lena erzählte zuerst, wie es bei ihnen zuhause gehalten wurde. Schon bevor die Sonne aufging, mussten sie aufbrechen, um den österlichen Frühgottesdienst zu erreichen und noch in der Finsternis stapften sie durch feuchtes, oft noch gefrorenes Gras, bis sie die kleine Kirche in Hahnenklee erreicht hatten.

Das Innere des unbeleuchteten Raumes wurde nur vom feierlichen einstimmigen Gesang des Kantors erfüllt und erst wenn alle Besucher ihren Platz gefunden hatten, wurden die Kerzenleuchter entzündet. Darauf folgten endlos lange Bibellesungen, bei denen einem die Beine einschliefen und wie bei den Juden saßen auch hier die Frauen getrennt von den Männern oben auf einer Empore, schwatzten miteinander und blickten auf den Altar hinab. Nachdem die Auferstehung des Gekreuzigten begrüßt worden war, war der Kirchdienst beendet und sie kehrte mit Suse und den Mägden unverzüglich zurück zur Glockenmühle. Dort angekommen, versammelten sie sich um den großen Holztisch in der Diele, an dem sie auch sonst ihre Mahlzeiten einnahmen. Dann wurde eine bescheidene Mahlzeit aufgetragen, gebetet, gegessen und auch gesungen. Nur wenn sie an den Hohen Feiertagen zu Claus Greene in den Auerhahn kamen, verbreitete sich eine gewisse Pracht. Noch immer befand sich in dem einst herzoglichen Gasthof eine vergessene Kiste mit kostbarem Geschirr und einigen Prunklüstern, die er zu diesem Anlass hervorholen und auspacken ließ. Feierlich saßen sie dann an dem langen, festlich gedeckten Tisch und genossen die Kochkünste der treuen Magd.

Die Sonne brannte auf ihren Schultern, als die beiden Mädchen ins Gebirge hinaufstiegen. Rahel war es nur mit Mühe gelungen, mit Lena Schritt zu halten. Am Auerhahn badeten sie ihre heißen Füße in einem kleinen Steinbottich, der von einer Rohrleitung gespeist wurde und das Wirtshaus mit kühlem frischen Wasser versorgte. Verschwitzt betraten sie die Wirtsstube und wurden von Claus Greene aufs herzlichste begrüßt. Der weitgereiste Mann zählte auch einige Braunschweiger Juden zu seinen Freunden und berichtete der staunenden Rahel interessante Neuigkeiten von seiner letzten Fahrt in die herzogliche Residenz.

Bald verlor die junge Frau ihre Scheu und lauschte hingerissen und begeistert seinen Erzählungen und die Grübchen, die jedes Mal erschienen, wenn sie lachte, gaben ihr das Aussehen eines glücklichen Kindes. Nach einem üppigen Mahl und weiteren leutseligen Vorträgen über die gräflichen Prachtbauten in Wolfenbüttel, spielten sie lachend mit den Würfeln. Zu später Stunde stiegen die Mädchen zu der Schlafkammer hinauf, in der Lenas Mutter, Magdalene Bindseil, für kurze Zeit gewohnt hatte.

Davon wusste Lena jedoch nichts und auch die Briefe, die Magdalene ihrer Tochter hinterlassen hatte, lagen noch verschlossen in einer großen Truhe. Bisher hatte Claus Greene es nicht fertig gebracht, sie dem Mädchen zu geben. Als er damals die zierliche Schrift Magdalenes Seite für Seite aufmerksam gelesen hatte, waren ihm immer wieder die Tränen gekommen und der Schmerz, den er in eine Kammer seines Herzens gesperrt hatte, drohte ihn zu zerreißen. Er wollte das Mädchen so lange wie möglich von der Bürde verschonen, an der ihre Mutter zerbrochen war. Doch eines Tages musste er dem Willen Magdalenes entsprechen und ihr die Briefe aushändigen. Nur ein oder zwei Jahre wollte er noch verstreichen lassen.

Lena mochte das Leben auf dem Harz, denn es war gleichzeitig einfach und voller Abwechslungsreichtum. Im Auerhahnkrug und auf den Märkten traf sie viele Menschen und nach dem lauten Trubel freute sie sich immer auf die Schönheit der Wälder und die einsame Stille um die Glockenmühle, die nur vom Klappern des Mühlrades unterbrochen wurde. Auch wenn sich ihr Zuhause an einem abgelegenen Ort befand, so wusste sie doch, dass überall in der Nähe Menschen lebten, die bis spät in die Nacht hinein geschäftig unterwegs waren.

Sie fragte sich oft, warum sie alle trotz ihres Fleißes so arm blieben und warum Gott einige Menschen so reich werden ließ. Dabei dachte sie an ihre Nachbarn, die Besitzer der Papiermühle, die flussabwärts auf dem Weg nach Goslar lag. Dort wirtschaftete der achtbare Herr Binder, dessen wachsender Reichtum es ihm sogar ermöglicht hatte, ein stattliches Bürgerhaus innerhalb der Mauern von Goslar zu kaufen. Lena sah ihn einmal in

Goslar aus der Tür seines Hauses treten, das ihr mit all den Verzierungen, Schnitzereien und kleinen Giebeln wie ein Schloss vorgekommen war. So viel Glück war den Kornmüllern nicht vergönnt, doch auch Suse hatte unbemerkt ein kleines Vermögen angehäuft und Claus Greene zur Aufbewahrung gegeben, denn er besaß einen gut gesicherten, schweren Geldschrank.

Wie aus einem fernen Traum kehrten Lenas Gedanken in die Gegenwart zurück. Nur wenig Zeit war vergangen, seit der fremde Gast die Tür hinter sich geschlossen hatte. Schnell sprang sie auf, verließ die Küche und gesellte sich zu den anderen Mägden, die inzwischen aus Zellerfeld und Goslar eingetroffen waren, um die verwaisten Kühe zu melken. Überall im Stall erklang das Geräusch der in Eimer plätschernden Milch, doch das hielt die Frauen nicht davon ab, laut schnatternd Neuigkeiten auszutauschen. Als Lena eintrat, schwiegen sie einen Augenblick erstaunt, aber nach kurzer Zeit schwoll das Stimmengewirr wieder an und die Stunden vergingen wie im Flug. Eine Clausthaler Magd ließ die anderen wissen, dass im Hause des Vizeberghauptmanns in Zellerfeld hoher Besuch erwartet wurde, ein berühmter Dichter aus Weimar sei auf der Durchreise.

Lena kümmerte sich nicht um die Unterhaltung der Mägde, denn während sie auf dem Schemel hockte und an den Eutern der Kuh drückte und zog, war ihr plötzlich der verschwundene Elias wieder in den Sinn gekommen. Mit dem Arm wischte sie sich den Schweiß von der Stirn, dachte an die schönen Dinge, die sie im Wald getan hatten und sah in Gedanken den nackten Körper des Mannes vor sich. Verlegen blickte sie zur Seite, wurde rot und kicherte vor sich hin. Später saßen die Mägde beim Essen in der Küche zusammen und eine Frau erzählte, sie habe von einem Hausierer, der durch Lautenthal gezogen sei, wunderschöne Bordüren erstanden. Vom Rhein sei der Mann gekommen, das konnte man an seiner Sprache hören und vielleicht sei er ein Jude gewesen, aber vielleicht auch nicht, jedenfalls war er hübsch anzusehen.

Lena horchte auf, ließ sich das Aussehen des Mannes genauer beschreiben und wurde ganz aufgeregt. Ohne Zweifel, sie sprachen von ihrem Liebsten, dem Elias! Nur sie allein wusste, dass er wirklich ein Jude war. Wenn sie genau über seinen Körper nachdachte, dann war ihr, als hätte er sich so angefühlt, als sei er da unten beschnitten worden. Sie wusste von Rahel, dass den jüdischen Knaben gleich nach der Geburt die Vorhaut abgetrennt werden musste, weil es die Religion so verlangte. Ja, sie würde so schnell wie möglich zu Rahel eilen und ihr alles erzählen!

Als die Kühe gemolken, die Sahne gebuttert und die Molke zu Käse verarbeitet worden war, fand sich endlich eine Gelegenheit, mit Claus Greene zu sprechen. Weinend beichtete ihm Lena die Nacht mit Elias. Gemächlich seine Pfeife rauchend, hörte er ernst und schweigend zu. Während sie sprach, überkam das Mädchen eine große Unruhe und am liebsten wäre sie sofort in die Stadt gelaufen, um Rahel nach Elias auszufragen. Der Alte nickte verständnisvoll und sagte lächelnd, jetzt müsse sie erst heimkehren in die Glockenmühle und gleich morgen früh solle sie dann Rahel aufsuchen. Er wolle in der Zwischenzeit über alles nachdenken und überlegen, was zu tun sei. Erleichtert und dankbar drückte sie ihm einen Kuss auf die Wange und eilte den steilen Pfad hinunter zur Glockenmühle, bevor die Dämmerung anbrach, denn Suse machte sich immer Sorgen, wenn Lena versäumte, vor Einbruch der Dunkelheit zurückzukehren und war hocherfreut, sie wohlbehalten in der Tür stehen zu sehen.

Das verschwitzte Mädchen riss sich das Kopftuch von den zerzausten Haaren, spülte Hände und Gesicht im Waschzuber und ließ sich polternd mit einem Seufzer der Erleichterung auf einen der Holzstühle fallen. Die Mägde und der Müllergeselle saßen bereits wartend um den großen Tisch versammelt und Konrad sprach den Tischsegen.

Gemeinsam begannen sie, die Abendmahlzeit einzunehmen und noch während gekaut und erzählt wurde, besprachen Suse und Konrad schon den morgigen Arbeitstag und alsbald begaben sich alle erschöpft in ihre Kammern. Nachdem auch Suse zu Bett gegangen war, löschte Lena das Licht und rollte sich unter ihren Decken zusammen. Sie fand keinen Schlaf und dachte über die zwei so unterschiedlichen Männer nach. Wie schön war es gewesen, als ihr Liebster sie berührt und sich mit ihr vereinigt hatte und wie gekünstelt kam ihr dagegen die Verehrung des fremden Gastes vor.

Warum nur war sie auf sein Werben eingegangen? War es der gekränkte Stolz, den sie verspürte, weil der Liebste einfach verschwunden war? Nur nach ihm sehnte sie sich, ihn wollte sie wiedersehen und hatte sich nun doch fest mit dem Fremden verabredet. Am Sonnabend würde er sie oben an der Biegung neben dem Harzweg erwarten. Und wenn sie nicht hinginge? Nein, unmöglich, er war ein hoher Herr und würde ihr das Fernbleiben verübeln und sich vielleicht bei Claus Greene über sie beklagen! Aber den morgigen Freitag, den wollte sie damit verbrin-

273

gen, in Goslar den Liebsten zu suchen. Allerdings feierten die Juden da ihren heiligen Ruhetag, den Sabbat, und sie durfte nicht zu spät bei Rahel eintreffen. Das Mädchen war gleichzeitig müde und wach und betete wie in jeder Nacht für ihre arme leibliche Mutter, die ein böser Fluch getroffen hatte. Gott möge ihr verzeihen!

Besorgt fragte sie sich noch im Halbschlaf, ob sie dem Fremden etwa deshalb nachgegeben hatte, weil etwas von dem liederlichen Wesen ihrer Mutter auch zu ihr durchgedrungen war? All die bösen Gerüchte kamen ihr in den Sinn, die man sich über Magdalene Bindseil zuraunte und die sie oft zum Weinen gebracht hatten. Vielen Männern sollte sie sich hingegeben und dafür sogar Geld gefordert haben. Ein Hurenweib und eine Dirne nannte man sie und die Kinder in der Schule hatten Lena hinterdrein geschrien: *Staubbesenhur, Staubbesenhur!*

Unhörbar schluchzte sie in ihre Decke. Und wenn nun Elias für immer verschwunden blieb und sie von ihm ein Kind bekam! Wenn sie den Liebsten bis morgen nicht gefunden hatte, wäre es vielleicht klug, schnell mit dem Fremden in den Wald zu gehen. Sie könnte dann behaupten, das Kind sei von ihm und ein so vornehmer Herr würde sie bestimmt nicht im Stich lassen! Über diesen bedrückenden Gedanken schlief sie ein und ihre gleichmäßigen Atemzüge wurden vom Schrei der Eulen und Käuzchen übertönt, die mit anderen Tieren des Harzwaldes in der Dunkelheit nach Beute suchten.

Kapitel 10
LENA UND ELIAS

Lass dich, Geliebte nicht reu´n,

dass du mir so schnell dich ergeben!

Glaub es, ich denke nicht frech,

denke nicht niedrig von dir

Mit lautem Vogelgezwitscher vertrieb der neue Morgen die Dämmerung und durch das geöffnete Fenster drang der vielstimmige Gesang der ersten Waldvögel. Als Lena sah, dass Suse noch schlief, sprang sie hastig aus dem Bett und kleidete sich geräuschlos an. Die Luft duftete warm nach harziger Fichtenrinde und aufgeregt dachte Lena an den Liebsten, den sie vielleicht heute finden würde. Lautlos schlich sie nach unten, entfachte in der Diele ein Feuer und bereitete für alle Bewohner des Hauses den Morgenbrei zu. Nach einer Weile hörte sie den schlurfenden Gang ihrer Ziehmutter, die mühsam die knarrende Treppe herunter gestiegen kam.

Erstaunt musterte die Alte die leuchtend roten Wangen, die blitzenden Augen und das übermütige Lachen des Mädchens und dachte: „Ich kenne diesen Blick!" Sie erinnerte sich an die Zeit, als sie selbst jung und schön und voller Begehrlichkeit gewesen war. „Wird sie nun dieselben Fehler machen, die mir damals das Verderben gebracht haben?", grübelte sie und wusste doch, dass man den Lauf der Dinge nicht aufhalten konnte. Ehe die Mägde und der Mühlenknecht Konrad schlaftrunken die Diele betraten, raunte sie dem Mädchen noch schnell zu: „Denk daran, mein Kind, dass wir einen Müller brauchen!" Doch Lena antwortete nicht, verschlossen vor sich hin lächelnd hantierte sie mit dem Milchkrug und tat, als ob sie die besitzergreifenden Blicke von Konrad nicht bemerken würde.

Klappernd setzte sie Schüsseln, Becher und Löffel auf dem Holztisch nieder und als die Bänke besetzt waren, dankte Suse dem Ewigen mit einem kurzen Gebet und sie verzehrten schweigend den Brei, das Brot und die Milch. Am Morgen wurde meist nicht viel geredet und als Suse in die Hände klatschte, erhoben sie sich und ein jeder ging an seine Arbeit.

Auch Lena, die allein zurückgeblieben war und den Tisch abgeräumt hatte, wollte sich unbemerkt davonstehlen und nach Goslar eilen. Bevor sie durch die Tür treten konnte, wurde sie von einem kräftigen Arm zurückgehalten. Konrad stand dicht neben ihr und schob sie in eine dunkle Ecke.

„Lena! Du weißt, ich bin dir gut, warum läufst du immer vor mir davon?", drohend und schmeichelnd zugleich erklang seine Stimme dicht an ihrem Ohr.

„Lass mich gehen, ich muss zum Auerhahn, dort fehlen die Milchmägde!", murmelte sie, wickelte ihr wollenes Tuch fester um die Schultern und machte sich los. Schon glaubte sie, ihm entwischt zu sein, da packte er auch ihr anderes Handgelenk und drückte sie mit dem Rücken gegen die Wand. Mit dem ganzen Gewicht seines Körpers hielt er sie gefangen und versuchte schnaufend, ihr einen Kuss abzuringen.

Lena kochte vor Wut, viel zu oft hatte Konrad sich so verhalten, als sei es eine ausgemachte Sache, dass sie heiraten und gemeinsam die Mühle bewirtschaften würden. Doch auch, wenn die alte Suse mit Konrad als dem zukünftigen Müller liebäugelte, so sträubte sich bei Lena alles gegen diese Vorstellung. Niemals würde aus den beiden ein Paar werden! Der dickliche junge Bursche, der aussah wie ein großes Stück Speck und roch wie ranziges Öl, schien die Welt um sich herum vergessen zu haben. Sie fühlte, wie sich etwas Hartes gegen ihren Bauch presste und sein Atem immer schneller ging. Ohne sie anzusehen, begann er sich gleichförmig an ihr zu reiben und zu stöhnen.

Lena war ratlos, seit Monaten verfolgte er sie mit lüsternen Blicken und wann immer sie aneinander vorbeigingen, streifte er mit der Hand wie zufällig über ihren Körper. Aber heute wagte er zum ersten Mal, sie festzuhalten. Ob er spürte, dass sie sich in der vergangenen Nacht einem Mann hingegeben hatte? Ein Knie drückte ihre Beine auseinander und das erregte Stöhnen war in ein regelmäßiges Keuchen übergegangen. Wenn Suse ihn jetzt entdecken würde, wäre er die längste Zeit Knecht in der Glockenmühle gewesen! Seltsame widerstreitende Empfindungen durchrieselten Lena und trotz des Widerwillens, der in ihr aufgestiegen war, begann sich eine gewisse Erregtheit in ihr auszubreiten. Beinahe unwillig erwiderte sie die Stöße seiner Lenden und als sie seine suchenden Hände unter ihrem Hemd fühlte, wäre sie am liebsten zu Boden gesunken, so überaus angenehm waren ihre Empfindungen.

Da hörte sie den Klang von Suses schlurfenden Schritten auf den Dielenbrettern und blitzartig wurde ihr bewusst, dass sie Konrads Drängen nicht nachgeben durfte, sie würde ihn sonst nie mehr abweisen können. Die Schritte kamen näher und Lena rammte dem schon siegesgewissen Mühlenknecht das Knie zwischen die Beine. Konrad unterdrückte einen Fluch und krümmte sich zusammen. Im Laufen knotete Lena das Kopftuch um ihre Haare, raffte Rock und Schürze bis über die Knie und lief, so schnell sie konnte, den steilen Bergpfad zum Auerhahn hinauf. Bald war sie zwischen den tief hängenden Rottannen verschwunden.

Suse blickte ihr besorgt nach, sie hatte das Klappern ihrer Schuhe auf der Steintreppe gehört und wollte wissen, warum sie es so eilig hatte. Als sie die davoneilende Lena und den schmerzvoll stöhnenden Konrad erblickte, reimte sie sich sogleich zusammen, was geschehen war. Tadelnd musterte sie den Knecht von oben bis unten und sagte: „Du kannst nicht erzwingen, dass dir ihr Herz gehört! Sie wird schon wissen, was recht ist, Konrad. Finde dich drein und geh an die Arbeit!"

Damit wollte sie ihm aus der Verlegenheit heraushelfen und glaubte auch, dass es ihr gelungen war. Doch im Weggehen hörte sie, wie er leise zischte: „Wenn die Lena einen anderen freit, dann steck ich die Mühle an!" und als würde der übermäßige Zorn ihn fortreißen, stieß er wütend hervor: „Sie ist ein Hurenkind, die sollte froh sein, wenn sie einen wie mich kriegen kann!"

Als Suse das hörte, erwachte ihr Zorn und sie fuhr ihn empört an: „Wie redest du mit deiner Herrschaft, du Nichtsnutz? Da gehst du besser gleich, sonst muss ich doch Angst haben, dass du mir das Dach überm Kopf anzündest, he? Einen besseren Knecht wie dich krieg ich überall auf dem Harz!"

Mit vorgerecktem Kopf stand sie ihm gegenüber und Konrad, der zweimal so groß war wie sie, wich ängstlich zurück. Weil er eigentlich schon seit längerem geahnt hatte, dass es mit ihm und der Müllertochter nichts werden würde, packte er die günstige Gelegenheit beim

Schopf und brüllte hochmütig zurück: „Gib mir meinen Lohn, du Hexe, und ich nehm´ mein Ränzel und geh auf Nimmerwiedersehen!"

Wutschnaubend drehte er sich um, polterte hinauf in seine Kammer und raffte seine wenigen Habseligkeiten zusammen. Als er zurückkehrte, streckte Suse ihm mit versteinertem Gesicht die Hand entgegen, in der ein paar Münzen für den angefangenen Monat lagen. Schweigend zählte er nach, verstaute das Geld in seinem Hosenbund und verließ grußlos das Haus.

Zitternd ließ sich die Alte auf eine Bank fallen. Tränen rannen über ihre Wangen und sie wischte mit der Schürze Augen und Nase trocken. Ein Räuspern hinter der Tür erinnerte sie daran, dass es noch andere Bewohner in der Glockenmühle gab. Liese, eine der Mägde, sah sie unsicher an und wollte schon wieder gehen, da klopfte Suse mit der Hand einladend auf die Sitzfläche und forderte sie auf, neben ihr Platz zu nehmen. Schweigend saßen sie da und erst nach einer Weile rückte die junge Frau etwas näher und sprach flüsternd, als ob Konrad noch in der Nähe sei und sie hören könnte.

„Es ist gut, dass der Kerl endlich fort ist! Frau Müllerin, Ihr habt es nicht gewusst, aber in den Nächten hat er die Mägde bedrängt und uns das Leben schwer gemacht. Zwischen den Getreidesäcken hat er uns aufgelauert und einmal ist es ihm gelungen, die Anna zu erwischen, als alle anderen zum Kirchgang aus dem Haus waren. Die Anna, das wisst Ihr doch, Frau Müllerin, die hat dann ihren Abschied genommen! Sie wollte nicht als liederliches Frauenzimmer gelten, denn er hat schlecht über sie gesprochen vor den Bergleuten."

Fassungslos lauschte Suse der Magd und händeringend begann sie zu jammern, wie wenig man einem Menschen trauen könne und wie schwer es heutzutage sei, gute Knechte zu finden. Mit Konrad sei sie schon lange unzufrieden gewesen und trauere ihm nicht nach, doch ausgerechnet morgen erwarteten sie drei Fuhren mit Roggen, die innerhalb kürzester Zeit gemahlen werden mussten, damit die Hahnenkleer Bergleute ihr Brot backen konnten. Die Magd drückte aufmunternd Suses Arm und meinte, sie würden das auch ohne den Knecht schaffen und die Müllerin versprach dankbar, auf den Lohn noch einige Groschen drauf zulegen, wenn nur rechtzeitig die Mehlsäcke geliefert werden konnten!

Lena war zunächst den Pfad hinaufgerannt, der zum Auerhahn führte, doch gleich hinter der ersten Wegbiegung kämpfte sie sich so lange quer durchs Dickicht, bis sie ganz und gar außer Sichtweite der Mühle war. Dann wandte sie sich in die entgegengesetzte Richtung und schlug den Weg nach Goslar ein. Bald hatte sie den tief ausgefahrenen Erzweg erreicht, der noch aus vergangenen Zeiten seinen Namen trug, als man die Erze des Rammelsberges zum Verschmelzen bis an den Granebach gebracht hatte, weil um Goslar nicht mehr genügend Holz für die Köhler verfügbar war. Allenthalben kahle Bergrücken zeugten davon, wie gierig der Bergbau die Laub- und Nadelholzwälder verschlang.

Tief in Gedanken versunken eilte Lena dahin, grüßte freundlich, wenn ihr jemand begegnete und erreichte bald die Anhöhe am Steinberg, die in ein Bergwiesental überging, das sich bis vor die Tore der Stadt Goslar erstreckte. Heute waren die vielen Kirchtürme der Stadt in nebligen Dunst gehüllt und ein leichter Nieselregen hatte eingesetzt. Aufgeregt rannte Lena den Pfad ins Tal hinab und hoffte, bei Rahel etwas über den geheimnisvollen Fremden zu erfahren. Bevor sie das Klaustor erreichte, ließ sie Rock und Schürze wieder bis auf die Knöchel fallen, ordnete ihr zerzaustes Haar unter dem Kopftuch und schöpfte Atem.

Ohne den Tragekorb ließen die Schildwachen sie zügig passieren und Lena wurde sich der neugierigen Blicke eines alten Bergmanns bewusst, der hinter dem Klaustor vor dem kleinen Gnadenlöhnerhaus an der Kapelle auf einer Bank saß. Der Greis war mit irgendeiner Schnitzerei beschäftigt und beobachtete aufmerksam jeden, der durchs Stadttor eintrat. Lena war sonst immer schwer bepackt und in Eile und nur darauf bedacht, nicht auf dem schmierigen Boden auszurutschen. Ohne die Kiepe zu rennen war ungewohnt, mit scheu gesenktem Blick zwängte sie sich zwischen etlichen Pferdegespannen hindurch, die wartend herumstanden, weil sich ein überladener Frachtwagen vor einer Einfahrt festgefahren hatte. Am Marktplatz angelangt fand sie, dass er ohne die verlockende und duftende Warenvielfalt öde und leer wirkte.

Plötzlich bot sich ihr ein trauriges Bild. Vor dem prachtvollen Gildehaus der Bäcker verstellten ihr Bettler den Weg. Mehrere Waisenkinder bildeten einen traurigen Zug aus paarweise nebeneinanderher trippelnden kleineren und größeren Knaben, die anklagend mit einer Blechbüchse rappelten. Am Schluss gingen die finster dreinblickenden Mädchen, die allesamt mager und verhärmt aussahen. Lena wusste, dass im städtischen Waisenhaus auch solche Zöglinge untergebracht waren, die eine Strafe verbüßen sollten, und eigentlich war es ja mehr ein Arbeitshaus, in dem die Bewohner spinnen, stricken und weben mussten. Die ärmlich gekleideten Kinder, von denen die meisten barfuß gingen, taten ihr leid und sie schämte sich ihrer hübschen neuen Schürze und der Schuhe, die eigens für sie angefertigt worden waren. Aus einer Tür zu den Backstuben wurden den Anführern der Gruppe ein paar Säcke mit Brotresten und Backwaren heraus gereicht. Die Mädchen verkürzten sich die Wartezeit, indem sie unbemerkt verächtlich vor Lena auf den Boden spuckten. Dabei traf sie ein Speichelfaden an der Wange.

Ängstlich beschleunigte sie ihre Schritte. Neben den Türmen der Marktkirche bog sie links ab, lief zielstrebig durch die Münzstraße und konnte am Ende der Gasse das Haus des Synagogenvorstehers in der Bäckerstraße erkennen. Unwillkürlich begann sie zu rennen, denn ihr war, als könne sie schon die Nähe des Geliebten fühlen und bald in seine Arme sinken! Aufgeregt klopfte sie an die Tür, doch nichts rührte sich und nachdem sie dreimal vergeblich geklopft und gehämmert hatte, wollte sie enttäuscht fortgehen. Da wurde die winzige Luke geöffnet und Rahel spähte hinaus.

„Lena!", rief sie erstaunt, zog die Tür ein kleines Stück auf und ließ die Freundin schnell eintreten. Erleichtert ergriff Lena die Hände von Rahel und umarmte sie länger als sonst. Entschuldigend, weil sie nicht sofort reagiert hatte, erklärte Rahel: „Eigentlich darf ich heute niemandem Einlass gewähren, aber als ich dich sah, ach, wie könnte ich dich draußen stehen lassen!"

Sie blickte sich um, hielt ihren Mund ganz dicht an Lenas Ohr und flüsterte: „Ich weiß ja nun, dass du es gewesen bist, die unserem lieben Gast geholfen hat! Du hast dem Elias das Leben gerettet!"

Mit diesen Worten nahm sie die Freundin erneut in die Arme und küsste sie herzlich auf beide Wangen. Dann senkte sie erneut die Stimme: „Wir haben große Angst, dass die Polizei nach ihm sucht, darum sind wir ganz still hier drinnen."

Lenas Knie drohten nachzugeben und sie schloss seufzend die Augen. Er war also hier! Rahel lächelte verschwörerisch und fragte: „Soll ich ihn holen, willst du ihn sehen?"

Sie verschwand, ohne eine Antwort abzuwarten. Lena raste von all der ungewohnten Aufregung das Herz und sie ließ sich erschöpft in einen der gepolsterten Stühle sinken.

Indessen lief Rahel durch den kaum beleuchteten Flur und schob den dicken Vorhang beiseite, der die Tür zum Hinterzimmer verdeckte. Im Halbdunkel des dunkel getäfelten, mit schweren Gardinen verhängten Raumes, saßen fünf Männer um einen Tisch herum und wandten unwillig die Köpfe, um zu sehen, wer sie zu stören wagte. Die junge Frau erkannte, dass sie in der Runde ehrwürdiger Herren unerwünscht war und wollte sich schon entmutigt abwenden, da fuhr Moses in die Höhe und rief aus: „Bitte, erlaubt mir, dass ich für einen Augenblick die Stube verlasse!"

Rahel hatte mit den Händen ein Zeichen gemacht, welches nur sie und ihr Ehemann deuten konnten und der hatte sofort begriffen, dass sie ihm etwas Wichtiges mitteilen wollte. Schnell erzählte sie Moses mit verhaltener Stimme von Lenas Eintreffen. Zerstreut lächelnd nickte er seiner Frau zu, winkte den Gast herbei und mit den Worten „Geh, Elias, geh!" schob er ihn zur Tür hinaus und kehrte zu den anderen zurück. Rahel unterdrückte hinter vorgehaltener Hand ein Kichern. Erleichtert, die Beratung ohne den Besucher, der sie in eine so schwierige Lage gebracht hatte, fortsetzen zu können, steckten die Männer wieder ernst die Köpfe zusammen und murmelten fremdartige Laute in ihre langen Bärte.

„Kum, Elias, trink mit uns a Glos Tee!", rief Rahel fröhlich aus, nachdem sie die Tür wieder fest zugedrückt hatte. Beschwingt fasste sie den verwunderten Mann am Arm und zog ihn hinter sich her bis in die kaum beleuchtete Diele. Dort drückte sie ihn auf einen Stuhl und verließ den Raum sogleich wieder mit der Begründung, sie müsse den Tee nun selber zubereiten, weil man ja wegen des heimlichen Gastes die Mägde fortgeschickt habe.

Elias senkte gedankenschwer den Kopf. Nun würde er den kostbaren Diamanten verkaufen müssen, um wieder in den Besitz von Münzen gelangen zu können! Aber darüber wurde ja gerade im Nebenraum verhandelt, die Ältesten der Judengemeinde überlegten, wie man dem Unglücklichen aus seiner Notlage heraushelfen konnte und ob sich vermeiden ließ, den Edelstein zu Geld zu machen.

Ein Geräusch ließ Elias zusammenfahren und nachdem sich seine Augen an das dämmrige Licht gewöhnt hatten, entdeckte er die vor Aufregung zitternde Lena, die nicht wagte, den Blick zu heben. Sie zupfte an ihrer Schürze herum und fand kein passendes Wort, das sie zu ihm sprechen konnte. Elias war überrascht und genauso sprachlos. Schweigend beobachtete er seine Retterin eine Weile und Lenas Wangen verfärbten sich dabei dunkelrot. Hier in dem vornehmen Haus, umgeben von kostbaren, mit geschnitztem Rankwerk verzierten Tischen, Stühlen und Schränken, wirkte sie fremd, schmal und hilflos. Die gebräunte Haut ihres Gesichtes schimmerte wie blasses Kupfer und sie erschien ihm viel jünger, als er sie in Erinnerung hatte.

Plötzlich drang eine Regung in sein Herz, die er längst verloren geglaubt hatte und er wünschte sich zu seinem eigenen Erstaunen, für immer und ewig bei ihr bleiben zu dürfen. Scheu stand er auf und umfasste ihre Hände. Sie zuckte zusammen. Er zog sie hoch und führte sie zu einer gepolsterten Bank, auf der sie nebeneinander sitzen konnten. Aufgewühlt hob er ihre Finger an die Lippen und flüsterte: „Danke, dass du mir geholfen hast!"

Doch plötzlich überkam Lena so etwas wie Groll, weil er sie ganz allein dort im Wald zurückgelassen hatte und anklagend fragte sie: „Warum bist du fortgegangen?" Elias senkte den Kopf: „Ich hatte doch kein Geld, um die Torwachen zu bezahlen und ich musste doch hinein in die Stadt. Das konnte nur bei Nacht gelingen, in der Dunkelheit!"

Wie hätte er mit seinen zahlreichen Prellungen und Blutergüssen und ohne eine Münze in der Tasche die Torwachen überzeugen können, ihn einzulassen? Sie hätten ihm niemals erlaubt, die Stadt zu betreten, ohne die geforderten Schlaf- und Meldegroschen zu entrichten. Und sollte er das gutherzige Mädchen etwa auch noch um Geld anbetteln? Heftig umarmte er sie, drückte Küsse auf Hals und Mund und Lena konnte einen Augenblick lang nicht atmen, so stark empfand sie den Strom des Entzückens, der durch sie hindurchfloss. Sie hob den Kopf, blickte in seine bernsteinfarbenen Augen und wünschte, dass der ernste Mund, der gleichzeitig Willenskraft und nachgiebige Freundlichkeit zum Ausdruck brachte, nie aufhören möge, sie zu küssen.

Auch Elias fühlte das besondere dieser Begegnung und dankte Rahel im Stillen für die gewährte Ungestörtheit des Beisammenseins. Ganz selbstverständlich fanden sich ihre Münder, und heiße Wellen der Begierde flossen erneut durch das Mädchen hindurch, als Elias seine Hände forschend über ihren Körper gleiten ließ. Vom Geräusch sich nähernder Schritte erschreckt, sprang Lena auf und rannte quer durch den Raum zur anderen Seite des großen Tisches. Dort stopfte sie schnell die Haare unter das verrutschte Kopftuch, setzte sich steif auf einen Stuhl und konnte gerade noch ihr Mieder gerade zurren, ehe die Tür aufschwang und Rahel ein Tablett mit Tee hereintrug. Die sah die geröteten Wangen der Freundin, die glänzenden Augen und den aufgelösten Ausdruck im Gesicht des Mannes und fragte sich besorgt, was man tun könnte, um diesem Liebesglück einen Weg zu ebnen.

Elias hatte sich diese Frage schon gestellt, als er noch neben Lena auf dem Waldboden lag und nach einem kurzen erholsamen Schlaf erwacht war. Nach einiger Überlegung hatte er dann beschlossen, seinen Weg allein fortzusetzen, weil es ein Liebesglück zwischen Jud und Christenmädchen gar nicht geben konnte. Er hatte noch einen tiefen Schluck aus der Branntweinflasche genommen, alle vorhandenen Decken und Tücher über dem Mädchen ausgebreitet und sich schweren Herzens auf den Weg ins Tal gemacht.

Die Schmerzen während des Gehens waren so unerträglich, dass er beinahe umgekehrt wäre. Er musste abwechselnd zu den Sternen aufblicken, die ihm die Richtung anzeigten, und den Boden nach Baumwurzeln und scharfkantigen Steinen absuchen, denn er besaß ja keine

Schuhe mehr. Trotz seiner Schmerzen kam er zügig voran und schließlich sah er die Stadtmauer vor sich liegen.

Er versuchte, sich die Worte von Nathan in Erinnerung zu rufen: Falls die Torwachen nicht gewillt sein sollten, ihn einzulassen, sollte er heimlich bei Nacht durch einen Mauerspalt schlüpfen. Ausführlich hatte er beschrieben, wie man unbemerkt auf verborgenen Wegen in die Stadt eindringen konnte und nun blieb ihm nicht mehr viel Zeit, denn schon um drei Uhr morgens verließen die ersten Bergleute die Stadt, um in die Gruben des Rammelsberges einzufahren und Elias wollte niemandem begegnen. Er blickte sich um. Bis auf ein wenig Mondlicht war es völlig finster, die Weiden lagen menschenleer und verlassen da, nur die Herde eines Schafhirten lagerte vor dem Klaustor, durch das man vom Gebirge aus die Stadt erreichte.

Beinahe wäre sein Vorhaben vereitelt worden, denn als der Hütehund den sich nähernden Mann witterte, begann er, wütend zu knurren. Elias fuhr zusammen und drückte sich dicht an einen Baum. Es war nicht das erste Mal, dass er von Hunden bedroht wurde. In den vielen Nächten, die er auf bäuerlichen Heuschobern verbracht hatte, hatte er gelernt, die Tiere zu beschwichtigen und sofort stimmte er einen leisen Singsang an, den ein menschliches Ohr kaum wahrnehmen konnte. Das Geräusch verfehlte auch diesmal nicht seine Wirkung. Nach kurzer Zeit verstummte der Hund, legte sich leise brummend nieder und ließ den Fremden unbehelligt weiterziehen.

Bald tauchten die Glockentürme einer großen Kirche im Dunkeln auf, sie bildeten einen Teil der Stadtmauer und entsprachen der Wegbeschreibung Nathans. Er war also richtig. Bei dem Versuch, das abschüssige Gelände hinter dem Schutzwall zu überwinden, rutschte er an der Böschung aus und landete im Zufluss eines glücklicherweise nicht sehr tiefen Wasserlaufes. Schnell kletterte er ans trockene Ufer und stellte erleichtert fest, dass die Schmerzen im Bein durch das unfreiwillige Wasserbad nachgelassen hatten. Zweifelnd betrachtete er die unüberwindlich hohe Stadtmauer und suchte in der Finsternis mit geschärften Sinnen nach der von Nathan beschriebenen Stelle, verborgen hinter dichtem Buschwerk.

Auf Händen und Füßen kroch er an grasigen Hängen empor, überwand den schlammigen Morast eines Grabens und tastete sich an einem halb eingestürzten Wachturm entlang, bis er im Mondlicht die abgestorbene Eiche entdeckte. Nach einigem Suchen hatte er die Hohlräume im Mauerwerk entdeckt und setzte vorsichtig einen Fuß nach dem anderen in die wie eine Treppe übereinander liegenden Löcher. Glücklicherweise war die Mauer an dieser Stelle eingestürzt und von der ursprünglich dreißig Fuß hohen Wand waren höchstens neun Fuß geblieben. Erleichtert zog er sich das letzte Stück hinauf, stellte fest, dass der Abstand zum Boden auf der Innenseite nur mannshoch war und ließ sich ins Gras fallen.

Die Schmerzen im Bein schnitten ihm wieder wie Messer ins Fleisch und er blieb eine Weile erschöpft liegen. Dann jubelte er innerlich, er hatte die Mauer überwunden! Dankbarkeit und Hoffnung gaben ihm die Kraft, wieder aufzustehen und den Rest des schwierigen Unterfangens zu meistern. Er musste nun den Weg zum Haus des Synagogenvorstehers finden, den ihm der Pferdehändler aus Lautenthal in allen Einzelheiten beschrieben hatte. Lautlos humpelnd bewegte er sich vorwärts, hielt sich im Schutz der Dunkelheit und blieb sofort stehen, wenn ein Geräusch ihn warnte. Bis auf streunende Hunde, davon huschende Katzen und einen patrouillierenden Nachtwächter, dem er noch rechtzeitig ausweichen konnte, begegnete ihm niemand. Verschlafene Bettler, die sich in irgendwelchen dunklen Ecken ein Nachtlager gesucht hatten, bemerkten zwar den Störenfried, ließen sich aber nicht die Nachtruhe rauben. Elias war froh, als seine Schritte vom Plätschern des Wasserlaufes übertönt wurden, der mitten durch die Stadt floss und an dem er sich orientieren konnte. Nachdem endlich die Wolken den Sternenhimmel freigegeben hatten, fiel es ihm leichter, das Haus von Isaac Moses nach der Beschreibung des Pferdehändlers zu finden.

Ängstlich blieb er stehen, um sein klopfendes Herz zu beruhigen und hoffte inständig, dass man ihm nun auch Einlass gewähren würde. Wenn er jedoch an seinen dreckverkrusteten Beinen herabblickte, befürchtete er das Gegenteil. Verhalten schlug er mit dem Eisenring gegen das Türholz. Doch als nichts geschah, bekam er solche Angst, dass sein zaghaftes Klopfen immer mehr zu einem eindringlichen Hämmern wurde, bis endlich in der kleinen Luke in der Haustür ein verschlafener Kopf erschien und ihn erschrocken anblickte. Mit letzter Kraft murmelte Elias einen Segensspruch in jiddischer Sprache und wäre kraftlos zusammengebrochen, wenn die Tür sich jetzt nicht geöffnet hätte.

Der Synagogenvorsteher, der angstvoll durch die Öffnung gelugt hatte, zog den Unbekannten schnell ins Haus und rief einen Knecht herbei. Aufgeregt überschüttete er den Fremden mit Fragen, während der Knecht einen Badezuber mit Wasser füllte. Eine Weile später, in frischen Kleidern am Küchentisch sitzend, betrachtete Elias erleichtert und erstaunt die schönen Möbel, verschlang Brot, Käse und Wasser, dankte dem Hausherrn für seine Rettung und entschuldigte sich immer wieder für das Ungemach, das er ihm bereitet hatte. Moses Isaac hieß den Unglücklichen zwar aufs herzlichste willkommen, rannte aber besorgt hin und her und forschte immer wieder nach, ob er auch wirklich glaube, dass die Torwachen den Eindringling nicht bemerkt hätten? Auch wenn die Gesetze des jüdischen Glaubens geboten, allzeit barmherzig zu sein, so durften doch um des guten Rufes der gesamten israelitischen Bewohner willen die Gesetze der Obrigkeit nicht übertreten werden! Schlimme Strafen würden folgen und so beschloss man, Elias solange zu verbergen, bis er gesund genug war, um sich unbemerkt wieder aus der Stadt hinaus zu stehlen. Nachdem eine Magd die Wunden des Verletzten versorgt hatte, bereitete man ihm ein Nachtlager und die gesamte Hausgemeinschaft begab sich endlich zur Ruhe.

Am anderen Morgen betrachtete Rahel den schmutzigen Kittel und die zerrissene Hose des Fremden genauer und erkannte in ihnen die Kleidungsstücke wieder, die sich Lena für den Verletzten im Wald ausgeliehenen hatte. Da wusste sie, dass es sich bei dem mit blauen Flecken und Wunden übersäten Mann um denselben handelte, den ihre Freundin so lieb gewonnen hatte. Als er dann beim Essen den Überfall und die Hilfsbereitschaft des fremden Mädchens schilderte, die ihn versorgt hatte, da dankte Rahel dem Schicksal und obwohl sie den Gast kaum kannte, empfand sie eine schwesterliche Zuneigung für ihn. Mit ehrfürchtiger Bewunderung erfuhr sie, wie er in die Stadt gelangt war und wie es ihm mit dem

Mut der Verzweiflung geglückt war, unbemerkt die an vielen Stellen baufällige, aber noch hohe Mauer zu überwinden und ungesehen ihr Haus zu erreichen. Die Anleitung zu diesem Meisterstück habe er von dem Pferdehändler Nathan bekommen, den Rahel gut kannte und der oft die Gottesdienste in Goslar besuchte.

Das alles war in den vergangenen Tagen geschehen und nun kehrten Rahels Gedanken in die Gegenwart zurück. Eine Weile hatten Lena, Rahel und Elias verlegen schweigend beisammen gesessen und Tee getrunken, bis Elias mit einem kurzen Abschiedsgruß hinkend den Raum verließ, um zu den Männern zurückzukehren. Er war vollkommen ratlos, wie es mit ihm weitergehen sollte, dennoch warf er Lena im Hinausgehen einen aufmunternden Blick zu. Tränen liefen über die Wangen des Mädchens und die beiden Frauen saßen dicht aneinander gedrängt auf der Bank. Während Lena schluchzte hatte Rahel eine Idee.

„Lena", fragte sie, „willst du den Elias ehelichen?"

Erstaunt blickte das Mädchen in Rahels tiefdunkle Augen und als sie die Ernsthaftigkeit in dem freundlich lächelnden Gesicht erkannte, strahlte sie und antwortete:

„Ja!"

Und Rahel, die bemüht war, Lena zu ermutigen, entschloss sich nach einigem Zögern, der Freundin das gut gehütete Geheimnis ihres Gastes zu verraten.

„Schau Lena, der Elias ist ein Konvertit! Er hat die christliche Taufe empfangen und niemand hier in Goslar weiß, dass er ein Jude ist. Vielleicht kann es ihm gelingen, sich als Christ ein Bürgerrecht zu erkaufen und dann darf er sich doch als Knecht in der Mühle verdingen und er darf auch ein Eheweib nehmen!"

Die wohlmeinenden Worte ließen Lena nur ratlos aufseufzen und Rahel schlug daher vor, sie sollten sich am Montag nach Sonnenaufgang vor der Stadtmauer an der Stegmühle verabreden. Bis dahin würde sich Elias von den Verletzungen ein wenig erholt haben und Claus Greene, der ein so guter väterlicher Freund sei, müsse doch einen Weg wissen, wie hier zu helfen war. Ausnahmsweise war Rahel über die große Armut, die seit dem großen Brand die Stadt beutelte, ganz froh, denn mit Geld konnte man jetzt alles erreichen!

Rahel, die über eine gute Menschenkenntnis verfügte, traute Claus Greene zu, jedes noch so schwierige Unterfangen in die Tat umzusetzen. Heute noch müsste sie Elias mitteilen, dass sie und Lena sein Geheimnis kannten und sie musste ihm die Möglichkeit schmackhaft machen, mit Lena zusammen die Mühle zu bewirtschaften. Sie hatte die beiden durchs Schlüsselloch beobachtet und beschlossen, ihren ganzen Einfallsreichtum aufzubieten, um den Liebenden den Weg zu ebnen. Bevor Lena das Haus verließ, flüsterte Rahel ihr zu: „Du musst sogleich zum Auerhahn gehen und Claus Greene um Hilfe bitten! Bald kommt der heilige Sabbat und ich darf nichts mehr tun und dann kommt der christliche Sonntag, aber am Montag, da treffen wir uns an der Stegmühle vor dem Stadttor!"

Das Mädchen nickte nur mit dem Kopf. Sie glaubte nicht an die Möglichkeit, Elias behalten zu dürfen und machte sich bedrückt auf den Weg zurück zur Glockenmühle.

Inzwischen hatte Elias doch nicht gewagt, zu den Männern zurückzukehren, stattdessen stieg er entmutigt in die Kammer hinauf, die man für ihn hergerichtet hatte. Traurig ließ er sich auf das Bett fallen und schloss die Augen. Bisher wussten seine freundlichen Gastgeber nicht, dass er im fernen Duisburg zu Ferdinand Bernhard Franz geworden war. Elias befürchtete, dass früher oder später ein durchziehender Händler von seiner Konversion berichten und man ihn mit Schimpf und Schande zur Tür hinausjagen würde. Er ahnte nicht, dass es schon längst eine Mitwisserin gab, die sein Geheimnis kannte.

Vor einiger Zeit hatte Rahel mit ihrer Familie den Tempel in Halberstadt besucht. Dort saß sie auf der Frauenempore neben einem Mädchen aus Duisburg, das sich frisch verheiratet mit ihrem Ehegemahl auf der Reise nach Berlin befand. Wie es unter Frauen üblich ist, tauschte man jede verwertbare Neuigkeit aus und Rahel hatte von der Weitgereisten viel mehr erfahren als ihr Ehemann, der sich für Klatschgeschichten nicht interessierte. Das Mädchen, Isabella Gumpert, berichtete wispernd von einem unglaublichen Skandal in der Familie eines gewissen Moses Hertz.

„Dem sein jüngster Sohn, der Elias, der ist untreu geworden und hat die Taufe empfangen und der Vater hat sich wegen der Schande sogleich erhängt!"

In dieser chronologisch falschen Reihenfolge schilderte sie empört den Verrat eines Juden am mosaischen Glauben und das anschließende spurlose Verschwinden des Übeltäters. Die verschwiegene Rahel hatte ihrem Gemahl kein Sterbenswort von der Geschichte erzählt und so hatte der seinen plötzlichen Gast ganz unvoreingenommen empfangen können. Rahel verstand die Not von Elias sehr gut und grollte ihm nicht. Was hatte der Ärmste denn getan? Leben wollte er, und das war für einen Juden so schwer! Auch sie hatte sich manchmal gewünscht, in der Haut irgendeines armen Christenkindes zur Welt gekommen zu sein. Dann hätte sie immerhin trotz aller Schwierigkeiten beweisen können, wie viel Klugheit und Kraft in ihr schlummerten. Ohne die fortwährenden Schmähungen und den hasserfüllten Neid fürchten zu müssen, hätten sich ihre Fähigkeiten und Gaben entfaltet und ihr ein unauffälliges, gesichertes Dasein ermöglicht. Stattdessen waren ihre Vorfahren seit jeher grundlosen Anfeindungen ausgesetzt und von Generation zu Generation stets aufs Neue gezwungen, nach jeder boshaften Verfolgung irgendwo anders Schutz zu suchen.

Sie kannte kaum eine Familie, der es gelungen war, länger als ein Jahrzehnt an ein und demselben Fleck ihr Dasein zu fristen. Sogar aus den weit entfernten Slawengebieten hatten sich Juden in preußisches Land geflüchtet, um den grausamen Überfällen des dortigen Adels zu entrinnen. Als Knechte verdingten sie sich in den Dörfern bei Bauern oder leisteten den Handwerkern die schwersten Frondienste. So war es auch Rahels Großvater ergangen, der in einem kleinen Dorf am Harzrand als landloser Tagelöhner gelebt hatte. Für ihn war es sehr schwer gewesen, eine passende Frau zu finden und die Nachkommen im Glauben der Väter aufzuziehen, ohne Anstoß bei den christlichen Nachbarn zu erregen. Doch mit etwas Glück hatte er ihre Großmutter getroffen, die ohne Eltern dastand und bei Verwandten in Seesen untergekommen war. Die beiden wurden verheiratet und bekamen acht Kinder, von denen eines ihre Mutter war.

Kapitel 11
GOETHE TRIFFT LENA IM WALD

Du verklagest das Weib,
sie schwanke von einem zum andern!
Tadle sie nicht, sie sucht einen beständigen Mann

Erleichtert lehnte Lena sich zurück. Alles hatte sich in ihrem Sinne entwickelt, sodass sie bald am verabredeten Treffpunkt gute Neuigkeiten für Rahel haben würde. Sie nahm einen Schluck Milch und trank dann gleich gierig das ganze Gefäß leer, ihr war gar nicht aufgefallen, wie hungrig und durstig sie war. Schnell füllte sie einen weiteren Becher und leerte auch den in einem Zug. Plötzlich erinnerte sie sich an die Verabredung mit dem Fremden. Was sollte sie tun? Der vornehme Mann würde den weiten Weg von Zellerfeld herabreiten, nur um sie zu sehen. Claus Greene durfte nichts davon erfahren! Wie dumm von ihr, dass sie in diese Verabredung eingewilligt hatte!

Damals wusste sie nicht, dass sie Elias so schnell wiederfinden würde. Nur aus Trotz und Gekränktheit hatte sie dem Drängen des reisenden Dichters nachgegeben und bereute das jetzt sehr. Es blieb ihr wohl nichts anderes übrig, als die Verabredung einzuhalten, ihn um Entschuldigung zu bitten und wieder fortzugehen. Er würde gewiss Verständnis für ihre Lage aufbringen und sie ziehen lassen. Seufzend legte sie die Schürze ab, stopfte ihr widerspenstiges Haar unter das Tuch und wischte mit einem Lappen die Milchspritzer von den Schuhen. Mit schuldbewusster Miene behauptete sie dann vor Claus Greene, sie wolle schon früher heimgehen, denn ihr sei ein wenig unwohl. Besorgt blickte er sie an und bevor er sie überreden konnte, im Wirtshaus zu bleiben, hatte sie sich schon auf den Weg gemacht.

Zuerst tat sie so, als wolle sie den Pfad zur Mühle hinabsteigen, aber hinter der ersten Wegbiegung verschwand sie im Unterholz und schlenderte dann trödelnd zwischen den Bäumen am Rand des Harzweges in Richtung Zellerfeld. Die uralte Handelsstraße führte in südlicher Richtung nach Osterode und in nordöstlicher Richtung nach Goslar und auf ihr waren fast immer Pferdegespanne, Landgängerinnen oder heimkehrende Bergleute unterwegs. Lena war viel zu früh an der verabredeten Stelle und suchte nach einem Platz, an dem sie sich ausruhen konnte. In dem kleinen Steinbruch ließ sie sich im Schutz der Fichten wohlig auf ein Bett aus weichem Moos fallen. Aufgeschreckt stieß ein Eichelhäher kreischende Warnlaute aus, doch die anderen Vögel fuhren fort zu trällern und bald schwieg auch der aufgebrachte Häher. Die vergangenen Tage waren aufregend gewesen und Lena war erschöpft vom Umherlaufen, dem Melken der Kühe und der Anspannung wegen Elias und ehe sie sich versah, war sie eingeschlafen

Sie erwachte, als jemand leicht ihren Arm berührte. Erschrocken fuhr sie auf und blickte dem Fremden in die Augen. Er kauerte neben ihr auf dem Boden und musterte sie lächelnd. „Schönes Kind!", flüsterte er heiser, „sei nicht ängstlich! Ich bin zu früh eingetroffen und sah deinen roten Rock leuchten, umgeben von prächtigem Grün." Verlegen suchte das Mädchen die Umgebung ab. Sie hatte sich vollkommen unbeobachtet geglaubt, denn kaum jemand betrat mehr den verlassenen Steinbruch, aus dem man vor hundert Jahren die Steinquader für das Wirtshaus am Auerhahn herausgebrochen hatte. Die einsame Schlucht befand sich an einer Stelle, die selbst für Reiter nicht einsehbar war und sie war schon als Kind gern dorthin geflüchtet, wenn sie ganz für sich allein sein wollte.

Der Mann kam immer näher an sie herangerückt und flüsterte: „Ich suchte nach seltenen Fossilien aus den Urzeiten und finde eine Kostbarkeit, die viel schöner ist als das spröde Erdengerippe!" Sie hörte sein schnelles Atmen und wollte sich erheben, da ergriff er ihre Hand, presste sie an sein Herz und fragte: „Fühlst du, wie ungestüm es pocht?" Goethe konnte sein Glück kaum fassen, als er das schlummernde Mädchen entdeckte. Es war nicht leicht gewesen, aus Zellerfeld fortzukommen. Er hatte dem Vizeberghauptmann die Lage in Weimar geschildert und der Freund verstand seinen Wunsch, für einige Stunden das Alleinsein genießen zu wollen. Er fertigte ihm eine Zeichnung an, die den Weg zu einem Steinbruch in der Nähe des Auerhahnkruges skizzierte, in dem es sehr seltene Versteinerungen geben sollte. Und kaum hatte er den beschriebenen Ort ausfindig gemacht, da lag sie zu seinen Füßen!

Erleichtert darüber, dass das Mädchen die Verabredung eingehalten hatte, umfasste der Dichter zart ihre Taille und drückte sie zurück auf den Waldboden. Erregung überfiel ihn, als er sah, wie sich ihre kleinen, wohlgerundeten Brüste unter dem Mieder verschoben und er hatte Mühe, seiner Stimme die nötige Ruhe zu verleihen. Er küsste sie auf die Stirn und Lena erschauerte, als er sacht die Träger ihres Mieders über die Schultern streifte. Obwohl sie sich vorgenommen hatte, gleich wieder zu gehen, fand sie nicht die Kraft, um aufzustehen.

Seit sie mit Elias im Wald gelegen hatte, fiel es ihr viel schwerer als früher, dem lockenden Drängen eines Mannes zu widerstehen, auch wenn er ihr eigentlich gar nicht gefiel. Als hätte man die Schleusen eines reißenden Flusses geöffnet, wurde sie sogleich von Begierde erfüllt, wenn ein Mann sie berührte. Sollte ihr jetzt doch das verfluchte Erbe ihrer armen Mutter zuteil werden? Sie setzte sich auf, hüllte sich in ihr Schultertuch und versuchte sich seinen Berührungen zu entziehen. Mit einer heftigen Bewegung riss er das Tuch beiseite, umfing sie mit einem Arm und ließ die andere Hand unter ihr Mieder gleiten. Wild und heiß durchströmte das Verlangen ihren Körper und soviel sie auch an Elias und die großen Pläne dachte, die sie zusammen verfolgen wollten, der leichte Druck, den seine Finger auf ihre Brustwarzen ausübten, ließ sie willfährig umsinken. Er nahm ihr Stöhnen als Einwilligung, die Schnüre ihres Mieders gänzlich zu lösen und zog dann mit staunender Ehrfurcht den Stoff beiseite.

Goethe war ein Mensch der Sinne. Er glaubte an die göttliche Kraft der Natur in all ihren vielfältigen Erscheinungsformen und es erfüllte ihn mit einer beinahe heiligen Dankbarkeit, inmitten der Schönheit des Kosmos den Körper einer Frau berühren zu dürfen. Er schwor sich, eines Tages so ein Mädchen wie dieses in sein Haus zu holen und mit ihr jedwede Sinnesfreude zu genießen! Lenas schwarzblaues Haar fiel in lockigen Kaskaden auf schneeweiße Schultern herab und sie blickte, gestützt auf ihre Ellenbogen, verlangend zu ihm auf. Dabei hielt sie die Augen mit den dichten langen Wimpern halb geschlossen. Wie ein zeitloses Urweib erwartete sie ihn mit entblößten Brüsten und aufgeschürztem Rock und ihre vollkommen schamlose Hingabe war es, die ihm plötzlich Angst machte und Entsetzen begann sich in ihm auszubreiten, als ein unauffälliger Griff zwischen seine Lenden die Befürchtung bestätigte: trotz seines gewaltigen Begehrens würde er nicht in den Schoß der Frau eindringen können!

Lenas Begierde wuchs derweil und sie verstand nicht, warum er zauderte. Sie hatte alle Bedenken verworfen und war in einen Taumel der Lust hineingeraten. Später war es ganz still ringsumher, als sie nebeneinander auf dem Waldboden lagen. Wagemutig musste man sein, um dem Drängen des Fleisches trotz strengster Verbote nachzugeben. Es galt nicht nur als unschicklich, sondern als verbrecherisch, wenn Unverheiratete ihren Begierden folgten und selbst ohne die Folgen einer Schwangerschaft stand es doch unter schwerer Strafe. Lena dachte nicht an die Folgen dieser heimlichen Verabredung. Schuldbewusst ging ihr jedoch auf, dass sie ihren kaum wiedergefundenen Liebsten soeben wegen eines wildfremden Mann vollkommen vergessen hatte. Niemand durfte davon erfahren! Sie sollte besser so schnell wie möglich in die Mühle zurückkehren. Während Lena sich von dem Moosbett erhob, sog Goethe genussvoll die würzige Waldluft ein. Er beschloss, sich in Weimar umgehend mit einem Weib wie diesem hier zu umgeben. Zum Teufel mit dem unfreiwilligen Verzicht auf seine Manneskraft!

Abendliche Nebelschleier stiegen schon aus der Talsenke der Auerhahnteiche hinauf in die Wälder und Lena beeilte sich, um nicht in die nahende Dunkelheit zu geraten. Verlegen blickte sie mit gerunzelter Stirn auf den am Boden liegenden Mann herab, dessen Perücke ganz zerzaust war, murmelte einige Abschiedsworte und ließ ihn in der Abgeschiedenheit des Steinbruches allein zurück.

Goethe verharrte noch einige Minuten, er war in Gedanken bereits bei den Gastgebern in Zellerfeld und fragte sich besorgt, ob man an seinem etwas steifen Gang bemerken würde, dass er bei einer Frau gelegen hatte? Ein stechender Schmerz war unversehens in seinen Rücken gefahren, die Berührung mit dem kühlen Grund war ihm wohl nicht bekommen. Mit verzerrtem Gesicht erhob er sich und musste sein Pferd eine ganze Weile gehend am Zügel führen, bis es ihm endlich gelang, aufzusitzen. Plötzlich überfiel ihn eine peinigende Vorstellung: randvoll der Begierde hatte er keinen Gedanken an die Folgen des Liebesabenteuers verschwendet, aber wenn nun bei dem Mädchen Früchte des Leibes entstünden? Nun, sein Aufenthalt hier würde ja nicht von langer Dauer sein und außerdem, konnte man bei dieser Art von Weibern nie wissen, wie vielen Männern sie sich bereits an einem einzigen Tag schon an den Hals geworfen hatten.

Kapitel 12

IN DER MÜHLE

Lena stapfte betrübt den Hang hinunter und wünschte, sie wäre gar nicht aus dem Haus gegangen. Wenn Suse, der ja nichts entging, bemerkte, dass sie schon wieder bei einem Mann gelegen hatte, würde sie ihr bald verbieten, an den Markttagen in die Stadt zu gehen. Ach, wenn nur Elias bei ihr bleiben könnte, er würde schon auf sie aufpassen und dann wäre sie nicht so anfällig für die Verlockungen der fleischlichen Sünde. Bevor sie die schützende Glockenmühle erreicht hatte, prasselte ein schwerer Regen los und brachte die Natur zum Verstummen. In wenigen Sekunden war sie klatschnass und musste doch noch eine ganze Weile laufen, ehe sie das Gebäude erreicht hatte. Als sie sich durch die Tür zwängte, wurde sie ihr vom Wind beinahe aus der Hand gerissen, so heftig stürmten die Naturgewalten. Erschöpft drückte sie sich in der halbdunklen Diele an den aufgetürmten Getreidesäcken vorbei und schimpfte wütend, als sie beinahe über einen Sack gefallen wäre.

Entsetzt bemerkte sie, dass es kein Sack, sondern der Körper von Suse war, der in einer seltsam verkrümmten Haltung am Boden lag. Sie beugte sich hinab und blickte in die weit geöffneten Augen der alten Frau, die in eine weite Ferne blickten. Ihr Körper fühlte sich noch warm an und Lena drückte sie schluchzend immer wieder an sich in der unsinnigen Hoffnung, sie zum Leben zu erwecken. Dann fing sie an zu schreien und konnte nicht wieder aufhören. Ihr war, als würde sich der Erdboden auftun und sie verschlingen und es traf sie die Gewissheit, dass sie nun, genau wie ihre sündige Mutter, durch das

Gericht Gottes für ihr böses Tun gestraft worden war. Sie allein war Schuld an Suses Tod! Verzweifelt rannte sie in den hinteren Teil des Gebäudes, wo das laute Stampfen des Mahlwerkes alle Geräusche übertönte und als die Mägde von dem verzweifelten Mädchen erfuhren, dass Suse tot am Boden lag, waren sie ebenso fassungslos wie Lena. Sie rannten aufgescheucht umher, untersuchten die leblose Frau, holten Wasser und versuchten, mit kalten Umschlägen das Herz wieder zum Schlagen zu bringen. Erst als der aus Hahnenklee herbeigerufene Vikar sie mit unabänderlicher Gewissheit für tot erklärte, da wurde Lena von krampfartigem Schluchzen geschüttelt.

In den folgenden Tagen und Wochen wandelte Lena umher wie ein Gespenst und konnte sich später kaum daran erinnern, was nach Suses Tod geschehen war. Beim Begräbnis auf dem Kirchhof in Hahnenklee erwachte sie wie aus einem bösen Traum und nahm sich der liegengebliebenen Arbeiten an, die sonst von Suse bewältigt worden waren. Abgemagert und bleich wirkte sie in den schwarzen Kleidern und wenn Claus Greene nicht unablässig auf sie Acht gegeben und sich um alles Nötige gekümmert hätte, wäre sie verloschen wie ein Flämmchen im Wind.

Der tatkräftige Auerhahnwirt erkannte sofort, dass Lena ohne männliche Unterstützung die Mühle verlieren würde und war unermüdlich mit seinem Einspänner in die verschiedenen Amtsstuben bis nach Hannover gefahren, um seinem Pflegekind zu helfen. Suse und er hatten sich noch zu ihren Lebzeiten darüber verständigt, wie es mit Lena weitergehen sollte und er nahm sowohl von den Münzen, die sie bei ihm hinterlegt hatte als auch von seinen eigenen Ersparnissen die nötige Menge, um den Bediensteten die erforderlichen Schriftstücke abzuringen. Schließlich war es gelungen, auch für Lena die Konzession zum Betreiben der Glockenmühle zu erhalten, aber nur unter einer Bedingung. Für gewöhnlich war es einer Frau nicht gestattet, ein Handwerk auszuüben und so musste ihr ein vereidigter Mühlenknecht zur Seite stehen.

Auch für dieses Problem fand Claus Greene eine erstaunliche Lösung. Gleichgültig saß Lena auf der Bank vor dem Haus und beobachtete die vereinzelten Sonnenflecken, die sich auf der Wiese zu tummeln schienen und verspielt an den Baumstämmen empor krochen, bis sie das herbstliche Laub der beiden alten Buchen erreichten. Düster starrte Lena auf ihre Füße, die in Suses groben Holzpantinen steckten und sie an die tote Ziehmutter erinnerten. Das Gefühl der Verlorenheit nahm immer mehr zu und weder das Singen der Vögel noch das satte Blau des Himmels halfen ihr aus den Tiefen ihrer Not.

Wie die Wolke aus frischem Mehlstaub, die den Rasen vor der Steintreppe weiß gefärbt hatte, lastete die Trauer auf ihrer Seele. Wäre sie nur nicht mit dem Fremden in den Wald gegangen! Plötzlich wurde das Plätschern des Wassers und das regelmäßige Quietschen des Mühlrades von Pferdehufen übertönt, die sich von Goslar kommend dem Gebäude näherten. Das musste Claus Greene mit dem Knecht sein, doch Lenas Blick blieb unwillig gesenkt. Bleischwer drückte sie das Gefühl von Schuld zu Boden und sie mochte weder aufstehen noch den Kopf heben, so wenig kümmerte sie das Erscheinen des neuen Mühlenknechtes.

Gewiss würde der Bursche ihr ebenso gierig nachstellen wie Konrad und sie zwingen, in seiner Gegenwart unausgesetzt achtsam und vorsichtig zu sein. Ach, könnte sie doch von hier fortgehen, irgendwohin, nur weg von all den Erinnerungen!

Eine Hand legte sich vertraulich auf ihre Schulter. Sie zuckte zusammen. Was erdreistete sich dieser Kerl! Noch nicht in Amt und Würden, da begann er schon, seine Dienstherrin zu bedrängen! Sie hob den Blick und traute ihren Augen nicht. Vor ihr stand Elias, trat unsicher lächelnd von einem Bein aufs andere und schaute sie forschend an. Er war mit der weißen Tracht eines Mühlenknechtes bekleidet und Lena wurde von so eigenartigen Gefühlen überwältigt, dass sie sich eine Weile nicht rühren konnte.

Fassungslos starrte sie ihn an und als er sich verlegen neben ihr auf die Bank fallen ließ und mit einem breiten, fröhlichen Grinsen sagte: „Das hat der Claus Greene bewerkstelligt! Aber die Rahel hat auch geholfen!", da sprang sie wie aus einem Traum erwachend auf und schrie: „Elias, wie ist das möglich? Bist etwa du etwa der neue Knecht?" Er umfasste ihre Hände, zog sie zu sich auf die Bank und drückte sie fest an sich.

Weinend barg sie den Kopf an seiner Schulter und Elias schaukelte sie in seinen Armen wie ein kleines Kind. Hinter dem Haus standen zwei neugierige Mägde und beobachteten heimlich die unerhörte Begebenheit. Kichernd hatten sie schon den ganzen Morgen auf das Eintreffen des neuen Knechtes gewartet und konnten nun vor Erstaunen kaum an sich halten. Die junge Herrin und ein ganz und gar fremder Knecht, zusammen auf der Bank, vereint in einem Kuss! Das gab etwas zu erzählen, wenn sie am Monatsende zu ihren Familien heimkehrten!

Lena kümmerte sich nicht um die tuschelnden Frauen.

Sprachlos vor Freude bedeckte sie Elias Gesicht immer wieder mit kleinen Küssen und strich zärtlich über sein dunkles Haar, das zu einem Zopf geflochten herabhing. Liebevoll betrachtete sie die Fältchen, die sich wie ein Strahlenkranz um seine Augen ausbreiteten und als er berichtete, was in den Wochen seit Suses plötzlichem Tod geschehen war, schien es, als würde ein dunkler Vorhang beiseite geschoben, der die Sonne verdeckt hatte.

Nach einer Weile seufzte sie tief und sagte: „Wenn die Trauerzeit um ist, dann können wir Hochzeit halten, aber bis dahin müssen wir uns noch gedulden. Oh, was für eine lange Zeit!" Da schoss ihr unvermittelt ein böser Gedanke durch den Kopf. Seit einigen Tagen war ihr Blutfluss ausgeblieben und das hatte sie bisher nicht im mindesten bekümmert, denn die Trauer um Suse hielt sie noch immer in einem undurchdringlichen Nebel gefangen. Doch nun hatten die Dinge eine überraschende Wende genommen und sie fühlte eine große Unruhe in sich aufsteigen. Wenn sie nun ein Kind bekam, wer konnte wissen, von welchem der beiden Männer es stammte?

Dank an die Verfasser des Buches „Goethe in Weimar"

für die Einblicke in das Leben des Dichters am Hof der

Herzogin Anna-Amalia von Sachsen-Weimar-Eisenach

(Edition Leipzig, 1986)